SHILOH
AND
OTHER STORIES
Bobbie Ann Mason

楚尘
文化
Chu Chen

北京楚尘文化传媒有限公司 出品

夏伊洛公园

[美]博比·安·梅森 著　　　　　小二　方玉 译

中信出版集团｜北京

图书在版编目（CIP）数据

夏伊洛公园 /（美）博比·安·梅森著；小二，方玉译. -- 北京：中信出版社，2023.8
（博比·安·梅森经典作品）
ISBN 978-7-5217-5580-0

Ⅰ.①夏… Ⅱ.①博…②小…③方… Ⅲ.①短篇小说－小说集－美国－现代 Ⅳ.①I712.45

中国国家版本馆 CIP 数据核字 (2023) 第 078666 号

SHILOH AND OTHER STORIES by Bobbie Ann Mason
Copyright © 1982 by Bobbie Ann Mason
Chinese simplified translation copyright © 2023 by Chu Chen Books.
All Rights Reserved
本书仅限中国大陆地区发行销售

夏伊洛公园
著者： ［美］博比·安·梅森
译者： 小二 方玉
出版发行：中信出版集团股份有限公司
（北京市朝阳区东三环北路 27 号嘉铭中心 邮编 100020）
承印者： 北京启航东方印刷有限公司

开本：880mm×1230mm 1/32　印张：11.5　字数：216 千字
版次：2023 年 8 月第 1 版　　　印次：2023 年 8 月第 1 次印刷
京权图字：01-2023-2871　　　　书号：ISBN 978-7-5217-5580-0
定价：69.00 元

版权所有·侵权必究
如有印刷、装订问题，本公司负责调换。
服务热线：400-600-8099
投稿邮箱：author@citicpub.com

献给罗杰

目录

001 中译本序

015 夏伊洛公园
037 鲁克牌友
061 1949年，底特律的地平线
087 供奉
097 静物西瓜
117 旧物
143 抽签
165 爬树的人
181 定居与迁移
197 退修会
219 大海
243 扫墓日
263 南希·卡尔佩珀
287 蛰伏
311 新浪潮
339 第三个星期一

中译本序

小 二

  评论家朱迪丝·弗里曼把美国作家博比·安·梅森的小说比作"绿甘蓝和汉堡包的混搭":一种结合了旧风俗与新事物、淳朴的乡村与发展中的都市以及地域特色与流行因素的混合大餐。
  梅森自己的生活讲述的是同样的故事。在肯塔基州梅菲尔德一个小奶牛场长大的梅森从小就干着各种各样的农活:喂牛、采桑果、在烈日下除草,等等。与外部世界的接触大部分来自当地电台里播放的流行音乐。上中学时,她做过"山巅族"组合的粉丝会主席,并去底特律和圣路易斯参加"山巅族"组合的音乐会。大学毕业后她离开肯塔基去东部深造,先后在纽约州立大学宾汉姆顿分校和康涅狄格大学获得英语文学硕士和博士学位，博士论文是对纳博科夫小说《阿达》的分析研究，并以"纳博科夫的花园"为题公开发表。在西肯塔基的乡下干农活，在康州的高等学府研究纳博科夫，乡村生活与都市文化同时汇聚在她的笔下，混合碰撞，成就了梅森独特的文本。

大器晚成的梅森获得博士学位后并没有开始专职的文学创作，而是去了一所大学教授新闻传播学。她投稿的小说曾被《纽约客》退稿多达二十次，最终，在她四十岁那年，短篇小说《供奉》首次登上《纽约客》。至今，梅森已发表五部长篇小说、五部短篇小说集、一部自传和多部非虚构作品。她的第一部短篇小说集《夏伊洛公园》出版后即获当年的"美国笔会海明威奖"，同时入围"美国笔会福克纳小说奖""美国图书奖"和"国家图书评论圈奖"；自传《清泉》入围"普利策奖"；长篇小说《羽冠》和短篇小说集《蜿蜒而下的山路》分别获得"南方评论圈奖"；短篇小说《心愿》获得"小推车奖"。反映越战后遗症的长篇小说《在乡下》被改编成同名电影，由布鲁斯·威利斯和艾米丽·劳伊德出演男女主角。梅森还获得过美国文学艺术学院颁发的"文学艺术奖"，她的短篇小说多次入选《美国最佳短篇小说集》和《欧·亨利奖短篇小说年度作品集》。

特有的生活经历让梅森对城乡之间的反差以及美国南北方

的生活方式和价值观都有着充分的了解。20世纪中叶，美国南部的乡村发生了巨大的变迁。传统的生活方式和价值观受到通俗文化和来自北方新理念的挑战，高速公路和大型购物中心缩小了城市与乡村的差别，动摇和改变了农村传统的生存模式。"新住宅区像漂在水面上的浮油一样在西肯塔基扩散……那些周六下午聚集在法庭前广场上下跳棋嚼烟草的农民不见了。"(《夏伊洛公园》)。家庭、社区及自我等基本概念被重新定义。年轻人不再从事祖辈相传的劳作，而是去"新建成的工厂里上班"(《孟菲斯》)，有的则被高速公路带到"北方的汽车制造厂工作"(《1949，底特律的地平线》)。传统的"美国梦"——土地、自由和一种独立的乡村生活——受到空前的挑战：生活在农村的人主动放弃了土地，选择去工厂打卡上班。虽然这些人"在新建成的工厂里上班，挣的钱比以往任何时候都多。认识的人都有一个停着各种车子的院子：摩托车、三轮摩托、跑车、皮卡等"(《孟菲斯》)，但在生活得到改善的同时，他们却失去了祖辈赖以为生的土地和与之伴随的传统。

20世纪60年代兴起的女权运动则使得女性在家庭中的分工和地位发生了根本变化，这种变化在改变女性思想和行为模式的同时，也动摇了男性的统治地位。这样的变化当然会引起男性的不满。在《电波》这篇小说里，当简指责父亲丢下她、哥哥和母亲离家出走时，他的回答是："问题就出在这里，太多的女人出去工作，男人找不到工作……女人应该待在家里。"

相反，女性对于变化的态度却普遍比男性来得从容，尤其是年轻的女性。在《抽签》这篇小说里，一直不说话的外祖父在家庭圣诞晚宴上突然说道："按常理，应该男人先吃饭，孩子们在另外的桌子上吃。女人应该最后吃，在厨房里吃。"孙女艾瑞斯回答道："如今时代不同了，我们跟男人一样棒。"而出来打圆场的艾瑞斯的父亲则说："她是从电视里看来的。"这段三人之间的对话精妙地概括了不同年龄、不同性别的人物面对变化的不同态度。

梅森小说中的人物以女性居多，她们通常对自己的现状感到不满。但她们对于自身现状的认识以及面对危机所采取的态度却不尽相同。女权运动使得传统的婚姻和生育观念发生变化，保守的南方已开始接受同居、未婚生育和人工流产这些有违传统的事情。在《第三个星期一》这篇小说里，三十七岁的琳达未婚怀孕，但她不但不想和孩子的父亲结婚，还打算把孩子生出来独自抚养。女主人公鲁比宁愿与一个在跳蚤市场认识的狗贩子同居，也不愿意像其他人那样随便嫁人。她在克服世俗压力的同时，也在克服疾病造成的身体残缺（因乳腺癌而做了乳房切除）对自己的影响。《靓仔镇》里的女招待黛比则在女权意识上走到了极致，她告诉新认识的女朋友自己为什么要做结扎："你知道我为啥要做结扎吗？因为我讨厌被定义。我前夫认为每天晚上六点钟他回家的时候,我必须准时把晚饭摆到桌子上。可我也上班啊,我五点半才回家。所有买东西、打扫卫生、煮饭的事还都得我来做。我讨厌人们觉得这种事理所当然——我该做晚饭就因为我长着生育器官。"《静物西瓜》里的露易丝经受着失业和丈夫离家出走的双重打击。面对混乱和经济上的压力,她表现得异常镇静,通过画笔重新建立自己的世界。《电波》中的女主角简的同居男友失业后因骄傲而搬离她家,她自己也失业了,使得她重新振作的是去当一名无线电女兵的想法。《高粱饴》中的丽兹的婚姻出了问题,她不像以前那样爱她丈夫了:"他喝醉酒的时候,做起爱来就像是在种玉米,她一点儿也不享受。"外遇艾迪后,丽兹开始了一种她向往已久的生活,但由于阶层差异,她无法融入艾迪的朋友圈,同时又担心自己会因外遇而失去孩子。但所有这些都不能阻挡她追求幸福的愿望。《定居与迁移》讲述了另一个红杏出墙的故事。小说开宗明义地说明:"自从我丈夫去路易斯维尔工作后,我找了一个情人,对此连我自己都感到惊讶。"与《高粱饴》中的丽兹不同,《定居与迁移》中的"我"是个见过世面的女性,而且她丈夫是个负责任、为家庭奔波的男子,但"我"最终还是出轨了。

　　大部分女性却没有这样的勇气。在《夏伊洛公园》这篇小说里,诺玛的丈夫勒罗伊因伤结束了长期在外的工作回到家里后,诺玛反而无所适从了。她寻求出口的方式是做一些以前从没做过的事情，通过健身、去夜校学习和学习烹饪来调节自己。而身为卡车司机的勒罗伊则做起了模型手工，并声称要为诺玛搭建一栋木头房子。尽管双方都在为维持这段婚姻做努力，但由于缺乏沟通技能，他们的婚姻最终还是走向了破裂。除了诺玛，梅森笔下类似的女性还有很多，梅森通过她们行为的细微变化来表现她们的困惑、不满和摆脱困境的努力——尽管这种努力往往是徒劳无功的。在《退修会》这篇小说里，与做牧师的丈夫结婚十年并育有两个孩子的乔治安看似过着平静的生活，宗教信仰似乎增强了他们的婚姻，丈夫除了周日主持礼拜，平时在外面做电工补贴家用，而乔治安则帮着誊写教堂做礼拜的小册子，并在周末的礼拜仪式上担任钢琴伴奏。但乔治安并不幸福，也找不到不幸福的原因。她感觉自己受到了无形的约束，不断做出各种反叛的行为，比如在本该去教堂的礼拜天穿着牛仔裤清理鸡窝，在教堂做钢琴伴奏时故意弹错曲子，以及拒绝参加一年一度的教会退修会，等等。乔治安最终还是去了退修会，但她却在一个有关婚姻的讲座上提出一个问题："如果你嫁的男人……是所有造物中最好的一个……可是有一天你却发现他并不是适合你的人，你们会怎么办？"乔治安自己没有找到答案。她只能通过躲在地下室里打电子游戏来获得掌控自己命运的感觉。当一个卡车司机提议为她买一杯啤酒时，她重新发现了自己被丈夫忽略的女性魅力——当然，这给她带来的仅仅是心理上的安慰而已。

在传统和变化之间,小人物一边享受变化带来的种种好处,一边却仍然缅怀变化前的世界。和传统的抗争表面上看似理所当然、冠冕堂皇,但在现实生活中,一个人固有的生活习惯、根深蒂固的道德观念,都会给大多数人带来心理上的巨大困惑与矛盾。小说《定居与迁移》中的一段话惟妙惟肖地描述了这样的人群在摆脱困境时的努力与徒劳:"我突然看见另一条车道上有一只兔子在动。它正在原地跳跃,就像跑步选手在原地做热身运动。它的前腿疯狂地摆动着,可是它的后腿被碾碎了,使它无法离开车道。"

除了以上的主题,梅森也非常关注战争给人们留下的创伤。《纽约时报》著名书评人角谷美智子称赞梅森的第一部长篇小说《在乡下》是"一部像闪光灯一样在人们脑海中留下烙印的小说"。小说的主角是一个父亲在她出生之前就丧生越战的十七岁女孩山姆·休斯,她试图收集她沉默寡言的舅舅和其他人的记忆来想象和构建她父亲的越战经历。当读到已故父亲直率且真实的战争日记时,她终于意识到她的想象只是被电视、电影培养出来的幻觉。小说以前往越战纪念碑的旅程开始和结束,分裂的三代人终于相聚在刻着山姆父亲名字的纪念牌前,释放出他们积压已久的悲伤。与梅森的大部分作品一样,这部长篇小说对广阔的郊区和乡村景观进行了精细的描述。豪生酒店、乡村厨房连锁餐厅和州际公路沿线的埃克森加油站这些在美国随处可见的商家，收音机和立体声音响里播放的流行音乐——从《大门》乐队到布鲁斯·斯普林斯汀的摇滚乐——通过叙述者的感性筛选，创造出一幅生动的音景。

　　大量流行元素的使用是梅森小说的另一特色。20世纪60年代大众文化的盛行对南方的传统习俗、伦理和生活观念产生了颠覆性的冲击：祖辈的生活经验被电视节目主持人的说教取代；电视广告和摇滚乐影响着人们的日常生活，潜移默化地改变着他们的思想和行为。在梅森的小说里，正在播出的电视节目和正在流行的通俗歌曲与人们的日常生活交织在一起。这点很像贾樟柯导演的电影，时装、广告和流行歌曲等带有时代烙印的东西在她的作品中随处可见。梅森想要描述通俗文化对她笔下人物的思想和日常生活的影响。这些新的文化元素潜移默化地改变着世代相传的习俗观念，梅森用近乎白描的叙事手法讲述她的人物如何自觉或不自觉地顺应着这些变化。《旧物》这篇小说里贯穿着各种电视节目。先是《今天》节目主持讨论单亲家庭问题，而《今晚》电视节目主持人一段滑稽的舞蹈让克利奥想到自己离过两次婚。《明天》这个节目里则在讨论青少年酗酒问题，梅森选择的这三个电视节目的名字本身就隐含寓意。她借助这些电视节目来呈现形形色色的社会问题。在小说《电波》里，当简的父亲让她回来和他一起住时，简的回答是："不行,我们已经不喜欢看同一个电视节目了。"

  梅森很早就在为文娱杂志撰写文章,也尝试过小说创作,但直到四十岁她才找到了自己的叙述语言,这就是她祖辈使用的语言,那是肯塔基州西部一个叫作"杰克逊购置地"的半岛上居民的语言。"我用简单明了的英语写作,"她说,"那种肯塔基农村和小镇人常用的语言和韵律。我能听到他们言谈里的音乐,我觉得这种语言传达了他们对世界的态度。这就是我讲述他们的故事的语言。"而且她小说中的人物几乎全部生活在或来自这个地区,梅森也因此被一些评论家贴上"地域作家"和"南方作家"的标签。

  梅森关注的对象多为蓝领阶层,他们从事着廉价购物中心收银员、餐馆女招待之类的工作,评论家们因此给她贴上了诸如"购物中心现实主义""肮脏现实主义"这一类的标签,其中最著名的是"蓝领超现实极简主义"。而梅森则俏皮地称自己的小说是"走进超市的南方哥特体"。由于写作年代以及对中下阶层的关注,很多评论家把梅森归入以雷蒙德·卡佛为代表的"肮脏现实主义"作家群。梅森的短篇小说《西瓜静物》就曾被选入英国文学杂志《格兰塔》介绍"肮脏现实主义"的专刊里。纵观梅森的作品,它们确实具有"肮脏现实主义"小说的特点,比如关注蓝领阶层,写作的手法简洁平实、注重琐碎小事、有控制的叙述、与叙事主体保持距离等；通过一些日常琐事的描写，让读者自己体会到其中的深意；摒弃修饰性的词句，以开放式的结尾激发读者了解故事真相的愿望。但不同于卡佛等人的小说，梅森的小说有其特有的品质，她更关注社会变迁对普通人的影响，注重女性意识和女性身份的认同。梅森在接受艾伯特·威廉采访时表述了自己的文学观，她认为："文学最主要的东西不是主题和象征，而是质感和情感。主题和象征就像浴帘下方的铅坠，它们只起固定浴帘的作用并赋予它形状，但它们并不是浴帘。"尽管梅森博士论文的研究对象纳博科夫是位文体家，她也承认纳博科夫和詹姆斯·乔伊斯这两位注重形式的大师对她的影响，但她并不认同纳博科夫"高度象征"的叙事方式。不过纳博科夫的"去情绪化"以及"细节就是一切"的写作信条却对梅森影响深刻，她注重对细节的描述，避免情绪化的描写。另外从文本角度来讲，相比其他"极简主义"作家，梅森的小说相对丰满和更富情感，篇幅也相对长一点。

  曾有评论家批评梅森的作品涉及太多的流行元素，质疑其能否经受时间的考验而成为经典，但梅森认为通俗文化更接近她的人物，能反映他们的感受和信仰，她说这些东西是真实的，对很多人来说很重要，我无法忽略他们。梅森只在乎这些通俗文化对她笔下人物的影响，以及他们在面对通俗文化和所谓的科技进步的冲击时,如何调整自己而不被生活淘汰。她在向读者介绍肯塔基大学出版社为她出版的作品精选合集《拼缀物》时表明了自己的小说观:"小说带你去一个你自以为知道却发现它既熟悉又陌生的世界冒险。它会扭曲你原来的想法,惊得你跳起来。作为一名读者,我希望被人摇晃和骚扰,被推搡得晕头转向。我想惊讶得目瞪口呆。我想写你在阅读我在写作时都有这种感受的小说。我不想让小说去安抚或祝贺什么。它不应该证实你的偏见或只是反映你自己的生活。据我所知,小说应该提供的不仅仅是连接点点滴滴的满足感,或是温暖被窝带来的舒适感。写作的快乐是找到穿破被面的纤细的绒毛。弗拉基米尔·纳博科夫在他的小说《阿达》中写道:'细节就是一切。'"

梅森也喜欢采用"开放式"的结尾。但与暗示不祥或灾难性结局的卡佛式的"开放"结尾不同,对待生活的态度更加积极的梅森的"开放式结尾"暗示的结局尽管不确定,但往往隐含着希望。在《高粱饴》里,女主人公面对的是一个不确定的未来,她不知道自己能否离开丈夫,和艾迪一起过上美好幸福的生活。但在小说的结尾处,她还是表现出尝试不同生活的决心。"她用脚指头试了试水温。水烫得有点受不了,但是她决定忍受——像是一种惩罚,或者是一种习惯之后就会变得美妙无比的新体验。"在《孟菲斯》的结尾处,贝弗莉"把昨天的信件带回家——乔的汽车杂志、他该付的信用卡账单和一些垃圾信件。她把乔的信件放在厨房的一个架子上，紧挨着从乔那里借来但忘记归还的录像带"。尽管梅森没有交代贝弗莉做出了什么决定，不过读者仍然可以感觉到她告别过去的决心。

时代变迁不仅反映在物质世界里，它还包括文化层面上的变化。尽管程度有所不同，但变迁带给每个个体的冲击都是巨大的。新生事物在带来生活便利的同时，也冲击着固有的传统观念。乡村城市化是一种物质上的变化，我们可以用农村人口的变化、新型住宅和高速公路等精确地加以定义。而对新观念和新文化的接受以及对旧传统习俗的"背叛"则是漫长和无法确切定义的。梅森在以自己为原型的小说《南希·卡尔佩珀》里探讨了这种现象。在城市生活多年并有了自己的孩子的南希仍然牵挂着远在肯塔基老家的父母和奶奶。在来宾包括吸大麻的雅痞出现的婚礼上，在与未婚夫共舞的时候，她脑子里却在想着在老家的父母晚餐吃的是什么。中国正在经历20世纪下半叶美国经历过的变迁。城市生活吸引着年轻人，大量的农村人口涌入城市，年轻人为了更好的机遇北上南下。但过年的返乡大潮反映了人们对传统的遵从和依附。他们有人违心地参加父母安排的相亲，甚至有人为了让父母安心，租一个男（女）朋友回家过年。梅森精准地描述了人们面对文化变迁时心理层面的微妙起伏，这在某种程度上让她的作品具有"永久"性和"广义"性。变化永恒存在，每一代人都会面对属于自己时代的变迁，读一读梅森的作品，也许能让你在面对时代巨变时会更从容镇定一些。

2022 年 3 月

夏伊洛公园

勒罗伊·莫菲特的老婆诺玛·吉恩正在练胸大肌。她先用三磅[1]的哑铃热身,再过渡到二十磅的杠铃。看见她两腿分开站在那儿,勒罗伊想到了神力女超人。

"要是能把这块肌肉练到我想要的硬度,让我做什么都行。"诺玛·吉恩说,"你摸摸这条胳膊,没那条硬。"

"因为你是右撇子。"勒罗伊一边说,一边躲开杠铃划出的弧线。

"你觉得是因为这个?"

---

[1] 1磅约为0.46千克。

"当然是。"

勒罗伊是个卡车司机。四个月前他的腿在高速公路上的一场车祸中受了伤，他的理疗用到了举重器械和滑轮装置，这促发了诺恩·吉恩健身的想法。她眼下正在参加一个健身班。自从拖车在密苏里被拦腰撞毁，并伤了左腿胯部以后，勒罗伊一直在领取短期伤残保险金。他的屁股里还埋着一根钢针。那辆拖车很可能再也不能开了，它像一只飞回窝里栖息的大鸟一样停在后院里。勒罗伊已经在肯塔基的家里待了三个月，伤腿也几乎痊愈，但是他被那场事故吓坏了，再也不想开长途了。他还无法确定自己接下来要干什么。养病期间，他迷上了手工模型制作。他先做了一个小木头房子，是用开了槽的冰棒棍搭建的。给模型涂上清漆后，他把它放到电视机上，至今它还在那里放着。这个模型让他想起乡村里圣诞节期间的景象。接下来他尝试过线穿模型（一艘黑天鹅绒布上的帆船）、带流苏花边的猫头鹰、拼接起来的B17空中堡垒，还有一盏用模型卡车做成的台灯，灯座用螺丝钉固定在"驾驶室"的顶部。刚开始，他只是用这些成套的模型来解闷、打发时间，不过现在他正在考虑用成套的材料搭建一栋实际大小的木头房子。这样会比建一栋正规的房子要便宜得多，此外，勒罗伊越来越体会到把东西组建起来的乐趣。同时他也意识到，开卡车的这些年里，他总是从那些风景秀丽的地方飞驰而过，从来没有花时间去注意路边的景物。

"不会有人同意你在任何一片新住宅区里搭一栋小木屋的。"诺玛·吉恩对他说。

"如果我说那是为你搭的,别人就会同意了。"他说,在揶揄她。从他们结婚那天起,他就承诺要为诺玛·吉恩盖一栋房子。他们一直租房子住,现在住的房子很小,而且毫无特色,勒罗伊觉得它简直就不像一栋房子。

诺玛·吉恩在雷克斯奥药品杂货店上班,她在那儿学到了丰富的化妆知识。当她向勒罗伊讲解怎样上面霜、收缩水和增湿剂的皮肤保养三步骤时,勒罗伊心情愉快地想着轮滑油柴油这一类的石化产品。这就是他和诺玛·吉恩的共同之处。自从回家以后,勒罗伊对妻子有一种超乎寻常的怜惜之情,也为自己长期在外而感到内疚。但是他看不出来她对他的感受。诺玛·吉恩从来没有因为他常年在路上跑而抱怨过什么;也没有说过什么难听的话,比如把他的卡车称为"寡妇制造机器"。他一点都不怀疑她的忠贞,但是希望她对自己这次永久性的归来多少有点高兴的表示。看着待在家里的勒罗伊,诺玛·吉恩的脸上经常露出诧异的神情,让他觉得她似乎对此有点失望。或许这让她过多想起他们早期的婚姻生活,那还是在他开卡车之前。多年前他们曾经有过一个孩子,兰迪生下来没多久就死了。他们从来不去回忆与兰迪有关的事情,那些往事几乎已经淡出他们的记忆。可是现在勒罗伊整天待在家里,有时两人在一起时竟然有点尴尬。勒罗伊想:他们俩是否应该提一提这个孩子。他有一种预感，他们正从一个梦里一起醒来——他们必须创造出一个新的婚姻，重新开始才行。他们应该为自己还没有离婚而感到庆幸。勒罗伊从哪儿看到过，对大多数人来说，失去孩子之后，婚姻也就完蛋了，或许是从《唐纳修》[1]上看到的，他已经记不清自己到底是从哪儿获悉这些的了。

圣诞节勒罗伊给诺玛·吉恩买了一架电子管风琴。她上高中时弹过钢琴。"你忘不掉的，"她说，"就像骑自行车一样。"

新乐器上有很多琴键和按钮，开始时她有点手足无措。她试探性地碰了碰几个琴键，按了几下按钮，然后用指尖轻轻弹起《筷子》。出来的声音是放大了的木琴声，狐步舞的节奏。

"简直就像一个交响乐队！"她大声喊道。

管风琴的表面处理成核桃木的颜色，有十八个预置和弦，可选择的伴奏包括长笛、小提琴、小号、单簧管或五弦琴。诺玛·吉恩几乎立刻就掌握了管风琴的弹奏。她先弹了几首圣诞歌曲，然后买了一本《六十年代歌曲集》，学会了里面的每一首歌，并用那排色彩鲜艳的按钮给这些歌曲加上变化。

"当年我并不喜欢这些老歌，"她说，"但是我现在有个奇怪的感觉，我肯定错过了什么。"

"你什么都没有错过。"勒罗伊说。

---

[1] 由菲尔·唐纳修（Phil Donahue, 1935—　）主持的电视清谈节目，是美国第一个清谈形式的电视节目。

勒罗伊喜欢躺在沙发上,一边抽着大麻一边听诺玛·吉恩弹奏《眼睛一刻也离不开你》和《我会回来的》。他又回来了。在路上跑了十五年以后,他终于和他心爱的女人住下来了。她真的很漂亮,皮肤完美无瑕,卷发像铅笔刀刨出的木花。

自从住下来不走以后,勒罗伊这才注意到镇子上的变化。新住宅区像漂在水面上的浮油一样在西肯塔基扩散着。镇头的牌子上写着:"人口:11500"——只比二十年前多了七百人,勒罗伊弄不明白都有谁住在这些新房子里。那些周六下午聚集在法庭前的广场下跳棋嚼烟草的农民不见了。勒罗伊已经有很多年没去注意那些农民了,他们就这么不知不觉地消失了。

勒罗伊去新购物中心停车场见一个名叫斯蒂夫·汉密尔顿的男孩。他们在一辆车子旁边碰头时假装不认识对方。斯蒂夫把一盎司的大麻扔在勒罗伊车子前排座位的下方。斯蒂夫穿着橘红色的运动鞋和印着"查塔胡契河超级大耗子"的T恤衫。他父亲是个有名的医生,住在一个昂贵小区里一栋带白色圆柱的新房子里,那栋砖房看上去有点像殡仪馆的接待室。公用电话簿上列有斯蒂夫的号码,并标明他是"未成年者"。

"你从哪儿弄到这些玩意的?"勒罗伊问,"你老爸那里?"

"那是我应该知道但是需要你动脑筋想想的东西。"斯蒂夫说。他人很瘦小,眼睛细长细长的。

"你还有什么？"

"你还对什么感兴趣？"

"也没什么特别的。随便问问。"

勒罗伊过去喜欢开快车，现在他不得不开得慢一点，他需要变得温和一点。他靠在车身上，说："我打算给自己盖一栋木头房子，一有时间就动手。不过我老婆，我觉得她对这个不怎么感兴趣。"

"好吧，需要我的时候说一声。"斯蒂夫说。他把烟裹在手掌里，像是怕被风吹灭了。他猛吸一口烟，把烟头在沥青路上踩灭，然后懒洋洋地走开了。

斯蒂夫的父亲上高中时比勒罗伊高两届。勒罗伊今年三十四岁。他和诺玛·吉恩结婚时两人都刚满十八岁，结婚没几个月兰迪就出生了，但他只活了四个月零三天。要是他还活着的话，应该和斯蒂夫差不多大。那天诺玛·吉恩和勒罗伊去一个露天汽车电影院看连场电影（《奇爱博士》和《爱会再来》），婴孩就睡在车子的后座上。第一部电影刚放完，孩子就死了，是婴儿猝死综合征。勒罗伊还记得自己在急诊室把兰迪递给护士时的情景，像是在送给她一个大洋娃娃。死婴和一袋面粉一样沉。"这种事情时有发生。"医生说。勒罗伊每次回想起医生当时的声调，都觉得它冷冰冰的。勒罗伊现在几乎已经想不起那个孩子的模样，却清楚地记得《奇爱博士》里的一个场景：美国总统正和苏联总理通热线电话，声音非常友好，告诉他有一架轰炸机正意外飞向苏联。他当时在作战室内,灯光下是一张世界地图。勒罗伊记得诺玛·吉恩当时神情紧张地站在他身旁,而他却在想:这个陌生姑娘是谁?他居然忘记了她是谁。科学家现在说婴孩摇篮死是由一种病毒引起的。谁都不知道那到底是怎么回事,勒罗伊心里想,答案总在变来变去。

勒罗伊从购物中心回来后,在家里见到诺玛·吉恩的母亲梅布尔·比斯利。勒罗伊直到今年才意识到她和诺玛·吉恩平常待在一起的时间有多长。她每次来访都要先检查一下壁橱,然后是他们种的植物,提醒诺玛·吉恩哪棵植物枯掉了。梅布尔称这些植物为"花草",尽管它们从来不开花。她总能发现诺玛·吉恩的脏衣服是否已经堆积起来。梅布尔个头不高,有点胖,染成棕色的发卷看上去比她有时戴的假发更像假发。今天她给诺玛·吉恩带来一条灰白色的床罩。她在一个室内装潢店上班。

"这是我今年做的第十条了,"梅布尔说,"我一做起来就停不下来。"

"好看。"诺玛·吉恩说。

"我们可以把东西藏在床肚里了。"勒罗伊说,他一般通过开玩笑来和丈母娘搞好关系。当年他把诺玛·吉恩肚子搞大这件事让梅布尔丢尽了脸,她从未真正原谅过他。婴孩死后,她说这是命运对她的嘲弄。

"那是什么?"梅布尔指着一块缠着纱线的粗亚麻布,朝勒罗伊大声问道。

勒罗伊把那块布拿起来让梅布尔看。"这是我的十字绣，"他解释道，"是个'星球大战'枕套。"

"那是女人家做的事情。"梅布尔说，"你脑子没出问题吧？"

"电视上的那些大块头足球运动员都在做这个。"他说。

"为什么？勒罗伊，你总在骗我。我根本就不相信你。你不知道自己该干什么。这才是问题所在。哼，针线活！"

"我打算盖一栋木头房子，"勒罗伊说，"计划好了就动手。"

"见你的大头鬼。"诺玛·吉恩说。她一把夺过勒罗伊手里的十字绣，把它塞进一个抽屉里。"你先得找份工作，现在你就是想盖也没钱盖。"

梅布尔一边整理腰带一边说："我还是觉得你们应该在安定下来之前去一趟夏伊洛。"

"再说吧，妈。"诺玛·吉恩很不耐烦地说。

梅布尔说的是田纳西州的夏伊洛公园。过去这几年她一直怂恿勒罗伊和诺玛·吉恩去看看那里的南北战争战场。梅布尔度蜜月时去过那里，那是她唯一一次真正意义上的旅游。她丈夫在诺玛·吉恩十岁那年死于溃疡穿孔，虽然梅布尔一九七五年就加入了"邦联之女联合会"[1]，但是她至今还惦记着重游夏伊洛。

---

[1] 一个为纪念美国南北战争中为美利坚联盟国（邦联）捐躯者而成立的妇女组织。

"我开着那辆卡车走遍了海角天边,"勒罗伊对梅布尔说,"却从没去过那个战场。是不是有点说不过去?我怎么把它给忘了呢?"

"而且根本就没多远。"梅布尔说。

梅布尔离开后,诺玛·吉恩给勒罗伊念她写的纸条。"你可以做的事情。"她宣布,"你可以去联合碳化物公司当一名警卫,他们允许你坐在凳子上。你可以去木材场找点事做。如果你那么喜欢盖房子,你可以在那里干点木工活。你可以……"

"我没法做需要一天站到晚的工作。"

"那你应该试着在化妆品柜台后面站上一天。真奇怪,腿脚不好的父母,怎么会生出双腿如此强壮的我来。"诺玛·吉恩此刻正手扶厨房柜台,一边说话一边轮流高抬双膝。她脚踝上还绑着两磅重的沙袋。

"你放心,"勒罗伊说,"我会去找事做的。"

"你可以帮别人往屠宰场运送小牛,这不需要开那辆大破车。"

"我会给你盖栋房子,"勒罗伊说,"我想给你盖一栋真正的房子。"

"我不想住在小木屋里。"

"不是小木屋。是一栋房子。"

"我不管。它看上去就像一间小木屋。"

"我和你一起就能把这些木料抬起来,就像举重一样。"

诺玛·吉恩没有搭腔。她在厨房里来回走着,一边呼吸一边数数。她在做高抬腿。

事故发生之前，勒罗伊每次出车回来都和诺玛·吉恩待在家里，躺在床上看电视，玩牌。她会做他喜欢的食物——炸鸡、火腿和巧克力派。而现在大多数时间里他都一人在家待着。诺玛·吉恩一大早就不见了人影，只在床上留下一个冰冷的空位。她吃一种叫作"身体伙伴"的麦片，吃完后碗就放在桌子上，被牛奶浸泡过的棕色球状麦片漂浮在剩下的牛奶里。他发现了诺玛·吉恩一些他过去从未注意到的行为：切洋葱时她总要把眼睛转向一个角落，好像连看上洋葱一眼都会让她受不了；她总是在晚上九点整换上家里穿的拖鞋，并把跑步的鞋子塞到沙发下面；她留下长面包的两端喂鸟。勒罗伊有时会在喂鸟器跟前观察鸟。他注意到窗前飞过的金翅雀飞行方式很奇特：它们收拢翅膀，笔直地坠落下来，然后张开翅膀接住自己，再往上飞。他在想它们往下坠落的时候是否会闭上眼睛。在床上诺玛·吉恩总是闭着眼睛。她还要把灯关掉。即使那样，他敢肯定她的眼睛也是闭着的。

勒罗伊有时候会开着小车在镇子里转悠很久。他往往开得漫不经心。带转向助力的方向盘和自动挡会让你觉得你正在开的车子小得微不足道，他的身体几乎不用参与驾驶，伤腿舒服地伸展着。有一两次他差点撞上什么，但是坐在小轿车里，就连有可能发生事故也显得无关紧要。他在新住宅区里悠闲地开着车，像罪犯为抢劫行动踩点。新住宅区里所有的房子看上去都很大,结构也很复杂。看来诺玛·吉恩关于小木屋不适合新住宅区的说法还真有点道理。

一天,勒罗伊开车回来,发现诺玛·吉恩在哭。她正在厨房里做土豆和蘑菇砂锅,用碎奶酪做浇头。她因为抽大麻被她母亲捉住而落泪。

"我没听见她进来。我正站在这里吞云吐雾呢。"诺玛·吉恩说着擦了擦眼睛。

"我知道这是迟早的事。"勒罗伊说,用手臂搂住了她。

"她就不知道有'敲门'这个词,"诺玛·吉恩说,"到现在才被她发现已经算是个奇迹了。"

"这么想吧,"勒罗伊说,"如果我抽大麻时被她逮了个正着,那会怎样呢?"

"你最好别让她逮着!"诺玛·吉恩说,"勒罗伊·莫菲特,我警告你!"

"跟你开玩笑呢。哎,给我弹一首歌吧,这会让你轻松一点。"

诺玛·吉恩把砂锅放进烤箱,设好了定时器。她弹了一首拉格泰姆,选了小号和五弦琴的音色,勒罗伊点燃一根大麻躺到沙发上,他正在为梅布尔逮着他抽大麻这个想法而暗自发笑。他想起了斯蒂夫·汉密尔顿——那个贩卖大麻叶的医生的儿子。一切都显得很好笑。整个镇子小得可怜,人都疯了。他想起了弗吉尔·马西斯,那个和他打过台球、喜欢自吹自擂的警察。弗吉尔最近领着人马突袭了一个保龄球馆,在球馆后面的一间房子里缴获了价值超过一万元的大麻。报纸上登了一张他手拿装着大麻叶的口袋、咧开嘴笑着的照片。眼下,勒罗伊想象着弗吉尔怎样一脚踹开门,把正吞云吐雾的他逮个正着。诺玛·吉恩制造出来的喧闹声或许已引起弗吉尔的怀疑。诺玛·吉恩真是太棒了,她现在听起来就像一个硬摇滚乐队。当她弹奏拉丁节奏的《阳光超人》时,他跟着哼了起来。诺玛·吉恩的脚在上下移动,上下移动。

"嗯,你觉得怎样?"诺玛·吉恩停下来翻歌谱时勒罗伊说。

"我觉得什么怎样?"

他脑子里一片空白。随后他说道:"我要把拖车卖掉,来给我们造一栋房子。"这并不是他想要说的。他想知道她对他们俩之间的关系是怎么看的(真实的看法)。

"别再提那个了。"诺玛·吉恩说。她开始弹《下一个是谁?》。

勒罗伊过去经常向搭他车的人讲述他的经历——他的出行、他的家乡和那个婴孩。他往往用这样的一个问句来结尾:"那么,你觉得怎样?"这其实只是一句用来加强说服力的问话。他最终觉得自己总是在向同一个搭车人反复讲述同一个故事。他意识到自己的声调是那样的自怜和哀怨,就像年轻人唱的伤感歌曲一样,于是停止了他的讲述。现在勒罗伊突然有了跟诺玛·吉恩讲讲自己的冲动,就像刚认识她一样。他们认识太久,已经把对方忘记了。他们可以重新了解对方。可是当烤箱定时器响起来的时候,他已经忘记了自己要这么做的原因。

梅布尔第二天顺道来访。那是个周六,诺玛·吉恩正在做清洁。勒罗伊则在研究刚刚收到的小木屋设计蓝图。他把那些很大的蓝色硬纸板铺了一桌,纸上是白色的图案和数字。诺玛·吉恩吸尘那会儿,梅布尔在喝咖啡。她把咖啡杯放在一张蓝纸板上。

"我在等着那一刻的到来。"她对勒罗伊说,用手指敲着桌子。

诺玛·吉恩刚关掉吸尘器,梅布尔连忙大声说道:"你听说了那条咬死婴孩的达特桑吗?"

诺玛·吉恩说:"那个词念'达克斯'。"

"他们给那条狗判了刑,它把婴孩的腿给咬掉了。当时孩子的母亲就在隔壁的房间里。"她提高了嗓门,"他们认为这是疏忽罪。"

诺玛·吉恩在听。勒罗伊打开冰箱,拿出无糖百事可乐递给梅布尔。梅布尔的咖啡还没喝完,她摆了摆手。

"达特桑就是那样的,"梅布尔说,"它们很嫉妒。如果你不看着它们,它们会把一个地方咬得稀烂。"

"你最好不要满嘴跑火车,梅布尔。"勒罗伊说。

"得了吧,事实就是事实。"

勒罗伊透过窗户看着他的大拖车。它像一个放在后院累积尘土的巨大家具,要不了多久,就会变成一个古董。他又听见吸尘器的声音。诺玛·吉恩像是又在吸客厅的地毯。

她后来对勒罗伊说:"她因为抓到我抽大麻才提婴孩的事的。她想报复我。"

"你说什么呀?"勒罗伊说,不安地把图纸翻来翻去。

"你心里最清楚。"她坐在厨房的一把椅子上,双臂抱着膝盖,脚离开了地面,看上去弱小无助。她说:"她提那样的话题就是那个意思!说那是疏忽罪。"

"她不是那个意思。"勒罗伊说。

"她也许没有故意想有那个意思。她总是这样说话,你不知道她会说些什么。"

"但是她没有那个意思。她只是随便说说。"

勒罗伊打开一个大瓶的啤酒,倒进两个玻璃杯里,仔细分均匀了。他递给诺玛·吉恩一杯,她机械地接了过去。他们在厨房的窗旁坐了很久,看着喂鸟器旁忙活的鸟儿。

肯定是出了什么问题。诺玛·吉恩要去上夜校。她已从为期六周的健身班毕业,现在要去帕迪尤卡社区大学上成人写作课。她把晚上的时间都花在描述文章的段落大意上。

"你首先要有一个主题句,"她向勒罗伊解释说,"然后把文章分解开。你的第二主题必须和你的主题有关联。"

对勒罗伊来说，这些话听起来有点令人生畏。"我的语文从来就不怎么样。"他说。

"很有道理。"

"你这样做究竟是为了什么？"

她耸耸肩，说："算是做一件事吧。"她站起身，举了几下哑铃。

"没人在意一个开卡车的人语文怎样。"

"我没在说你的语文不好。"

诺玛·吉恩过去经常说："如果少睡十分钟，我一整天都觉得昏昏沉沉的。"现在她却在熬夜写作文。她的第一篇作文得了个"B"，是一篇关于制作带汤的砂锅菜的文章。诺玛·吉恩近来一直在做一些怪里怪气的食物——玉米卷、意大利千层面和孟买鸡等。虽然她第二篇作文的题目就叫"为什么音乐于我很重要"，她却不再弹管风琴了。她坐在餐桌旁，聚精会神地考虑作文的提纲，勒罗伊则在一边按照设计图摆弄一套林肯原木模型。他一想到一车编了号带榫头的原木就觉得头大，想提前做点准备。和诺玛·吉恩在同一张餐桌上工作时，勒罗伊希望他们之间能够有点交流，但是他知道自己这么想是傻到家了，诺玛·吉恩的心早已不在这里了。他知道他将失去她，就像梅布尔说的，他只是在等待那一刻的到来。

一天，梅布尔到他家里来，诺玛·吉恩还没有下班，勒罗伊发现自己开始信任梅布尔，他意识到梅布尔肯定比他更了解诺玛·吉恩。

"我不知道那个丫头脑子里在想什么，"梅布尔说，"原来鸡一进笼子她就上床了，你说她现在熬到半夜还不睡。而且她居然抽上那个了。我真是没脸活了。"

"我想给她盖一栋漂亮房子。"勒罗伊说，指着那些林肯原木模型。"我觉得她一点兴趣都没有。也许我不在家她反而高兴一点。"

"她不知道该拿你回家这件事怎么办。"

"是吗？"

梅布尔掀开林肯原木搭的小木屋的房顶。"你没法让我去住小木屋，"她说，"我是在小木屋里长大的。我告诉你说，住小木屋不是件容易的事。"

"现在不一样了。"勒罗伊说。

"听我说。"梅布尔说着朝勒罗伊怪怪地一笑。

"什么？"

"带她去一趟夏伊洛。你们需要一起出去走走，擦出点火花来。她的脑子被那些书本搞乱了。"

从她母亲的脸上，勒罗伊看到了诺玛·吉恩面部的某些特征。梅布尔饱经风霜的脸像皱起的棉花团，但是她突然显得那么动人。勒罗伊突然意识到梅布尔其实一直在暗示他们，想让他们带她一起去夏伊洛。

"我们一起去夏伊洛吧，"他说，"你、我，还有她。下个礼拜天。"

梅布尔猛地举起双手表示反对："哦，不行，我不去。年轻人愿意单独待着。"

诺玛·吉恩拿着买来的东西进屋时，勒罗伊激动地说："你妈想去夏伊洛已经想了三十五年了。是该去一趟了，你不觉得吗？"

"我不想掺和到别人的第二次蜜月里。"梅布尔说。

"老天爷，谁要去度第二次蜜月？"诺玛·吉恩大声说道。

"我没养过一个这么说话的女儿。"梅布尔说。

"你才知道多少？"诺玛·吉恩说。她开始往外拿盒子和罐头，并且使劲摔打着橱柜门。

"夏伊洛有一栋小木屋，"梅布尔说，"打仗那会儿就在那里了。上面有子弹孔。"

"你什么时候可以闭上嘴不再提夏伊洛？"诺玛·吉恩问。

"我一直觉得夏伊洛是世界上最美的地方，有那么多的历史。"她接着说道："我只希望你们能在我死之前去上一次，这样你们可以跟我讲讲它的近况。"过了一会儿，她对勒罗伊耳语道："照我说的去做。她需要一点变化。"

"你名字的意思是'国王'。"那天晚上诺玛·吉恩告诉勒罗伊。他在试图说服她去夏伊洛，而她正读着一本和另一个世纪有关的书。

"是吗？我猜我应该感到骄傲才对。"

"估计是吧。"

"我在家还算是国王吗？"

诺玛·吉恩曲起她的二头肌，感觉着它的硬度。"我没有和别人胡搞，如果你是这个意思的话。"她说。

"如果胡搞了你会告诉我吗？"

"不知道。"

"你的名字是什么意思？"

"它和玛丽莲·梦露的真名一样。"

"真的吗？"

"'诺玛'来自诺曼底人，他们是入侵者。"说完她合上书本，眼睛定定地看着勒罗伊。"如果你不再盯着我看的话，我就和你去夏伊洛。"

星期天，诺玛·吉恩准备好吃的，他们去了夏伊洛。梅布尔说她不愿意和他们一起去，勒罗伊松了一口气。诺玛·吉恩开车，坐在她身边的勒罗伊就像她顺便捎上的一个无聊的搭车人。他试着找些话来说，但是她的回答最多一两个字。到了夏伊洛，她开车漫无目的地穿过公园，经过断崖、小径和陡峭的崖谷。夏伊洛地方非常大，勒罗伊看不出来它曾经是一个战场，这里和他想象的完全不同，他觉得它更像一个高尔夫球场。树丛里到处都是纪念碑，诺玛·吉恩还经过了梅布尔提到的那栋小木屋，小木屋四周围满了寻找子弹孔的游客。

"这不是我想要的那种小木屋。"勒罗伊用带歉意的口吻说。

"我就知道。"

"你妈说得对,这里很漂亮。"

"还行吧。"诺玛·吉恩说,"好了,我们算是看过了,这下她该满意了。"

他俩同时大笑起来。

公园里的博物馆每隔半小时就放一遍介绍夏伊洛的影片,不过他们决定不看影片了。他们给梅布尔买了一面联邦旗做礼品,在墓地附近找了一个可以野餐的地方。诺玛·吉恩带了一个装食物的冰盒,里面有甜椒三明治、软饮料和冰激凌蛋糕。勒罗伊吃了一个三明治,又抽了一根大麻,他用冰盒遮住大麻,不让别人发现。诺玛·吉恩已经彻底把大麻戒掉了,她像一只挑剔的小鸟一样,捡着包蛋糕的玻璃纸上的蛋糕屑。

勒罗伊说:"看来穿灰军装的人逃到了科林斯[1]。联邦军队最终把他们给干掉了。一八六二年四月七号。"

他俩心里都明白他没有一点历史知识,他说的只不过是从那些历史注释铜牌上读到的东西。他觉得自己像一个和年长女孩约会的小男孩,感觉有点怪异。他们还在没话找话说。

"科林斯是妈妈私奔去的地方。"诺玛·吉恩说。

---

[1] 地名,密西西比州的一个城市。美国南北战争期间,在夏伊洛被联邦军打败的邦联军队曾撤退到这里。

他们不吭声地坐在那里,看着埋葬联邦士兵的墓地和墓地前方一片高高的树丛。附近停着露营人的车子,一辆紧接着一辆,身着鲜艳服装的小朋友在尖叫嬉闹。诺玛·吉恩卷起包蛋糕的玻璃纸,用手使劲捏着。她没有看着勒罗伊,她说:"我要离开你。"

勒罗伊从冰盒里拿出一瓶可乐,扔掉瓶盖。他把瓶子放在嘴边,但忘记喝了。他最后说:"你不会的。"

"我会。"

"我不许你这么做。"

"你拦不住我。"

"别这样对我。"

勒罗伊知道诺玛·吉恩会达到她的目的的。"难道我没有答应你从此待在家里吗?"他说。

"从某种程度上说,女人情愿要一个闯荡的男人,"诺玛·吉恩说,"我知道这听上去像是在发疯。"

"你没有发疯。"

勒罗伊回过神来去喝他的可乐。随后他说:"是的,你疯了。我们是可以重新开始的,回到刚开始的地方。"

"我们已经重新开始过了。"诺玛·吉恩说,"而这就是结果。"

"我哪里做错了?"

"哪里都没做错。"

"是不是和妇女解放有点关系?"勒罗伊问。

"别油腔滑调的。"

墓地是一个遍布白色纪念碑的绿色坡地,看上去就像是一块建造新住宅区的地皮。勒罗伊试图领悟他的婚姻正在破裂这个事实,但是不知道怎么搞的,他脑子里却总想着墓地里的那些白石板。

"妈逮到我抽烟前一切都是好好的,"诺玛·吉恩说着站了起来,"那是导火线。"

"你在说些什么呀?"

"她老是缠着我不放,你也缠着我不放。"诺玛·吉恩像是要哭出来了,她扭过头去不看他,"我好像又回到了十八岁,我不能再经受一遍了。"她转身走开,"不对,这之前也不好。我不知道我在说些什么。不说了。"

勒罗伊吸了一大口烟,他闭上眼睛,在让诺玛·吉恩的话慢慢进到脑子里的同时,他想把注意力集中到身边这块土地上曾经战死过三千五百名士兵这个事实上,他只能把战争想象成一种由塑料士兵构成的棋类游戏。在比较邦联军队对联邦营地的大胆进攻和弗吉尔·马西斯对保龄球馆的突袭时,他不由得笑了起来。喝得烂醉的格兰特[1]将军,怒火中烧地把南蛮们赶回到科林斯,多年后,梅布尔和杰特·比斯利在那里结了婚,第二天,梅布尔和杰特参观了那个战场,后来,诺玛·吉恩出生了,再后来她和勒

---

[1] 格兰特(Ulysses S. Grant,1822—1885):美国南北战争时北军总司令,美国第十八任总统。

罗伊结了婚，生下一个男孩，他们失去了那个男孩，现在勒罗伊和诺玛·吉恩就身处在这同一个战场。勒罗伊知道自己肯定遗漏掉了很多东西，历史对于他只是一些名字和日期，他把历史的内涵给遗漏了。他意识到用原木搭建一栋房子这个想法也同样空洞——太简单了。就像大多数的历史，婚姻的内涵逃离了他。现在他觉得盖一栋原木房子是天底下最愚蠢的想法。以为诺玛·吉恩会要一栋原木房子，真是蠢到家了，脑子疯掉了。他要想出点别的什么来，还得快点。他要把那些蓝图揉成一团，扔到湖里去。他要行动起来。他睁开眼睛，诺玛·吉恩已经走远，她正沿着一条蜿蜒的砖头小路穿过墓地。

勒罗伊站起身来去追老婆，但他的那条好腿有点发麻，而那条伤腿仍在隐隐作痛。诺玛·吉恩已经走出了很远，她正朝河边的一座断崖快步走去，他一瘸一拐地朝她赶去。一群尖叫吵闹的孩子从他身边跑过。诺玛·吉恩已经来到了断崖边上，正探头看着脚下的田纳西河。她转过身来，面对勒罗伊挥动双臂。她是在向他打手势吗？她好像在做一种扩胸运动。天空异乎寻常地灰白——像梅布尔为他们做的床罩的颜色。

鲁克牌友

　　玛丽·卢·斯卡格斯老是替丈夫跑腿。她帮他拉木材,送书架,甚至专门开车去镇上,只为退换几颗平头螺丝钉。麦克偶尔也会出门为客户丈量厨房,好知道他们定做的橱柜和台面的尺寸,不过一旦出门时间长了一点,他就会觉得不自在,而且在高速公路上开车也让他感到紧张。所以他留在家里的时间越来越多,待在他地下室的作坊里干活。他们住在一条连接肯塔基州两个小镇的大路边上,商店的招牌被青少年弄坏过无数次,麦克已经无心再去修理它了。玛丽·卢觉得麦克工钱收得太少,不过她一直都帮着持家:比如管账、做罐头、缝纫,她还会季节性地去 H&R 税务公司打工。他们最后居然把最小的女儿送去上了大学。两个大点的女儿都已经结婚，就住在附近，而小女儿朱迪刚刚开始在默里州立大学念一年级。朱迪离家以后，麦克全神贯注地做着一些试验性的木工活儿，玛丽·卢想：他几乎没有注意到孩子们都已不在身边了。

麦克给邻居做了一套厨房用的长餐椅，材料是从一座废弃的乡间教堂里淘来的教堂长凳。他花了好几天时间来打磨，他说："我正在把那层伪善磨掉。"

"你说这话听着就像站在教堂外面角落里的那个家伙，每个星期天做完礼拜，教堂门一打开，他就在那儿大喊大叫。"玛丽·卢说，"他会说：'伪善的人出来了。'"

"那人是谁？"

"哦，镇子里的一个什么人。那是好多年前的事了，他还领导了一场对氟化物的征讨呢。"

"氟化物没什么啊，它可以让牙齿变得坚固。"

麦克用松木的零头料给玛丽·卢做了一张玩牌用的圆桌，作为二十五周年结婚纪念日礼物。桌子的底部是一台推土机的旧扣链齿轮，用一根长铅管把它和桌面连在一起。"这东西不值钱，"麦克说，"只是个想象力。"

玛丽·卢觉得：那用碎木头拼成的桌面，就像一床百衲被。桌面刷了一层厚厚的聚氨酯，弄得很光滑。麦克把齿轮喷成了黑色。

"你喜欢吗?"他问。

"当然。"

"不,你不喜欢。我听出来了。"

"真的很漂亮。"

"你是不会在商店里买这样的东西的。"麦克抱歉地说。

玛丽·卢还从来没见过这个样子的桌子。她机械地数着桌面上那些被麦克拼凑在一起的形状怪异的木片。二十一片。好像麦克在试图把他们结婚以来的这些年月拼凑成一个令人信服的整体,而迄今为止就完成了这么多。玛丽·卢有点担心麦克。他看上去似乎对这么多年来他们俩第一次单独待在这所房子里这件事情感到窘迫。如果朱迪周末不回家,他就会焦虑不安地走来走去。他甚至开始阅读书籍杂志,好像这样他就可以跟朱迪以及她的学业保持某种程度的一致性。最近他又迷上了天气,他喜欢把天气跟《老农夫年鉴》上的天气预报进行比较。如果年鉴预报错了,他就会很开心。而其他人都坚持认为年鉴是正确的。

当跟玛丽·卢一起玩鲁克牌的女人们到家里来时,麦克总是待在起居室里看电视,很少会出面打声招呼。塞尔玛·克兰多尔,克劳西·道迪和埃达·格里芬——玛丽管她们叫鲁克牌友,她们几个都是寡妇,比玛丽·卢大得多。麦克和玛丽·卢结婚早,虽然他们还不到五十岁,孩子却都长大成人了。麦克说,跟这些老太婆交往对她的健康不利，可是玛丽·卢不相信他的话。有几个朋友对她有好处。

一天晚上，女牌友们来了，玛丽·卢给她们看她的新牌桌。她们都是各自单独开车来的，因为不信任彼此的驾驶技术。

"这张桌子是架在一副扣链齿轮上的。"玛丽·卢解释说。

"麦克怎么会想到这么个主意？"克劳西问，赞美着牌桌。

塞尔玛，这个圈子里头年纪最大的一个，不愿意在这张桌子旁边坐下来，因为她害怕自己的脚会被底座上的洞夹着。

"你不能拿张毯子或者别的什么东西把那张桌子的底部给盖起来吗？"埃达问道，"可能会把我们的脚给夹了。"

玛丽·卢找来一张旧阿富汗毛毯，把它铺在推土机齿轮周围，然后把毯子塞进洞里，小心翼翼地用脚踩实。她善于跟老年人打交道，跟朋友们一起玩牌让她感觉精神振奋。"她们让我开心，"有一次她对麦克说，"老年人什么都敢说。"麦克说老年人让他毛骨悚然，特别是他们谈论自己疾病的方式。

玛丽·卢有一张单子，上面记录着该轮到谁坐庄，因为她们经常会忘记。她们在新桌子上玩牌，纸牌在光滑的桌面溜过。这天晚上她们谈论的话题是做窗帘的材料，埃达孙女的卵巢炎，塞尔玛手臂上长出来的一个东西，还有气候变化的模式。三个寡妇都住在镇上的漂亮房子里，每次玛丽·卢去她们家里玩牌的时候，她们那些绒毛毯、配套的家具和整洁的厨房总会给她留下深刻的印象。她们的墙上挂满了孙辈和曾孙辈的照片。玛丽·卢的照片都散乱地塞在抽屉里，她的厨房永远是乱糟糟的。

"她们会让我输个精光的。"麦克过来看了一会儿牌，玛丽·卢对他说。玛丽·卢和塞尔玛配对。"我拿到了鸟[1]，这是我手上唯一的主牌。"

"我还从来没摸到过这张牌呢。"克劳西说，她是个身材苗条、精力充沛的小个子女人。

"我放了三十分出来，都给她们抓去了。"塞尔玛对麦克说。

"鲁克是霉运的象征，"麦克说，"它就是一只乌鸦，什么都不是。"

当他又转身继续去看电视上他的橄榄球赛时，埃达笑着说："你们听说过艾尔玛·邦贝克是怎么说的吗？她说：不管是谁，如果每年看的橄榄球赛超过一百六十八场，他就该被合法地宣布为死亡。"

她们都压低嗓子爆发出一阵阵笑声，不过玛丽·卢辩解说："麦克没看那么多球赛，只不过因为电视上正好在放他才看的。他一般都在埋头读书。"

"我以前也经常看书。"克劳西说，"不过这个习惯我戒掉了。"

---

1 指鲁克的王牌。"鲁克"英语意为"白嘴鸦"，这副牌的王牌是一只白嘴鸦。

后来，玛丽·卢抱怨麦克的举止。"你起码应该友好一点啊。"她说。

"我喜欢看你玩牌。"麦克说。

"你在转移话题。"

"你很开心，样子真美。"

"我得为那些老女人说句公道话，她们至少会出门走走，不把自己藏起来。不像我认识的某些人。"

"我没有把自己藏起来。"

"你认为她们是一群愚蠢的老寡妇。"

"你玩得高兴的时候样子真漂亮。"麦克说，在她屁股上戳了一下，让她跳了起来。

"她们也没那么老，"玛丽·卢说，"她们一点都不显老。埃达已经是曾祖母了，可她才身手敏捷呢，她开着那辆小装载车去帕迪尤卡，好像整条路都是她家的一样。克劳西脑子里没算计，就像个小孩子——"

但是麦克此时已经沉湎于电视上的某个东西，一个布丁广告。玛丽·卢曾试图对麦克耐心一点，她觉得他会摆脱目前的这种状况，她和麦克迟早必须面对共同变老的事实。麦克说，有一个上大学的女儿，让他觉得自己错过了什么。不过玛丽·卢曾经尝试让他意识到，他们仍然可以享受生活。在她开始定期玩鲁克牌之前，她有过好几个跟麦克一起做点什么事的想法，反正如今他们不再为家庭所累。她建议去打保龄球，露营，去一趟欧普里游乐场[1]。可是麦克说他宁愿改进自己的大脑，他那时正在读《幕府将军》[2]。他拿交通做借口。他们曾经有个机会到"天堂谷庄园"免费度一个周末，那是位于奥扎克山的一个度假开发区。他们什么义务都不需承担，只要听一个讲座，看几张幻灯片就行了。但是麦克讨厌这个提议，说那是个骗局。麦克让玛丽·卢觉得自己在逼他，所以她决定过段时间再来谈论这些话题，她要等着麦克从他自己的壳里爬出来。但是对于放弃了那个免费的周末她仍然感到失望，度假村里可以游泳、爬山、骑马、打高尔夫、钓鱼，还可以租汽艇。卫生间里还有泡泡浴缸。

一天早上五点钟，电话铃响了，玛丽·卢确认肯定是朱迪出了事。她跑到厨房去接电话的时候，脑子里满是毒品啊、自杀啊、宿舍起火啊这样的念头。电话那头的男人大声朝她吼着，让她猜他是谁。原来是埃德·威廉姆斯，她久已失去联系的弟弟。玛丽·卢说不出话来，因为她在几年前就认为他肯定已经死了。埃德那时因为健康的缘故，跟一个肤色黝黑、耳朵上扎满洞的女人一起去了得克萨斯州。如今他告诉玛丽·卢，他跟那个叫琳达的女人结了婚，他们和她前一次婚姻的两个孩子一起住在加利福尼亚。

"你现在什么样子？"玛丽·卢问。

---

[1] 欧普里主题公园，位于田纳西州纳什维尔市郊。
[2] 《幕府将军》(*Shōgun*)，詹姆斯·克拉维尔（James Clavell）著，1975年第一次出版。

"我像一根竹竿,要弯下腰才会有影子。"

玛丽·卢说:"我又老又肥又丑。麦克听到这话会抽我的,我也不真的是那样,不过都过了九年了,你知道区别有多大。九年了,埃德·威廉姆斯。你这么对待我们,我真想杀了你。"

"我刚刚给自己盖好一座房子,可是除了一台洗衣机和一台烘干机,我没有一件想放进去的东西。"

"女儿们都离开家了。朱迪在念大学——第一个上大学的。我们都很骄傲。她说她要做医生。贝蒂和珍妮都结婚了,孩子都有了。"

"我有一辆露营车,一辆皮卡,还有一块退休用的地皮。"埃德说,"麦克怎么样啊?"

"哦,自从女儿们离开了家,他很寂寞,现在行为有点古怪。"

玛丽·卢混乱而兴奋,她一边煎腌肉,一边告诉麦克电话的事情。麦克对埃德还跟同一个女人在一起的事情显得有点吃惊。

"她是怎么把他收在自己的掌心里的?埃德这人从来不会在一个地方待到庄稼收割。"

玛丽·卢把麦克的盘子胡乱地摆到他面前。"我真心以为他死了。他到那儿去的时候,样子真可怕。他以为自己得了肺结核。不过这就是他了,从来不写信,不打电话,一点消息都没有。"

"埃德向来野性。我打赌他是喝醉了。"

玛丽·卢坐下来吃饭。她谨慎地说:"他想让我们去那边看他。"

"他为什么不能到这儿来?"

"他现在有家了，受约束了。"

麦克一边吃饭，一边翻看《老农夫年鉴》。

玛丽·卢说："我们可以去那儿，我们没什么拖累。"

麦克把手指夹在一页书上。"要是朱迪想回家怎么办？那她就得一个人待在这儿了。"

"你真比我见过的所有人都犟，麦克。"玛丽·卢往烤面包上涂上果酱，咬了一口。她说："埃德说他才发现自己多么想听听家乡的事情。他说圣诞节要到了——你知道吗麦克？上周有一天我一直在想埃德，然后他就来电话了。我肯定有预感。《老农夫年鉴》怎么解释这种事？"

麦克指着一张天气表："说我们会有个暖冬——基本上不下雪。不过我才不相信。我认为圣诞节前会下雪的。"

麦克的声调那么严肃，听上去就像总统在发表经济情况黯淡的演说。玛丽·卢不知道该作何感想。

第二天晚上在克劳西家里，鲁克牌友们对玛丽·卢的新闻兴致勃勃，不过她没有详细提及弟弟的坏名声。

"一听就知道是他。"她说，"他的声音好清楚。"

克劳西鼓励玛丽·卢说服麦克去加利福尼亚。

"噢，我们根本没这个经济能力。"玛丽·卢说，"这件事我恐怕提都不敢提。"

"实在远得可怕,"塞尔玛说,"我大女儿的女儿七三年五月去了那儿,学校放假的第一天走的。"

"他说没说他现在在干吗?"埃达问玛丽·卢。

"他说他刚盖了一座房子,除了一台洗衣机和一台烘干机之外,没有别的他想放进去的东西。麦克取笑我这么在意这件事,不过他从来就没喜欢过埃德。埃德向来有点野。"

克劳西做了柠檬味海绵蛋糕和煮布丁当点心。玛丽·卢爱在克劳西家做客。她的房子就跟她做的海绵蛋糕一样,都是表面柔软,色彩宜人,她厨房里铺的是康格罗姆公司出产的新打蜡地板,上面是仿砖墙的花纹。

克劳西清理桌子上的碗碟时拍了拍玛丽·卢的手,说:"好了,如果你们去不了的话,也许你弟弟会回家来。看样子他现在开始惦记自己的家庭了。"

"你和麦克需要多出去走走。"埃达说。

"你应该让麦克去跳土风舞!"克劳西说,她是一个土风舞俱乐部的会员。

玛丽·卢忍不住笑了,这主意实在牵强了一点。

"前天本来该是我的五十周年结婚纪念日。"塞尔玛说,她丈夫去年去世了。

"奥迪斯没能活久点,确实挺糟糕的。"克劳西同情地说。

"他为我们买了八个墓穴。奥迪斯想让我和他有好多房间。"

寡妇们比较起棺材的价钱来。

"天哪,我才不想像现在有些人那样被火化了呢,"埃达说,"就为了节省地方。"

"我也不想,"克劳西喊了起来,"你们看了前一阵电视里放的那个俄国人没有?在他的葬礼上有一辆运尸马车,那上面放着的不是棺材,而是一个花瓶。看上去真够怪的。"

"好一个主意!"埃达叫道,"把一个人放在壁炉架上的花瓶里。说不定有人会当成烟灰缸来用。"

克劳西和埃达以及塞尔玛都笑了。玛丽·卢心烦意乱地洗着牌,就像麦克翻阅《老农夫年鉴》一样,好像能够洗出什么智慧来一样。

"得了,各位,打牌吧。"她说。

但是女人们还是无法静下心来、集中精力玩牌。她们还在笑着,情绪高涨。玛丽·卢没完没了地洗着牌,似乎她永远也洗不好这副牌。

除了鲁克牌友来家里的时候,麦克差不多不再看电视了。他坐在自己的座椅里读书。他参加了一个读书俱乐部。自从朱迪去念大学以后,他已经读完了《幕府将军》《天使之怒》《上帝的小丑》,以及《盟约》。他还读了一部分《宇宙》[1],这本书是玛丽·卢

---

[1]《宇宙》(*Cosmos*),卡尔·萨根(Carl Sagan)著,1980年第一次出版。本书改编自作者参与创作的同名电视节目。节目与书在20世纪80、90年代很受欢迎。卡尔·萨根是美国著名科普作家,1978年获普利策奖。

从图书馆给他借来的。在《宇宙》里读到的任何事情他都不相信,他们那里电视上还没播过这部片子。现在他正努力攻读《哲学百科全书》。他读这本书的时候,眉头紧皱,脸上一副痛苦的表情。

玛丽·卢到一个停活动住房的地方给一对年轻夫妇送一个枪支柜。她不知道他们怎么买得起枪支柜。她给麦克买了些砂纸。麦克从来不会列一张购物单,他总是为了一两样东西让她到城里跑一趟。到了家,麦克道歉说自己没有出去跑腿办事,他正用一块破布擦着一片木头。

"瞧这个,"他兴奋地说,给玛丽·卢看几个架柜的草图,"我想好给朱迪做什么圣诞节礼物了,给她一个惊喜。"

草图上是一个满是小抽屉的复杂设计。

"你出门的时候朱迪来电话了,"麦克说,"我跟她打完电话以后就有了这个灵感。我给她做这个,让她放在宿舍里。这上面会有放唱机的地方,还有地方可以陈列唱片。这叫家庭娱乐中心。"

"真漂亮。朱迪为什么来电话?"

"她明天回家。她的室友休学了,她要提前回家来准备下星期的考试。"

"她室友出什么事了?"

"她不愿意说。不过,她肯定惹上什么麻烦了。"

"朱迪没事吧?"

"没事。她打完电话,我就想到要做点好东西给她。"麦克正在固定砂纸,用一把螺丝刀把砂纸卷到打磨机上去。他突然说道:"你不会丢下我走掉吧,对不对?"

"你怎么会这么说?"

麦克放下打磨机,抓着她的肩膀,然后把她拉进怀里,贴近自己。他身上一股松节油的味道。"你老是想着到处跑,"他说,"你可能起了什么念头了。"

"别担心,"玛丽·卢说,"我不会想着离开你的。"她忍不住又讽刺地加了一句:"你会饿死的。"

"你会离开家去找埃德。"

"嗯,总不能开那辆皮卡去吧,"她说,"刹车那么糟。"

他放开她的时候样子很高兴。他打开打磨机,按照木头的纹理在那块木头上面来来回回地打磨着。当他关掉打磨机,用一片废砂头擦掉木头上的细灰时,玛丽·卢说:"埃德老是遭人嫉妒。他惹麻烦的唯一原因是大家嫌他随身带着那么多钱。人们听说他有钱,就想出些陷阱让他掉进去。其实大家都是在嫉妒,因为他碰过的东西都会变成钱。"

麦克用废砂头擦拭木板的样子让玛丽·卢想起阿拉丁和他的神灯。他擦啊擦啊,一边听她说话,一边点着头。

朱迪开着一辆小雪佛兰科威特,那是她用自己在"汉堡大厨"

打工挣来的钱买的。她是第二天晚饭时间到的，手里拿着一个比萨饼和一大手提袋书。玛丽·卢做了青豆、玉米和卷心菜沙拉配比萨饼。她和麦克围着女儿问长问短，在他们的坚持下，朱迪试着解释她室友到底出了什么事。

"斯蒂芬妮迷上了教西方文明史的教授，她把这件事弄得很大。如今她的男朋友跟她过不去，指责她跟老师鬼混，但是她其实没有。现在他很生她的气，所以她离开了，好清理一下自己的头脑。"

"她回她爸爸妈妈家去了吗？"玛丽·卢问。

朱迪摇摇头，她的头发像摇动着的灰尘掸子一样四处飞舞，玛丽·卢几乎期待会有什么东西从里面飞出来。朱迪的头发卷曲蓬松，她在头发上擦过点什么东西，她的脖子上戴着一串贝壳。

"比萨凉了。"朱迪说，她碰都没碰青豆一下。

麦克说："我不明白她为什么不留下来，至少等到考完试。这样她必须多交一整学期的学费。"

"嗯，我希望她不要跟她妈妈一样彻底崩溃。"玛丽·卢说。朱迪曾经告诉他们斯蒂芬妮的母亲发作过好几次精神崩溃。

"她爸爸一点肉都不吃？"麦克问。

"不吃。他是素食者。"

"他不会生病吗？"

朱迪又摇了摇头。

吃完晚饭，朱迪把大手提袋里的东西倒在双人沙发上，她带了一本数学书，一本科学书，一本名叫《十八世纪修辞学》的什么书，还有一本沉甸甸的心理学书。她盘起双腿，坐在双人沙发上，向玛丽·卢和麦克解释着什么是量子力学。她管自己的老师叫鲍勃。

朱迪说："其实也没那么离奇，只不过是关于基本粒子的研究——就是世界上最小的东西，比原子还要小。还有些被叫作光子的东西，你想找它们的时候，它们就消失了。没人找得到它们。"

"那他们怎么知道有这些东西存在的？"麦克怀疑地问。

"它们去哪儿了？"玛丽·卢问。

朱迪兴奋地谈论着，双臂像啦啦队队员一样挥舞，她的贝壳项链在她双乳之间跳动。她穿了一件法兰绒格子上衣，袖口卷了起来。她说："如果你试图把它们分离出来，它们就消失了。它们不能以群组以外的方式存在。鲍勃说这是世界历史上最重要的发现之一。他说这一发现推翻了所有物理学的旧理念。"

鲍勃不是斯蒂芬妮迷上的那个老师，那个老师名叫汤姆。这一点玛丽·卢是弄得很清楚的。麦克在走廊上踱步，就像有时候朱迪周末没回家他会做的那样。

"我以为你选的是哲学课。"他说。

"不是，是物理课。"

"麦克在读关于哲学的书呢。"玛丽·卢说，"他以为你在修哲学课。"

"这两个很像，"朱迪说，"在量子力学里，也没有终极答案。你看到的任何东西都可能有十几种不同的含义。鲍勃说新物理学发现的是东方神秘主义者早就知道的东西。"

玛丽·卢糊涂了："如果那些东西根本不存在，他们怎么知道这些东西的呢？"

"它们成群结队的时候，他们就能了解它们。"朱迪开始在她的笔记本里写字。她抬起头来说："量子力学就像群体行为的统计研究。"

很突兀地，麦克去了地下室。玛丽·卢拿出针线，开始观看电视里放的《真实的人》节目。她能够听到丈夫存在的信号：他作坊里钻子的声音，接着是锯子的声音。一阵突发的诅咒。

第二天晚上，朱迪说服玛丽·卢去看电影，可是麦克说他还得干活。他忙着给朱迪做那个家庭娱乐中心。玛丽·卢不好意思去看一场限制级别的电影，但是被朱迪笑话了一顿。朱迪开着她的雪佛兰科威特，她们去接了玛丽·卢邀请的克劳西。

"克劳西这段时间变了。"玛丽·卢抱歉地告诉女儿，"你应该看看她怎么放开自己走出去的。她甚至在跳土风舞。"

克劳西坚持爬到后排去坐，因为她个子矮。"我穿了裤子，因为我知道你们肯定都会穿裤子。"她说，"我去你家就不穿裤子，玛丽·卢，因为我觉得有男人在场的情况下穿裤子不大好。"

"一九八〇年以后我就没穿过裙子了。"朱迪说。

"这场电影会把我们的耳朵磨出老茧来的。"玛丽·卢告诉克劳西。

"噢，妈妈。"朱迪说。

"是黄色电影吗？"克劳西渴望地问。

"是限制级别的。"玛丽·卢说。

"嗯，我就说活到老学到老，"克劳西说，笑了起来，"塞尔玛和埃达如果知道我们干的事会大发脾气的。"

"麦克不会去的，"玛丽·卢说，"他不喜欢待在一群女人中间——尤其是她们说脏话的时候。"

"每个人都说那些话，"朱迪说，"那些话没什么特别意思。"

电影是《禁闭后的疯狂》。玛丽·卢笑得太厉害了，她必须使劲忍着。演员开始说脏话的时候，她陷进座位里，牢牢抓住朱迪的手臂，朱迪却毫无惧意。看着东扯西拉的电影，玛丽·卢时不时想到她自己的家庭是如何分解的。如果你打破一个团体，那些个体就可能会消失而不再存在。她不安地觉得：这就是麦克身上发生的事情，他正是这样消失的，跟每一个人都失去了联系，就像埃德当年一样。屏幕上，金·威尔德骑在一头机器牛身上，旋转着，旋转着，高举胜利的手臂。

之后，她们把克劳西送回家，开车回家。朱迪打开车上的收音机。玛丽·卢还兴高采烈地沉浸在电影之中,可是朱迪看上去似乎有点抑郁不振。她几乎没有提及她的室友,所以玛丽·卢问:"如果斯蒂芬妮不回家,她又会去哪儿呢?"

朱迪把收音机音量调低。"她去她姐姐家了,在纳什维尔。她姐夫是个唱片推销商,他们家地方很大,有游泳池和马什么的。"

"嗯,也许等她冷静下来,会跟她男朋友重新和好的。"

"我不这么觉得。"朱迪在镇高中那里右转,朝高速公路开去。她说:"她想跟他分手,可是他不放过她,所以她一走了之。"

玛丽·卢叹了口气。"这年月,大家都怎么高兴怎么来。他们动不动就出走了,就像电影里的那些家伙一样。像埃德一样。"

"不过,斯蒂芬妮挺害怕杰夫的,怕他可能会闹出什么事来。"

"什么事?"

"哦,我不知道。一些疯狂的事吧。"朱迪把收音机音量调高,说:"这儿有首歌是唱给你的,妈妈。是首黄歌。《地平线上的波普》[1]——明白没有?"

玛丽·卢听了一会儿。"我不明白。"她说,担心会碰到跟光子一样深奥的东西。歌里,歌手重复说道:"每个人都想做地平线上的波普。"

"噢,我明白了。"玛丽·卢突然笑起来,说:"这歌我都不

---

[1] 波普(Bop)为双关词,既有爵士乐的意思,也有妓女的意思。

敢跟我的鲁克牌友们讲。"过了一会儿,她说:"不过她们也不会明白。'波普'这个词,她们大概还从来没听说过'波普'这个词呢。"

玛丽·卢有点为自己高兴。波普,做波普,她还不是那么老,女儿也不是那么远。一瞬间,她感觉到一阵突如其来的快乐,就像孩子们不顾时间、快乐旋转时的那种感觉。

接下来那天晚上,玛丽·卢的朋友们到家里来玩鲁克牌时,她们对朱迪的室友深表好奇,可是朱迪却不愿意透露太多。她缩在双人沙发上,学习数学。玛丽·卢对鲁克牌友们解释说:"斯蒂芬妮来自一个有点问题的家庭。她母亲有过很多次精神崩溃,爸爸是个素食者。"麦克电视的声音开得太大了,差不多就像《不可思议的浩克》[1]正在牌桌上上演一样。玛丽·卢让麦克把音量调低。过了一会儿,他关掉电视,拿起朱迪的物理书来读。牌局期间,他不时起身,走到电话机跟前,拨打报告"时间－气温"的号码。降温了,他报告说。气温已经降到零下四摄氏度,他期望会下雪,但是鲁克牌友们担心着天气,害怕在冰天雪地的夜里开车回家。

克劳西讲到《禁闭后的疯狂》时,玛丽·卢试图描述电影里让她捧腹的那个片段:理查德·普赖尔和吉恩·怀尔德穿上精心

---

[1] 一部美国动画片。

制作的羽毛装,他们应该是两只啄木鸟。

克劳西说:"早上狱卒把他们叫醒的那段,我喜欢得要命,他们两个同时都想上厕所。"

鲁克牌友们不停地颠三倒四,错过牌局。塞尔玛出错了牌。

"你出那张牌干吗?"埃达问,她今晚是塞尔玛的搭档。"主牌是绿色的。"

塞尔玛说:"我太稀里糊涂了,没法思考。我不知道几时听过那么多荒唐事。啄木鸟、黑人、黄色电影。"

玛丽·卢本来一直在考虑要点评一下她听说的一种新病症,得了这种病的人会无法控制地抽搐,并且难以抑制地诅咒骂人,不过她意识到这个想法不合适。她跳起来说:"各位,我们停下来吃点点心吧。我做了椰汁蛋糕和速冻冰茶。"

玛丽·卢用她的好盘子装蛋糕,每个人都评说蛋糕多么汁液充足。吃完蛋糕和冰茶,塞尔玛突然坚持要回家,因为天气的缘故。她说自己脚冷。玛丽·卢提出可以把暖气开大一点,但是塞尔玛已经穿好大衣。她拿出手电,朝门口走去。塞尔玛的别克车听起来就像一架水泥搅拌机。她们听见汽车倒出院子里的车道之后,克劳西口气神秘地说:"她生气了,因为我们看了那场黄色电影。天气,我的乖乖。"

"她是真的虔诚。"埃达说。

"哎呀,老天爷,我跟其他人一样是基督徒!"玛丽·卢叫道,

"那些话一点没有反对宗教的意思。我打赌是麦克让她担心天气了。"

"塞尔玛真是老派,"克劳西说,"她对如今的孩子们干的某些事一无所知。"

"时代变了,这是肯定的。"玛丽·卢说。

埃达说:"奥迪斯把她给惯坏了。他把她捧在手心里。"

玛丽·卢用一个纸盘子装了些蛋糕给麦克。他还在看那本物理书。

"我们输了,"玛丽·卢说,"我上一把拿到了白嘴鸦,不过也没派上用场。"

"塞尔玛报复你了,是吧?"麦克说,带着一丝满意的怪笑。

"都是你的错,让她尽顾着担心天气变冷了。你为什么不代替塞尔玛,跟我们一起打牌?"

"我忙着研究呢。我想我已经在这本书里找到了一处错误。"他咬了好大一口蛋糕。"你做的椰子蛋糕是我的最爱。"他说。

"我会把做蛋糕的配方给你的。"玛丽·卢"砰"地摔上门,转身走了。

让玛丽·卢惊讶的是,朱迪提出接替塞尔玛的位置打完这一圈。玛丽·卢跟女儿道歉把她从书本里拉过来,可是朱迪说她需要休息一下。朱迪赢了几手牌,她张扬地吃掉别人的牌,愉快地抓着牌。玛丽·卢松了一口气。克劳西和埃达离去之后,她感到兴奋,很想说话。她发现自己正在跟朱迪讲埃德,试图让她记住她的舅舅。玛丽·卢找到一盒子照片，她给朱迪看埃德的照片。在那张快照上，他站在自己那辆拖车前面，手里拿了一听惠得普啤酒。

玛丽·卢说："他以前经常跑长途，每次一回到这里，警察就会想办法抓住他，他们听说他有钱。"

麦克坐到朱迪的双人沙发上。他默默地翻动着那些照片，玛丽·卢则飞快地讲述着："他们会跟踪他，一直等到他违犯了规则，好找他的麻烦。有一次他和他的第一个妻子波林去看电影，他们下车之后，那帮警察用一张停车票做借口缠上了他。所有这些仅仅因为他有过案底。"

朱迪和麦克一起看着照片。麦克正在研究一张他自己和朱迪一起照的照片，朱迪那时是一个手拿拨浪鼓的秃头宝宝。

"他怎么有案底的？"朱迪问。

"车祸。"

"D.W.I？"朱迪明知故问道，"酒后驾驶？"

玛丽·卢点点头："车祸。一辆车里死了一个男人。"

"他们告他了吗？"朱迪带着突来的好奇心问道。

"没有。那不是他的错。"玛丽·卢迅速地说。

"你偏袒埃德，"麦克告诉朱迪，"你盲目地喜欢他。"

"他说他是根竹竿，"玛丽·卢说，"他说他要弯下腰才能有影子。他从来就没长过一两肥肉。"

朱迪再次近距离地看着舅舅的照片,好像要记住这张照片以应付考试一样。

"哇,"她说,"太与众不同了。"

麦克把几张快照塞进一堆照片里,他用一种哀伤的口吻对朱迪说:"你母亲想离开我们去加利福尼亚。"

"我从没说过这话。"玛丽·卢说,"我几时说过这话的?"

朱迪没有听他们的谈话。她在厨房里,正在冰箱里搜索。"我们没有可乐吗?"她问。

"没有。最后一罐晚饭的时候喝掉了。"玛丽·卢说,心里有点乱。

朱迪穿上夹克:"我出去买几罐回来。"

"外面结冰了。"麦克担心地说。

"便利店价钱挺贵的。"朱迪走出门口时,玛丽·卢叫道,"不过我估计这么晚也只有那里才开着门。"

玛丽·卢看见麦克正看着她,好像把朱迪的离开归咎于她一样。"你干吗用这种眼光看着我?"她责问道,"你老是取笑我。我觉得自己像一只老得掉渣的猫。"

"怎么了?我不是那个意思。"麦克说,假装无辜。

"她走了。另外,她长大了,她要是愿意,还可以深更半夜出门。她要是愿意的话,连南美都可以去。"

玛丽·卢把装蛋糕的托盘盖好,在水池里放上水,漫过盘子。她还没来得及多说几句，麦克已经拿起电话，又拨通了"时间—气温"播报号码。他一边倾听，一边张大了嘴，似乎觉得不可置信。

"温度每小时下降一摄氏度，"他低声说，"现在是零下六摄氏度了。"

玛丽·卢突然意识到：麦克拨打气温电话，实际上是害怕讲电话，而在听电话录音的时候，他是用不着回答的。这是他假装自己在参与社会的方式。他希望下雪，这样他就不用出门了。他害怕可能发生的事情。然后她突然意识到，真正让他感到恐惧的必定是女人。这时，玛丽·卢为自己对他的影响感到那么厌倦，那么沉重，她想哭。她看见丈夫那样站在那儿，姿势僵硬。麦克看起来似乎可以把话筒贴在耳朵上，在那儿站上一整夜。

1949年，底特律的地平线

我九岁那年，母亲带我前往北方，做了一次长途旅行，因为她想让我有机会看看底特律的高楼大厦。我家在西肯塔基的一个农场里，离联邦高速公路不远，"二战"后，那条路把很多南方人带往北方的汽车制造厂工作。我们去拜访妈妈的姐姐莫泽拉姨妈和姨父波恩·凯松，波恩退役后不久就去了北方。他们住在底特律的一个市郊，母亲之前曾经去看过他们一次，她忘不了自己当时见到的那些摩天大楼。

布鲁柯斯大巴用了一天一夜的时间到达底特律。途中，母亲晕车呕吐，一个黑人婴儿哭闹了一路。我想着底特律，无法入睡。

妈妈曾经指着玉米地上方平直的地平线，徒劳地向我描述那些大楼有多高。在我的想象里，它们快耸到月亮上去了。

"别让波兰人[1]把你抓走了。"我们离开时，父亲警告我。他要留在家里给奶牛挤奶，我两岁大的弟弟强尼和他一起留了下来。

姨妈和姨父搭着一辆计程车到汽车站来接我们，我还没来得及仔细看清他们的样子，他们已经把我一把抱进了怀里。

"我都认不出你来了，佩吉·乔，"姨父说，"上次见到你的时候你还是个小不点呢。"

"这不太令人泄气了吗？"莫泽拉姨妈说，"波恩如今都可以给我们造一辆汽车了，可我们却要坐出租车来。"

"我们还在开那辆老爷车，不过可以进城就是了。"妈妈说。

"我怎么能造汽车？"波恩姨父说，"我就知道保险杠。"

"他只干这一件事，"姨妈对我说，"他负责安装保险杠。"

"我们很快就会买辆车的。"波恩姨父对他妻子说。

姨父是个消瘦纤细的男人，发际很高。他布满斑点的皮肤让我想起麻雀蛋易碎的外壳。姨妈却正好相反，她体格强壮，晒得黑黝黝的，深色的头发像翅膀一样耷拉在耳朵上。我凝视着姨妈和姨父，试图把他们跟母亲给我看过的照片重合起来。

---

1 底特律有很多19世纪初去那里的波兰移民，所以有此一说。

"佩吉特别想看看高楼。"我们爬进出租车时妈妈说,"她的舌头被猫吃了。"

"没有!"

"我恐怕要告诉你一个坏消息,"莫泽拉姨妈说,"城里的公共汽车在罢工,没办法进城了。"

"千万别这么说!"妈妈叫道,"我们赶了这么老远的路过来。"

"是跟工会有点麻烦,"波恩说,"不过你们回家之前他们可能就会复工。"他拍了拍我的膝盖,说:"别担心,小家伙。"

"工会里全是赤党。"莫泽拉姨妈轻声对我母亲说。

"进城安全吗?"妈妈问。

"不用担心。"莫泽拉姨妈说。

嘟嘟嚷嚷的计程车司机长得像只青蛙,我从又矮又小的黄色计程车的窗户望出去,仔细观察着路上陌生而广阔的街区。我从来没见过那么多房子,全部一行一行整齐地排列着,它们都还是新的,柔和的色彩安宁而迷人。对于我来说,摩天大楼仍然像神话故事里的城堡那么遥远,但是这些房子是真实的,它们互相偎依,亲密得让人兴奋。我知道有一天等我长大了,我会住在这样的地方,一个有邻居的地方。

我亲戚家的房子位于一条寸草不生的新街上,有着威尼斯式的百叶窗和闪光的木地板。客厅的地毯上印着巨大的粉红色玫瑰,让我觉得可以在上面玩跳房子。客房镶着多节的松木镶板和闻上去香喷喷的雪松壁橱。莫泽拉姨妈已经在我们房间里放好了绣着"他"和"她"的浴巾。浴巾上绣着小狗图案，松软得令人喜悦。在家里，我们用的洗脸毛巾都是买洗衣粉时附送的赠品，浴巾又旧又薄。房子很大，我还从来没见过我母亲那么兴高采烈。参观厨房的时候，她快乐地转着圈，像个年轻姑娘一样，完全忘记了在大巴上的不适。莫泽拉姨妈有一个烤面包机，一个搅拌机，一台电炉，和一个巨大的公鸡形状的电子钟。墙上，铜底煎锅闪闪发光地排成一行，像一排蹲在栅栏上的金眼猫。

"是不是很棒啊？"母亲对我说，"我跟你讲过吧？"

"有时我也要掐自己一把。"姨妈说。

这时，前门"砰"的一声关上了，一个梳着马尾巴的高挑女孩进到屋里，态度随便地说了声"嗨！"。

"玉米！[1]"我胆怯地说，这似乎把她弄糊涂了，因为她盯着我，好像我是被放进屋里的什么奇怪的宠物。这是我的表姐贝斯蒂·露，她穿着裤腿卷到膝盖的蓝色牛仔裤。

"我们的亲戚到了。"莫泽拉姨妈宣布。

"天哪，你都长成一根竿子了。"妈妈对贝斯蒂说。

"欢迎来到我们美丽的城市，我希望你不会染上小儿麻痹症。"贝斯蒂对我说。

---

[1] "玉米"可能是表姐小时候的小名。

"看你在说什么呢！"她母亲叫道，"你吓着佩吉·乔了。"

"我想今年夏天比去年还要糟糕。"妈妈担心地说。

"我们困在这儿，又没车，你没地方去，传染不上小儿麻痹症的。"莫泽拉姨妈说，朝我笑着。

"小儿麻痹症会在游泳池里传播。"贝斯蒂·露说。

"那我什么游泳池也不去。"我断然宣布。

莫泽拉在她那辉煌的厨房里忙进忙出，准备晚饭。我坐在桌旁，倾听妈妈跟她姐姐谈话，她们温和而畅快地交谈着，交换着新闻，时不时停下来向对方投以微笑，似乎不相信这一切是真的，或者骄傲地看着我。我无法把眼睛从姨妈身上移开，因为她跟我母亲长得那么像。她比妈妈要老一点，胖一点，可是她们笑起来嘴巴都张得很开，笑声也同样丝毫不做作，她们上唇的唇尖都很突出，涂着鲜红色的口红。

妈妈说："波恩运气确实好，他还年轻，没有残废，而且有份好工作。"

"敲敲木头[1]。"莫泽拉姨妈说，敲了一下门。

他们给我安排了一个玩伴，一个跟我年龄相仿的邻居女孩。在家里，夏天我从来不跟任何人玩，因为我在学校认识的女孩住

---

[1] 这是一个美国风俗，用于保证好运不因说出的话而消失。

得都太远了。突然间我发现自己正盯着一个身穿紫色泡泡纱长袖连衣裙的圆胖女孩,她踩着旱冰鞋在人行道上滑来滑去。

"来吧,"她说,"不难。"

"我就来。"贝斯蒂·露让我穿她的旧旱冰鞋,可是我怎么也不能把它绑在我那双"维热伯德"牌的凉鞋上。我还从来没有滑过旱冰,家里附近没有人行道。我决定试着用一只脚滑,就像滑踏板车的小孩一样,可是旱冰鞋松了。

"两只都穿上。"女孩说,朝我笑着。

她的名字叫莎伦·贝勒提芮。她不得不把她的名字给我一个字母一个字母地拼出来。她不停地重复着我的名字,直到听起来荒唐为止。"佩吉佩吉佩吉佩吉佩吉。"她把我的名字叫得好像"陪鸡"。

"你烫过头发吗?"她问。

"没有,"我说,摸摸我的马尾巴。"我把头发扎成辫子,因为夏天到了。"

"头花?哦,你是说头发?像挥发?"她朝空中挥着手。她站在那儿,在旱冰鞋上保持着完美的平衡。她把"发"读做"fa",我则念"hua"。

莎伦转身沿着人行道嗖嗖地滑下去,然后在不远处停下来,扭过身子,面对着我。

"你到底滑不滑啊?"她问。

姨夫抽"老金"牌香烟，他似乎精力过剩，总是从椅子上跳起身来拿这拿那的，要不就看着外面的温度计。最近他在一则报纸广告上发现了自己的名字，因此赢了一品脱免费"坎宁安"牌雪糕。姨妈说这件事让他小有名气。那天我滑旱冰回来的时候，他正坐在门廊里用一张报纸扇风。酷暑来了，他说。

"你觉得莎伦·贝勒提芮怎么样？"他问。

"她说话怪怪的。"我说，在他身边坐下。

"北方这里的人说话都怪。我也注意到了。"

波恩姨父参加过战争，他跟我讲过他在太平洋战区度过的时光，在一艘战舰上航行，寻找日本人。

"我和几个弟兄去过太平洋上的一个岛，那里有个部落的人长着小尾巴。"他说。

"别信他的话。"姨妈说，她一直在听。

"是真的。"波恩姨父说，"我画十字起誓。"他庄严地双手交叉放在胸前，然后看了看表，突然对我说："你对漂亮的乔治怎么看[1]？"

"我不知道。"

---

[1] 指乔治·瓦格纳（George Wagner, 1915—1963）：美国 20 世纪 40 年代和 50 年代有名的摔跤手，因其性格张扬而闻名。

"那豪迪·杜迪[1]呢?"

"豪迪·杜迪是谁啊?"

"这孩子谁都不知道。"他对姨妈说,"她是跟一群乡巴佬一起长大的。"

"他在开玩笑。"莫泽拉姨妈说,"你快让她去看看吧,波恩,别保密了。"

他说的是电视机。我在客厅里没注意到它是因为它的屏幕前面安了一块可移动的盖子。那是一部十英寸[2]的台式电视机,音响装在一个紫檀木柜子里。

"我们从没见过电视机。"我母亲说。

"这东西会毁了她的,"姨妈说,"它已经把波恩给毁了。"

波恩姨父打开电视机,屏幕上出现一场摔跤比赛,我看见漂亮的乔治正在伸缩肌肉,摇晃着一头卷发。电视机类似于我们的收音机,我好久都没弄明白,以为可以在电视上看到所有我喜欢的电台节目。

"这种电视机你可以在正常光线下观看,不会把眼睛弄瞎。"姨妈说,为了让我们安心。"我叫它'白日电视'。"

"等着看豪迪·杜迪吧。"波恩姨父说。

---

1 豪迪·杜迪(Howdy Doody)是1947年到1960年间美国一个同名儿童电视节目中的主角。

2 1英寸约为2.54厘米,12英寸为1英尺。

电视机上的图像不清楚，想要弄明白节目的内容需要一点想象力，图像经常消失，但是我能看见漂亮的乔治在屏幕上移动，卷发飞舞。我看见他抓住对手，把他摔倒在地，他把他抱得那么紧，我以为他会被勒死。

那一夜，我躺在雪松味道的房间里，因为过于兴奋而无法入睡。我不知道下一步还会遇到什么，街灯像月亮一样透过威尼斯百叶窗照进来，我躺在那儿的时候，我的守卫天使慢慢溜进了我的脑子里。在《亚瑟叔叔的睡前故事》里有一张图片，上面画着一个小孩和盘旋在他上方的守卫天使。那是一个男天使，有一对巨大的毛茸茸的白色鸟翅膀。那个男孩可能永远不会看见他，因为天使都待在汽车司机叫作"盲点"的地方。我有一种感觉：我的守卫天使一直跟随着大巴来到密歇根州，如今就在房子里，跟我待在一起。我知道我的守卫天使的职责是保护我不受伤害，可是我不希望任何人知道他的存在。我很害怕他。过了很久，我才睡着了。

北方人喝咖啡。莫泽拉姨妈早上煮了一大壶咖啡，她把咖啡倒进一个保温壶里，这样她就一整天都有咖啡喝了。

妈妈也开始喝咖啡了。"哦哟！我比风筝都高了！"她会说，"我要整夜到处游逛了。"

"小女孩不可以喝咖啡。"波恩姨父不止一次对我说，"喝了会变黑的。"

"我根本就不想喝！"我抗议道。可是我确实喜欢那诱人的气味，这气味每天一早把我唤醒。

姨妈用人造黄油做了蛋奶饼，她在苍白的人造黄油里加了一小管黄色色素。

"这是法律。"一天早上她对我说。

"南方家里那边没有这条法律了，"妈妈说，"大家都改用人造黄油，我们连黄油都卖不出去了。"

"我猜大家都把黄油的味道给忘了。"莫泽拉姨妈说。

"如果你说加色素是共产分子的主意，我一点都不会觉得奇怪。"姨父说，"我工厂里有个弟兄就是这么认为的。他说他们想让人造黄油看起来像黄油。那些大公司，现在里面全是赤党。"

"我觉得有道理。"妈妈说，"只要是对农民有害的事情。"

我不觉得有道理。他们谈论赤党的时候，我能够想象得出的是一群手拿干草叉、身穿红色套装的小魔鬼。我不知道我姨父在太平洋见到的那些人是不是就是他们，因为魔鬼就有尾巴。关于北方的每件事情都让人糊涂。比如说里内特·琼斯，我就闹不明白。每天早上，我姨父搭别人的车离开之后，里内特就会过来喝咖啡。她是一个七年级老师，来自肯塔基，她父母是姨妈父母的老朋友，所以莫泽拉和波恩对她特别关心。里内特的生活很悲惨，姨妈说。她的海员丈夫死于战争。里内特从来不跟我说话，所以我经常不自觉地盯着她看。她长得很像托尼双胞胎[1]中的一个,除了她那一口大马牙。她的头发发梢部位烫卷了,挽成一个蓬松的发髻,她说话的时候带着很重的后鼻音,比如"英""星"什么的,跟莎伦·贝勒提芮和贝斯蒂·露一样。她穿着讲究:带巴黎口袋的人造丝薄纱衣服,打着好多层褶子的衣服,还有她称为"塔夫绸代替品"的薄绢条纹布衣服。有时候我想,她的衣服那么波涛汹涌,那么轻薄,简直可以载着她遨游天空。

"里内特是个花痴,"姨妈跟我解释说,"她总是打扮得跟星期天出门会客一样,以备万一碰到哪个可以结婚的男人。"

波恩姨父把她嘴唇上厚厚的唇膏叫作"男人诱饵"。

公共汽车公司还在罢工,我整天待在房子里。我避免跟莎伦·贝勒提芮接触,宁可一个人待在房子里,或者入迷地坐在电视机跟前。有时屏幕上人物的轮廓若隐若现,像幽灵一样。我看《弥尔顿·伯勒》《莫瑞·阿姆斯特丹》《信不信由你》《瓦克斯·瓦奇士》,连相亲节目都看。朱迪·斯普林特斯,一个梳着跟我一样的马尾辫的腹语木偶,是我最喜欢的角色之一。比起豪迪·杜迪来,我更喜欢《幸运小伙》里的魔术师福迪尼。贝斯蒂·露取笑我,说我过了看这种婴儿节目的年龄。她大部分时间

---

[1] 一对双胞胎姐妹,是美国烫发剂创始公司"托尼烫发公司"的广告形象。

都不在家，出门去赴"果冻约会"。果冻约会实际上就是可乐约会。她在同一天里约会鲍勃、山姆和吉姆。她喜欢唱《让我们做一次老式的散步》这首歌，尽管她的男朋友之一有一辆汽车，坐这部车兜风是她最喜欢干的事情。为什么他不能带我们去底特律呢？我想知道，但是我不敢问。我有一种病态的感觉，觉得我们永远不可能看到城里的高楼了。

　　早上，电视机里除了雪花什么都没有，几个女人在厨房里就着咖啡飞短流长，我坐在封闭起来的门廊里，看着人来车往。酷暑期间，那里有一丝微风，我坐在藤躺椅上阅读莫泽拉姨妈的剪贴簿，这本剪贴簿是我在电视机上面的一个书架里找到的，里面重重叠叠地贴满易碎的报纸剪报。简报内容包括家务指南和育儿心得，但是大部分是发生在世界各地的稀奇古怪的故事：疾病、绑架以及灾难。一条吸引我的标题写道：胃炉解释致癌原因。这个故事说的是住在寒冷地区的人冬天把一个小热炉放在腹部，经常会因为受刺激而得癌症。我为自己不是住在一个寒冷的地方而心怀感激。另一个故事讲的是一条蟒蛇吞下了一条马鞍褥垫。还有一大堆奇怪的关于青紫婴儿的故事。姨妈看见我在读剪贴簿，就对我说："生活很奇妙。我收集这些是为了提示自己那些事情是多么奇怪，这世界上总有人活得更糟。"我点头同意。门廊是我最喜欢的地方，当我阅读那些遥远的奇迹和痛苦时，那里让我感到安全。我会时不时抬起头来，想象自己能够看到远方底特律的高楼。

"这是一件两色华达呢观众服,背后有一根低垂的腰带。"一天早上,里内特说,她正在向我们展示她的新衣服。里内特对她所有奢华的套装都有一套正式的描述。

我母亲用渴望的语气说:"我的天,真漂亮。不过我要是穿戴成这样去喂鸡,看上去会怎么样呢?"

"你看看那鞋。"莫泽拉姨妈说。

里内特的鞋上打着蝴蝶结,细高跟,前面脚尖的地方开了一个口。莫泽拉姨妈给她倒咖啡时,她坐下来,轻敲着脚尖。然后她说:"他们现在把那个赤党给抓到了,波恩担不担心会丢了工作?"

"嗯,他担心,不过他不承认。"莫泽拉姨妈皱着眉头说。

里内特抓起昨天的报纸,把它铺到桌子上。她指着头条新闻,我还记得前一天大人们怎么对着报纸窃窃私语。当时莫泽拉姨妈说:"别担心,波恩。你又不在那家公司上班。"他回答说:"可是厂里全是支持他们的人。"这时里内特说:"想想吧。那个被抓起来的人有可能把发电厂的所有图纸都给了苏联人。你永远不知道谁可能会变成间谍。"

我母亲很不安:"你花了那么大力气得来的东西——赤党轻而易举地就给拿走了。"她挥手指着厨房。我脑子里出现一个奇怪的片段:一群红色小魔鬼手拿干草叉列队进入厨房,把整个厨房搬到了地狱。过了一会儿,我突然意识到:他们会首先把电视机搬走的。

　　姨父下班回来，我在门口跟他打了声招呼，直接问他："你会因为那些赤党被炒鱿鱼吗？"

　　他只是笑着拉了拉我的辫子。"不会的，蜜糖。"他说。

　　"小孩子家家的，用不着操心这些事情。"莫泽拉姨妈告诉我。她对丈夫说："里内特刚才在这里散发消息呢。"

　　"别听里内特的。"波恩姨父厌恶地说。

　　那天晚上他们都急着要看电视里的新闻。被开除的那个主管出现在电视上的时候，姨父说："我希望他们会告诉他为什么。"

　　"他想把发电厂的事情告诉苏联人。"我说。

　　"小声点，佩吉。"妈妈说。

　　那天晚上，我在看亚瑟·戈德弗瑞清谈，还有摔跤和无伴奏男声四重唱节目时，听到他们从门廊里传来的忧虑的声音。姨父不想看摔跤，让我觉得古怪。他曾经跟我说摔跤是他最喜欢看的节目。

　　莎伦·贝勒提芮要举办生日派对。莫泽拉姨妈带我和妈妈到附近的伍尔沃思商店，我在那儿挑了一本填画书做礼物。那家商店比我们那儿的大一倍。我还买了一件旅游纪念品：一对陶瓷狗，标签上写着"日本制造"。我母亲给我买了一套莎伦那样的运动装。

　　"是经过缩水加工的，不错。"她检查着缝线和商标，口吻里带着一丝满意。

我母亲看上去苍白而疲倦,早饭时她突然吐了,就像我们在大巴上那样。"太早了,我胃里存不住东西。"她说。姨妈催她多喝点咖啡,说能舒缓胃部。

莎伦·贝勒提芮和她父母住在一种很有名的保洁房里,那种房子不通风,所以你不会染上肺结核或者风湿热。"你用不着担心小儿麻痹症。"贝斯蒂·露告诉我。那座房子跟姨妈家一样,也有威尼斯百叶窗,也有一台电视机,好大的一台,是立式的。电视上正在放豪迪·杜迪,不过没人在看。我不知道该对那些小孩说些什么,他们互相都认识,他们的尖叫声和笑声有一种自然的连续性,就像我母亲跟她姐姐说话的方式,就像附近那些漂亮的房子,亲密地紧挨在一起。

莎伦的父母送了她一个托尼洋娃娃作为生日礼物,那娃娃简直让我神魂颠倒,它穿着开胸太阳裙,蕾丝边的内裤和衬裙,白鞋白袜——跟里内特的装束一样精致。洋娃娃还附带一个玩具卷发包,里面有塑料发卷和托尼洗发膏。据说洋娃娃魔法一样的尼龙头发卷的次数越多,摸起来就会越柔软。穿着新运动装让我觉得不自然,我安静地坐在派对上,期待能给洋娃娃卷一次头发。

终于,有人开始嘲笑起我的口音来,尽管我几乎没有开口。因为提到洋娃娃,我又说了"头花"这个不幸的词。

莎伦说:"她是从肯塔基来的。"

我胆子变大了，灵机一动，说："不过，我们肯塔基没有赤党。"

几个孩子笑起来，莎伦把我拉到一边，要告诉我一个秘密，她让我双手赌咒发誓不说出去。"我知道谁是赤党，"她小声对我说，"我爸爸认识他。"

"谁啊？"

"和你姨父搭一辆车去上班的一个人，周二开车的那个。他是赤党，我可以证明给你看。"

没等我细问，轮到我在毛驴屁股上扎尾巴了[1]。莎伦的母亲把我的眼睛蒙起来，又让我转了几圈。孩子们尖叫着，我能感觉到他们从我身边躲闪开去。我摘下眼罩的时候，头昏眼花，我把驴尾巴扎在了墙纸上，在一朵黄色大花的正中间。

那天晚上贝斯蒂·露跟一个名叫山姆的男孩出去了，就是有车的那一个。里内特到家里来和大人们玩卡讷斯特纸牌。我在一边看《明星发达史》，能够听到他们在厨房里互相指责隐藏赤党，意思是对方拿到了红桃或者方块牌。他们笑得那么大声，好几个杰克·卡特的笑话我都没听清楚。这之后是摔跤节目，但是姨父并没有注意到，因此我关掉电视去看杂志。我花了很长时间填"超级押韵"的最后一行，想赢一部电视机和每月五百块钱的终生奖金。我知道没有电视机的话，肯塔基的生活将会难以忍受。

---

1 一种儿童游戏：把一头没有尾巴的驴的图像贴在墙上，游戏者被蒙上眼睛，转动数圈后手拿驴尾巴扎在墙上的图片上。

打牌期间，波恩姨父和里内特发生了争执。姨父声称教书的赤党比造车的多，里内特则认为刚好相反。

"他们也在开除老师。"他对里内特说。

"别看着我，"她说，"我签了效忠宣誓书的。"

"别说了，波恩。"莫泽拉姨妈说。

"我知道谁是赤党。"我走到桌前，突然说。

他们全都看着我，我跟他们讲了莎伦告诉我的事情。等我想起曾经发誓不告诉别人的时候，已经太迟了。

"别让任何人听到你说这事儿，"里内特说，"你姨父会丢了工作的。即使他们只是认为你认识什么人，那人又认识什么人，你都会碰到麻烦的。"

"你最好什么都别说，蜜糖。"波恩姨父说。

"佩吉，你早该上床睡觉了。"母亲说。

"我做什么了？"

"隔墙有耳，"里内特说，"连木头缝里都有赤党支持者。"

在那个令人不安的夜里，我的守卫天使任由我经受我那可怕的秘密的折磨。第二天，我心情忧郁，脾气暴躁，第一次拒绝了莫泽拉姨妈的蛋奶饼。

"你吃得倒胃口了？"她问我。

"没有，我就是不饿。"

"她在生日派对上玩过头了。"妈妈用知情的口气对姨妈说。

里内特到了,妈妈又跟她说我在生日派对上玩过头了的时候,我大哭起来。

"我是不是玩过了头不关别人的事。"我大喊。"另外,"我对妈妈尖叫道,"你吃早饭的时候也觉得不舒服啊。你老是说你胃里存不住东西。"

"别那么丢人。"母亲尖锐地说,然后她又对其他人抱歉地说道:"我就知道她迟早会出洋相的。"

那是个礼拜天,酷暑仍然持续着。我们都坐在门廊里,阅读周日报纸。贝斯蒂·露在读刘易斯·布罗姆菲尔德的《快乐谷》,波恩姨父则大声地自言自语地朗读周日连环画。实际上,他是想引起我的注意,因为我坐在角落里,下定决心谁也不理。波恩姨父朗读《阿比和斯莱茨》《笨蛋》,还有《小孤儿安妮》。他读的时候假装自己是弥尔顿·勃勒[1],但我就是不笑。

里内特和波恩姨父似乎忘记了他们的争执。里内特本来打扮好了要去教堂的,可是她计划与其同去的那个男人却去了他母亲的墓地。

"那人确实爱他母亲。"她说。

"你干吗不去教堂?"贝斯蒂·露问,"你都打扮好了。"

"我对这件事就是提不起劲来。"里内特说。她穿了一件荷叶

---

[1] 弥尔顿·勃勒(Milton Berle, 1908—2002):美国20世纪40年代和50年代著名的谐星和电视节目主持人。

边的茧绸衣服，一双草编T带凉鞋。

"你穿那身不热吗？"姨妈问，"我们都要着火了。"

"可能吧。"里内特看上去似乎很悲观，心烦意乱的，我几乎原谅了她用赤党支持者来激怒我的事情，但是她突然很投入地讲起一个保姆被双重背叛的复杂的故事。"有个女人给她最好的朋友看孩子，那个朋友离了婚，有两个小孩子。最后发现，她的朋友竟然跟她自己的丈夫出去约会！"

"真是从来没听过这么离奇的事。"妈妈说，她的眼睛睁得很大，正在喝第二杯咖啡。

"别告诉我这种关系能维持多久。"姨妈说。

"后来成了一场离婚大案。"里内特说。

"我还从没见过那么多人离婚。"妈妈说。

"如果你发现你老公是赤党你会跟他离婚吗？"里内特问。

"我不知道会不会，"莫泽拉姨妈说，"要看情况。"

"我会的。"妈妈说。

"我可能会，"里内特说，"你呢，波恩？"

"如果我发现莫泽拉是赤党？"波恩问，咧嘴笑了，"我可能会把她吊起来，挠她的脚丫子，挠得她求爹爹告奶奶为止。"

"哦，波恩，"里内特笑着说，"我知道你会为莫泽拉上吊的，不论为什么。"

那天早上他们一直这么谈笑着，情绪很好。在白日的光线里，赤党不过是个玩笑，像漫画一样。我决定吃一碗麦片，收音机里正在放《令人陶醉的夜晚》。突然间一切都变了，就像一阵黑色风暴降临，终止了酷暑。母亲大叫一声，痛得紧紧按住肚子。

"哪里疼？"姨妈叫道，伸出手去抓住妈妈。

妈妈痛得说不出话来。她的脸扭成一团，尖尖的嘴唇张得像一张弹弓一样。姨妈帮着她进了洗手间，不一会儿，姨妈和姨父就带着妈妈坐着计程车飞驰而去。妈妈鼓足力气直起身，说自己疼得好些了，但是她看上去吓坏了，脸上毫无血色。我什么都没对她说，连再见都没有说。

留下贝斯蒂·露一个人和我。她说："我希望她不是得了小儿麻痹症。"

"只有小孩才会得小儿麻痹症，"我说，发着抖，"她没得小儿麻痹症。"

电话响了，贝斯蒂·露兴奋地讲着电话，告诉她的男朋友之一发生了什么事情。我坐在门廊里，怀里抱着一大摞报纸，盯着街道，又孤单又害怕。我能看见莎伦·贝勒提芮，她正在两座房子之外的地方跟两个女孩一起溜旱冰。她穿了一套蓝色的运动装，她和她的朋友们让我想起《豪迪·杜迪》里住在花生廊的享有特殊待遇的小孩。

为了不再胡思乱想，我开始在报纸上寻找能剪下来放到莫泽拉姨妈的剪贴簿里的东西，但是目前似乎没什么比刚才发生的事情更可怕的了。几个婴儿因为尿布上的染料得了婴儿青紫,不过这个故事并没打动我。接着我发现了一则关于鬼屋的消息,我的心狂跳起来。一个牧师宣称在威斯康星州的一座房子里出现了神秘的迹象,那是一个天使一样的魂灵在守护着一个八岁的男孩。他们在男孩的房间里找到很多留在小纸片上的神秘信息,这种显灵现象一共出现过十五次。我找到姨妈的剪刀,把这个故事剪了下来。

不到两个钟头,姨妈和姨父回来了,脸上带着明显的笑容,不过我知道那是装出来的。

"她很好,"莫泽拉姨妈说,"等一下我们会带你去看她的,不过现在他们给她吃了点催眠止痛的药。"

"她明天早上就可以回家了。"姨父说。

他买了冰激凌回来,他去厨房把冰激凌装盘的时候,我给姨妈看我发现的剪报。我帮她把剪报贴到她的剪贴簿里。

"生活确实奇怪。"我说。

"我跟你说过吧?"她说,"好了,别担心你妈妈了,蜜糖。她没事。"

那天晚些时候,我去看母亲,姨妈和姨父则站在医院的走廊里。医院又大又暗,热气蒸腾。妈妈靠在一堆枕头上躺着,虚弱地微笑着。

"出洋相的人是我。"她说,看起来很害臊。她拿起我的手,让我挨着她坐在床上。"你本来要有一个小弟弟或者小妹妹的,"她说:"可是我错过了。"

"它怎么了?"

"我把它弄丢了。这种事情有时候会发生。"

我茫然地看着她,她试着解释其实小宝宝还不存在,不像两年前她怀强尼那样。

她说:"你知道有时候有那么一两个鸡蛋会孵不出小鸡吧?小鸡宝宝就是长不成,就是这么回事。"

我突然想到要问问宝宝会叫什么名字。

"我不知道,"她说,"我想跟你说其实还不存在什么宝宝。反正我还不知道它的存在。"

"你连有了宝宝都不知道吗?"

"是的,我失去它以前不知道。"

她想要笑,但是她太虚弱了,而且看上去跟我一样困惑。她紧紧抓着我的手,闭了一会儿眼睛,然后说:"波恩说公共汽车公司这个星期要复工了,你可以跟姨妈去底特律看看那些高楼。"

"你不去?"

"医生说我回家以前要好好休息一下。不过你去吧,莫泽拉会带你去的。"她懒洋洋地冲我笑着,"我真想去啊——去看看那些华丽的商店橱窗。我还想看看你见到城市时候的那张脸。"

那天晚上,电视上放了《小镇的骄傲》,接着是弗瑞德·瓦龄,再下来是轻歌剧《拉基的加洛韦》。我迷失在屏幕的幻影之中:魔术表演,木偶戏,笑话,小丑,舞者,歌手,讲俏皮话的人。姨妈和姨父放声大笑着。波恩姨父在喝啤酒,我还从来没见过他喝啤酒,房间里散发着他的"老金"牌香烟的臭味。我不时会想到我们坐在一起,在电视机暗淡的光线里欢笑,而母亲却躺在医院里。连贝斯蒂·露也在跟我们一起看电视。过了一会儿,我走进客房,在那张巨大的床上坐下来,试图集中精力,把我的"超级押韵"填完。

> 这里是超级押韵的精彩生涯
> 没有把衣服弄污的肥皂渣
> 你的衣服更干净——更洁白,太——

我听见姨妈在激动地叫我。我错过了电视上的什么东西,我刚才走开是因为在播新闻。

"在放底特律!"她叫道,"快来,你能看到高楼了。"

我飞跑进客厅,还来得及看到一些掩藏在雪花后面的模糊不清、黑乎乎的形状,就像冬天里的森林,接着图像消失,变成一片雪花。

"再过一两天莫泽拉就可以带你进城了,"姨父说,"公共汽车公司又复工了。"

"我不想去。"我说。

"你不想错过这次机会吧。"姨妈说。

"我就是不想去。"

那一夜,独自躺在松木和雪松的房间里,我把一切都看清楚了,就像电视屏幕上浮现的清晰的图像。我母亲说过一个没孵出小鸡的鸡蛋,但是我比她更清楚:是赤党把宝宝偷走了。他们拿走东西。他们垂涎姨妈的铜底锅,偷走了黄油,还想要姨父的工作。他们是看不见的,就像守卫天使一样,尽管他们还会化装假扮,你不知道有谁可能就是赤党。你也永远不会知道你有可能失去一个你不知道有了的宝宝。我什么都明白了。我没有信任我的守卫天使,所以他没能保护我。夜间,我偶尔想起一句话可以填完"超级押韵"的最后一行,可是等我醒过来才发现那是多么愚蠢,多么不合适。我脑子里一直不停地在回响着那句话:红肥皂让世界团团转。

几天之后,在回家的大巴上,我枕着母亲的大腿睡着了,而她也把头靠在我的座椅后背上打着盹。她病好了,但是我们俩都很累,我们毫无抵抗地伴随着大巴的节奏晃来晃去。当大巴半夜在印第安纳州的韦恩市停下来时,我突然醒过来,看到陌生的地方,带着一股全新的领悟,我感觉到旅行的神秘,世界的广袤,生活的奇异。我自己的生活是一个奇妙的东西,是剪贴簿上的一项简报。我不知道母亲会怎么跟父亲说她失去的宝宝的事情。她一直紧紧握着我的手,放在肚子上,好像害怕连我也会失去一样。

我拒绝让他们带我去底特律。在汽车站,莫泽拉姨妈拥抱着我说:"也许下一次你来的时候我们就可以去底特律了。"

"如果有下一次的话。"妈妈说,"这一次可能是她唯一的机会,可她就是要拧着干。"

"我不想错过《瓦克斯·瓦奇士》和《朱迪·斯普林特斯》。"我抗议说。

"下次你们来我们就有车了,"姨父说。"如果他们不炒人的话。"他笑着加了一句。

"如果出了这种事,你们全都可以回到肯塔基来帮我们收庄稼。"妈妈告诉他。

第二天下午,我们在跟去我家那条路交叉的高速路旁下了大巴。我们的房子离那里还有半英里路。大巴司机帮我们把行李拿下车,然后沿着高速公路开走了。父亲本应去接我们,但是他不在那儿。

"我最好不要拎这个箱子,"妈妈说,"我肚子里的东西说不定会掉出来。"

我们把箱子放在一条沟里,开始往前走,期望在半路上碰到爸爸。

母亲说："你不记得了，不过你两岁的时候我去了田纳西州的杰克森，两个星期，去看莫泽拉和波恩——波恩那时候不是还没去海外吗——我回来的时候大巴司机让我在这儿下了车，我拿着箱子沿着这条路走回家。你正在院子里玩呢，你看见我走进去，根本没认出我来。过了很长时间，你都不知道我是谁。我永远忘不了你当时的样子多么好玩。"

"他们也会认不出我们来的。"我严肃地说，"爸爸和强尼。"

我们走到小山顶上，能看到我们家那座小小的房屋仍然立在那里，透过高高的橡树，谷仓的铁皮房顶隐约可见。

供奉

桑德拉的外婆二十六岁时死于产褥热,那时候妈妈刚四岁。桑德拉出生之后,妈妈得了阴道感染,可是她害怕去看医生。它自己会好的,妈妈坚持说。感染果然自行消失了,但是几年之后,她被不知名的疼痛像针扎一样地穿透。妈妈羞得满脸通红,后悔那天穿了一条圆点印花的内裤,经历了她人生最糟糕的一堂课。幸好他们及时找到了病因,医生说。手术期间,妈妈被施行脊椎麻醉,处于半清醒状态,她能够听见手术师们谈论一场篮球赛。透过视线模糊的双眼,她看见自己腰部以下那一大片红色——就像被分开的红海一样,她说。

桑德拉栽种蔬菜，和她的猫儿们相依为命。已经是夏末，她的柴堆还很低。她得找时间给阁楼加隔离层，还得修理地下室漏水的地方。她的丈夫走了。杰瑞在路易斯维尔，在一个K玛特[1]超市里工作。桑德拉还有好多事情没做完，不愿意跟杰瑞一起在烟雾弥漫的酒吧里看脱衣舞，浪费她的周末。桑德拉在花园里摘了一桶西红柿，掐了些小茴香、一根黄瓜和一把豆子。那只死鸟的尸体还在树桩上，从昨天起就没被动过。当她把那只鸟从猫嘴里抢救出来的时候，它看起来只是受了点惊吓。她把它放在门廊的桌子上，好让它恢复体力。那只鸟胸前长着斑点，脖子是粉红色的，有着灰黑色的翅膀——黄鹂，桑德拉想。它曲线形的鸟嘴让她想到动画片《哈克与杰克》里的乌鸦哈克和杰克。过了一会儿，它尝试拍打翅膀，一边喘着气努力控制着身体。她决定把它放到外面去。刚打开门，小狗便迫不及待地向她冲来，那只鸟就死在了她的手上，头变得软塌塌的。

桑德拉从来不除尘。只是现在，母亲和祖母要来看她了，她才注意到客厅天花板的一角布满厚厚的蜘蛛网。后来，她怀着不可理喻的喜悦看到一只苍蝇飞过，追着一束猫毛和尘埃。她的祖母总是告诉她要扫除床下的灰尘，这样才不会让灰尘团滋生蔓延弄得到处都是，像她说的：好像紫露草一样。

---

[1] 美国一家全国连锁廉价商品超市。

祖母斯坦珀是父亲的母亲。妈妈从帕迪尤卡一路带着她来看看桑德拉现在生活的地方。她们不准备告诉祖母桑德拉夫妻分居的事情。妈妈坚持这么做。妈妈从没告诉过祖母自己做过子宫切除手术,她甚至不在祖母斯坦珀跟前吸烟。二十多年里,一旦自己的婆婆出现在面前,妈妈就会把烟掐灭。

斯坦珀不是家里人最常用来称呼祖母的名字。桑德拉的祖父,鲍勃·图恩波去世之后,祖母搬到帕迪尤卡,之后嫁给了在那儿拥有一个鞋店的乔·斯坦珀。现在她住在城里街上的一座小公寓里,而且,她喜欢大笑着说:她的鞋比她能去的地方还要多。桑德拉的祖父得了一种破坏性的慢性病——帕金森综合征。祖母照顾了他五年,用勺子喂他吃饭,为他更换床单被套,尽全力照看他们垂死的农场。桑德拉还记得一个消瘦扭曲的男人,嘴里说着:"她是个好女人。她点燃了天空中的火焰。"

"我宣布,桑德拉·李,你彻底搬到荒山野林里了。"祖母说。

穿着白色裤装的祖母看上去像个餐馆服务员。她在去门廊的石子路上找地方下脚的时候,小狗轻轻碰触着她的裤裆。桑德拉已经有三个星期没割草了,割草机坏了,院子里到处都是一丛一丛的豚草。

"看看这儿多美啊,"妈妈说,"简直像画一样漂亮。"她朝一座长满野苹果树和杂草的小山坡挥了挥手,山顶有一小片树木。

一只带白斑的猫坐在一堆长过了头的紫丁香灌木丛下面,也在赞美着这美景。

"就差在这座山上养几只山羊了。"祖母说。

桑德拉告诉她们,有天晚上她回家的时候看到一只浣熊。开始,她以为那是一只豪猪。那东西非常巨大,行动缓慢,有条不紊。她用汽车前灯尽可能跟踪了它一段路。它用小爪子紧扣地面爬上了河岸。桑德拉想起来豪猪应该是有刺的,它们的刺就像《时代》杂志随同订阅广告寄给她的那些细铅笔一样。

"你有没有弄清楚你的小白猫到底怎么了?"她们进屋以后,妈妈问她。

"没有。我想它可能被子弹打死了。"桑德拉说,"春天以来,曾经有人在这里到处射杀别人的猫。"纱门在她身后发出一声巨响。

壁炉半明半灭,晚饭还没做好。祖母焦虑不安地在厨房里走来走去,假装没看见那些肮脏的油毡,生了锈的、污迹斑斑的水槽,和脱落的墙纸。她对着挂在窗户上的一捆小茴香和荷兰芹苦思冥想。妈妈跟她解释过夜班和加班这些事,但是桑德拉看见祖母在检查门廊里排列的鞋子,后来又去看墙上的猎枪,这时她意识到祖母其实是在寻找杰瑞。杰瑞把他打猎用的靴子带走了,桑德拉有种预感,他很快就会回来取走他的猎枪的。

轮到给猫儿们开晚饭了,它们聚集在桑德拉脚边七嘴八舌地叫着,活像一支合唱队。她跟猫儿们说着话,喂它们鸡汤和合成猫食。她走出门去赶鸭子回鸭棚，不过今晚鸭子不肯离开池塘。看来她等一阵还得再来一趟，因为如果鸭子不回鸭棚，它们就可能被狐狸咬死，一只接一只，一口气咬死一大堆——容易得让人诧异。一只蝙蝠在牲口棚上空打着转，鸭子划拉着水。一只桑德拉不认识的鸟悲恸地道了声晚安。

"那些傻瓜鸭子不想进鸭棚来。"她一边说着，一边摆桌子。她的母亲和祖母站在一旁，用饥饿的眼光看着她。

"我正在收集带'鸭子'的俗语，"她接着说，"'幸运鸭子''鸭你个头''鸭然有序''笼中之鸭'。现在我知道这些话怎么来的了。"

"呆若木鸭，"妈妈说，"或者行了鸭运。"

"鸭汤。"祖母说。

"鸭汤？"桑德拉说，"这是什么意思？"

"意思是很容易的事情，"祖母说，"像做酥饼一样容易。"

"有一个老照片展，"妈妈说，"名字就叫鸭汤。"

她们在门廊里吃饭，飞蛾前来造访，拍打翅膀撞击着玻璃推拉门。几只蚊子从门缝里挤了进来，在她们头上嗡嗡盘旋。祖母的叉子抽动了一下，玉米从她手上滑落下来。桑德拉注意到祖母的餐具不配套。妈妈和祖母在饭桌上大声交谈，称赞西红柿和新鲜的玉米。祖母又拿了一块鸡肉。"皮真脆！"她说。

桑德拉并不认为这只鸡烤得脆。颜色都没变深，她对自己说。

"你怎么做的？"祖母想知道。

"我先把它煮了一下，这样快一点。"

"我还从来没听说过用这种方法来烤鸡呢。"祖母说。

"你自己试试就知道了，伊特。"妈妈说。

桑德拉把一只小虫从她的盘子里弹走。

祖母打了个喷嚏。"都是豚草闹的。"她抱歉地说，"现在到这个季节了。你不会豚草过敏打喷嚏吗？"

"不会。"桑德拉说。

"以前你从来没有这样过啊。"妈妈说。

"我知道，"祖母说，"我年轻的时候经常帮忙收干草。我不记得有过什么问题。"

狗在咆哮。桑德拉叫它进屋。它想跟客人问好，可是桑德拉却让它到沙发床下面它自己的床上去，它服从了。

桑德拉再次坐到桌旁，撺掇祖母讲点过去的事情，讲讲那个桑德拉几乎忘记了的农场。她还记得门廊里那架让人眩晕的秋千，一只长着毛茸茸尾巴的狗，一片四周长满雏菊的玉米地，和一窝像抽屉里叠好的一双双袜子一样的小猫。她想知道关于那些树的事情，她还记得那些果树和那棵巨大的核桃树，它们蔓延的树枝，有时会掉到她头上的绿色的小球一样的果实。她也还记得那些树被砍掉的那一天。

"桃子把草地弄得一塌糊涂，根本没法走路。"她祖母解释说，"樱桃太多了，我都摘不过来。我让人砍掉了三棵桃树，一棵樱桃树。"

"那是你祖父身体已经很不好的时候，"妈妈对桑德拉说，"她要没日没夜地看护他，经常替他翻身。他甚至连她是谁都不知道了。"

"我没法把那些树都留在院子里。"祖母说，"我顾不上它们了。最糟糕的还是那些核桃树。松鼠老是把核桃摘下来，滚得前院里到处都是。有时候我踩到了就会摔跤，那些松鼠还会冲着我乱吼乱叫。天哪。"

"贝斯·格里森上星期让人砍掉了一棵树，"妈妈说，"她觉得那棵树可能会倒在房子上。那棵树太老了，一刮飓风就会被吹倒的。"

"她花了多少钱？"祖母问。

"一百块。"

"那时候我让人把所有的核桃树砍掉，花了我六十块钱。你瞧瞧。"

桑德拉把餐后甜点速成奶油布丁端上桌子，祖母贪馋地吃着，告诉桑德拉她最喜欢吃奶油布丁了。吃到最后，她用勺子叮叮当当地将盘子刮了个干净。桑德拉不吃甜点，她在考虑怎么去弄一杯波旁威士忌加可乐。也许她可以把威士忌装在咖啡杯里，假装那是咖啡，可是她没法解释为什么自己晚上还要喝咖啡。

吃完晚饭，祖母去洗手间的时候，妈妈说让她来洗碗，桑德拉拒绝了。

"你有杰瑞的消息吗?"妈妈问。

桑德拉耸耸肩。"没有。他最好别溜回来。我不想再等他了。"她尖利地小声说,"我不知道那个上夜班的谎还能撒多久。"

"可是她吃了那么多苦,"妈妈说,"她非常关心你,桑德拉。"

"我知道。"

"她觉得杰瑞好得跟天上的月亮一样。"

"我告诉你,如果他胆敢走进那扇门的话——"

"我真喜欢你种的波斯菊,"妈妈说,"这是我见过的最美的波斯菊。如果我的波斯菊能长成那样,让我做什么都行。"

"它们都是自生自灭的。我什么都没做。"

"你什么都没做?"

"我连枝都没给它们剪过。我讨厌剪枝。"

"我知道你的意思,"妈妈说,"每次给玉米剪枝都会让我心碎。不过你会习惯的。"

电视里在放一部电影——《娱乐世界》[1]。桑德拉站在门口观看弗雷德·阿斯泰尔跟艾琳诺·鲍威尔跳舞,艾琳诺像个布娃娃一样松软,她穿着一件方肩的少女装。

"弗雷德·阿斯泰尔是我见过的最灵巧的家伙。"妈妈说。

---

[1] 美国20世纪70年代的一部歌舞片。后面提到的均为影片中演员的名字。主角金凯利(Gene Kelly)边跳边唱《雨中曲》是其中最经典的桥段。

"我还记得他姐姐阿德拉,"祖母说,"她是真的会跳舞。"

"她叫埃斯特拉。"妈妈说。

"埃斯特拉·阿斯泰尔?"桑德拉说。不知道为什么,她想起自己小学时认识的一个叫桑迪·碧琪的女孩。

桑德拉要做番茄汁,其他两个人表示愿意帮忙,但是桑德拉让她们休息一下、看看电视。她一边用滚水烫洗西红柿,把滚烫的果肉放进一个食物打磨机里,一边听着隔壁房间传来的歌声和踢踏舞声。她走到门口,观看金·凯利那段著名的"雨中曲"。他的西服湿透了,双脚并用地跳进积水,像个孩子。一个警察对他的古怪行径直皱眉头。祖母大笑起来。番茄汁烧开了,桑德拉把它倒进碗里凉着。她看见装满鲜血的碗整齐地排列在橱柜台上。桑德拉看着埃斯特·威廉姆斯开车穿过一个火环,扎进一个星形圈的中心,这个星形圈是由一群叉着腿仰躺在水里的女人组成的。

广告期间,桑德拉问母亲是否想跟她一起去鸭棚,帮忙查看鸭子。狗跟着她们跃出门去,为这意想不到的远足欢欣鼓舞。到了外面院子里,妈妈点燃一支烟。

"终于!"妈妈叹了口气说,"这感觉真好啊。"

小黑和泡泡这两只猫也跟了过来。桑德拉不知道泡泡是不是想起了它昨天抓到的那只鼹鼠。那只鼹鼠有一个星形的鼻子,被泡泡像美味佳肴一样抢先吃掉了。

鸭子不在棚里,桑德拉和母亲沿着一条野草丛生的狭窄小路走到池塘边。她们到达的时候,池塘很安静。稍后,她们逐渐能够分辨出黑色水面上那些白色的补丁。鸭子听见她们的声音,开始潜入水中,惊惶地逃向远方的岸边。

"你根本没法把鸭子从池塘里弄回鸭棚。"妈妈说。

"有时候它们就是打定主意要整夜待在外面。"桑德拉说。

她们肩并肩地站在池塘边上,妈妈抽着烟。现在,万物的声响达到了极致,萤火虫疯狂地闪耀着。有时桑德拉会在夜里听到狐狸的叫声,它们充满威胁的吠叫声在山坡上回响。有一次,她看见三只小狐狸在满月下玩耍,就像聚光灯下的舞者。就在上个星期,她还听见一声婴儿似的恐怖的尖叫,那是野猫的声音,如今她每夜都凝神期待着的颤响。她甚至觉得如果野猫抓走她的鸭子,她也不会介意。那些鸭子是她的供奉。

妈妈把烟头扔进池塘,一只受惊了的鸭子哗啦啦地拍打着水面。夜色宁静,桑德拉想起藏在田野里的成千上万只巨大的金色园蛛。清晨,当露水在它们的蛛网上闪耀,她可以想象自己兴奋地一跃而起,从一张网跳到另一张网,一路朝上,直至山上的小树林。

静物西瓜

连着好几周,露易丝·米尔萨普都在画西瓜。她画的第一个西瓜像一个浮在长满水藻的池塘里的绿色篮球。太绿了,她意识到。她开始变换背景,增加一些装饰性的物品——几只蜡烛、一个肥皂盒、一把线钳。她尝试过放进其他的水果,但西瓜的个头让其他水果看上去极其古怪和不自然。当她在一本杂志上看到一张丰饶角[1]的照片后,就开始设想在羊角开口处塞进一个大西瓜后的效果。

露易丝的室友佩吉·威尔森坚称,帕迪尤卡一个叫赫尔

---

[1] 源自希腊神话,是一个象征丰收的角状物,开口处塞满了花和果实。

曼·普里德尔的阔佬会收藏这些画。佩吉和她丈夫杰里曾向他租过房子,可是杰里和普里德尔的情人跑了,佩吉现在和露易丝住在一起。佩吉告诉露易丝:"那个人的房子里到处都是无聊的西瓜。"听佩吉说只要上面有西瓜,不管什么东西他都愿意出大价钱买后,露易丝买了一套油彩。

佩吉说:"他有一张画真讨人喜欢,上面有一对正在吃西瓜的黑人小双胞胎,一头一个,像书挡子。我敢打赌这幅画至少花了他三十块大洋。"

露易丝丢掉了克诺格超市的工作,她向失业办的人撒谎说自己正在找工作。实际上,她待在自己的腌菜房里,在一个小帆布画板上一画就是一整天。她丈夫汤姆与吉姆·耶茨,那个替他干活的木匠,一起去了得克萨斯州。一个月前,汤姆突然丢下自己的生意跑去西部,到吉姆叔叔的牧场工作。露易丝曾经喜欢过汤姆冲动的性格。他会给电台打电话,为她点播一首爱情歌曲,知道她从电台里听到自己名字时,既会窘迫,又会很开心。汤姆从来不在乎别人怎么说。去得克萨斯之前,他从山姆小卖部买了一顶牛仔帽。他是开着那辆门上还漆着"工程承包"的皮卡离开的,也没说什么时候回来。露易丝跟他说:"如果你想成为一个重生牛仔,我想你应该先试着在一台公牛机[1]

---

[1] 一种模仿公牛跳跃的游戏机,以游戏者在上面坚持时间的长短决定胜负。

上把自己颠个够。"

"我打算做的事情用不着这样。"

"去吧。看我在不在乎。"

露易丝,一个始终很实际的人,决心独自生活下去。她应该去找份事做,但是她不愿意。她一口气画了一打油画。她觉得自己越来越不切实际了。她花了两块八毛九分钱在克诺格买了一个西瓜,照着它画了一张。这是一个细长的西瓜,颜色像烟草虫,带着弯弯曲曲的条纹。去克诺格是出于习惯,当在自己的收银台前被人认出后,她有点难为情。

"老家伙普里德尔肯为这张画掏一百块的。"佩吉下班回家,瞟了一眼那幅画后说。露易丝正在完成背景里的云彩。云彩是最后一刻的灵光一现。

佩吉往露易丝的录音机里塞进一盘迪克西兰[1]磁带,然后打开一罐啤酒。啤酒会让佩吉咯咯地傻笑,而迪克西兰则会让她伤感,原因是她丈夫曾答应带她去新奥尔良听阿尔·希尔特[2]本人的演奏。露易丝手拿画笔站在那里,看接下来要怎么样。

佩吉说:"他墙上挂的是一个天鹅绒挂毯?上面只有一个巨大

---

[1] 一种早期的爵士乐,源于美国新奥尔良市,经新奥尔良的乐队传入纽约、芝加哥等大都市。

[2] 阿尔·希尔特(Al Hirt, 1922—1999):美国新奥尔良出身的小号手和歌手。

的西瓜，看上去足有一吨重。"她大笑着，张开双臂比画着大小。啤酒罐斜了过来，眼看啤酒就要流出来。三口啤酒下肚，佩吉已开始傻笑了。

露易丝需要佩吉的房租，可是有她在，就像身边多了一个不肯离家的成年孩子。佩吉边读小丑出版社的言情小说边看电视。当听到牧师在《700人俱乐部》节目里建议观众做预算时，她的注意力转向了电视。"有些人用起信用卡来一点也不明智。"她告诉露易丝。这是她在K玛特客服部上班时常对顾客说的套话。佩吉一直答应要给赫尔曼·普里德尔打电话，约个时间让露易丝带上她的画去帕迪尤卡，但是佩吉对使用电话顾虑重重。她不想占住电话线，怕她丈夫那期间会打电话进来。露易丝一打电话，她就不耐烦地皱起眉头。和佩吉合住的好处是烧饭全归她。有时候她会往意大利面调料里倒啤酒。"加点儿刺激。"她说。

"你不该听那盘磁带。"露易丝后来对佩吉说。音乐正在对佩吉起作用。她用打坐的姿势盘腿坐着，啤酒罐立在她摊开的手掌上。

"我真搞不懂他看上了她什么，那女人比他大二十岁，"佩吉说，"还做过拉皮手术。"

"那又能维持多久？"

"到她需要做下一次拉皮手术的时候，我估计。"

"嗯，那就长不了。我读到过那玩意持续不了多久。"露易丝说。

"那个女人又高又壮，用一只手就可以剥掉骡子的皮。"佩吉说，举起啤酒。

露易丝收起颜料，把画靠在一张椅子上。看着画里的西瓜，她能感觉到它的重量，也想象得出它熟到了什么程度。

画画的时候，露易丝有时间反省她们的状况：两个丈夫不在身边、几乎没有共同之处的女人。两个男人都毫无理智地跑掉了：突发的渴望。一个觉得自己可以成为牛仔（汤姆从来没有骑过马）；另一个爱上了一个老女人。露易丝对哪一种冲动都无法理解，事实上她放不下这件事。

她曾试图说服汤姆：他的想法多么孩子气，丢下他的生意有多糟糕。吉姆·耶茨只在丹佛住了一个夏天，可是不管说什么，他都有办法扯到科罗拉多，以及那里的空气有多纯净。吉姆说什么汤姆都相信。"你不能说走就走，指望回来后还能把丢下的生意再捡起来。"露易丝争辩道，"好多人等着去抢那个生意呢。需要好多年才能做到你现在的样子。"那是露易丝讲道理的时候。起初，汤姆想让她一起去，但是她连做梦都不会梦到离家去那么远的地方。汤姆指责她不敢尝试新鲜事物，过了几周，她的情绪从抵触变成了愤怒。最终，连她自己也吓了一跳，她竟把一个康宁炊具生产的小盆子朝汤姆扔去，把他的耳朵划出了血。汤姆和吉姆两天后走掉了。离开的那一天，汤姆穿着一件上面写着"你赶快排队吧，我一天比一天长得帅"的T恤衫。他以为他是谁？

佩吉不喜欢别人老是提醒她西瓜收藏家的事，露易丝只得转弯抹角地打听。佩吉和她丈夫杰里·威尔森（"方脑壳"）曾在四十英里外的帕迪尤卡生活过，当时他们找不到工作，也没有住的地方。一个老头，赫尔曼·普里德尔，让他们住在他家三楼三间完全一样的卧室里。"那是一座庄园。"佩吉告诉露易丝。后来，普里德尔雇杰里把其中的两间改造成一个卫生间和一间厨房。佩吉则负责铺塑胶地板和刷墙。老头子入迷地看着他们工作。他允许佩吉和杰里看他的电视，邀请他们和他一起用餐。他的情人，一个名叫艾迪·盖尔·摩西的美容师，一周来和他睡三个晚上。在那里的时候，她帮他做好足够他剩余日子里吃的汉堡包和焗通心粉。她和她父亲住在一起，尽管她已是一个成年人，她父亲还是不赞成她的所作所为。

没等佩吉弄明白怎么回事，她丈夫已被那个女人迷住了，他突然就跑去与那个女人和她父亲一起住，把佩吉留在了赫尔曼那里。尽管普里德尔的眼神让佩吉生疑，他们俩还是相互安抚了一段时间。佩吉开始做他吃惯了的焗通心粉，她在帕迪尤卡又待了几个月，在一个烤肉摊上班。渐渐地，佩吉告诉露易丝，老头开始收集画着西瓜的画。他去跳蚤市场、去古玩店寻找，也邮购，还在一些交易报纸上做广告。当他把其中一幅画挂进她卧室后，佩吉搬了出去。那幅画上的西瓜是被横着切开的，那片西瓜极像一个人淫荡的笑容，佩吉说，耸了耸肩。

"佩吉还没有从杰里带给她的震惊中缓过来。"一天晚上,露易丝写信告诉汤姆。她通过得州阿马里洛的游客之家给他转信。她本打算只是象征性地回复他的明信片,让他知道她还活着,可是她发现自己现在反而比他们面对面的四年里更善于表达了。上次动手打他似乎把她的某些东西释放出来了,但是她不会就此道歉。她不会央求他回来。他还不知道她丢了工作。如果看见她画的画,他会笑的。

露易丝把信口封上后,佩吉对她说:"我有没有告诉过你吉姆·耶茨是个同志?"

"没有。"

"黛比·波茨上班时说的。她上高中就认识吉姆·耶茨了。"

"嗯,我不信。他太傲慢了。"

"黛比去过欧洲。"佩吉说,从厨房台子上抬起头来,她正在做晚饭。"你知道吗?"

"黛比万岁。"

"那也不能说明她在什么事情上都是专家,"佩吉用道歉的口吻说,"我肯定她是胡说八道。"

"看在老天的分上。"

"对不起,露易丝。我老是多管闲事。可是你知道吗,现在有多少家伙跑出来说自己是同性恋?真不可思议。"她狂笑起来,"这些人实在是不靠谱,说得没错吧?'方脑壳'起码是和一个女人跑掉的——我得敲敲木头。"佩吉用一把木勺敲了敲台子。

"你怎么会爱上一个叫'方脑壳'的家伙？"露易丝说，有点恼怒。显然，杰里·威尔森的外号与他的长相无关。露易丝在哪儿读到过，"方脑壳"印第安人把石头绑在头上来把头弄平。至于为什么，她想不出来。

佩吉说："我只知道别人这么叫他。我从来没仔细想过。"

佩吉在做焗通心粉，可能是艾迪·盖尔·摩西的菜谱里的一种。迪克西兰音乐震耳欲聋。佩吉说："他和那个淫妇跑掉的真正原因是她把他当孩子来惯。"

"你就是要了我的命，我也不会去惯一个男人。"露易丝说。

她翻箱倒柜地找邮票。她在想是否该把空调坏了的事告诉汤姆，太晚了。他会认为她是在暗示他回来。汤姆在家时帮忙做很多家务。他帮着挑选厨房的窗帘，说她想要的印着蝴蝶的那款太花了，并建议了一款单色的。她对此很钦佩。说窗帘太花表明了他有多么敏感，但这并不说明他哪儿不正常。实际上，自从和吉姆·耶茨混在一起后，汤姆对一些细微的东西反而不那么在意了。他和耶茨在乳制品店里比赛打《太空入侵者》电子游戏，有时他们在那里一直待到半夜。吉姆（他比汤姆早很多获得六千分的成绩）好几次因打到当日的最高分而把名字留在了机器里。有一次汤姆带吉姆回来吃晚饭，露易丝不喜欢吉姆反客为主的做法，把她做的脆玉米卷与他在丹佛吃过的做比较，非让她起身去磨更多的奶酪屑。这让露易丝觉得他还在玩《太空入侵者》。汤姆并没有察觉到这一点。几周后的那个晚上，当露易丝把康宁炊具摔向汤姆时，她知道自己其实是想引起他的注意。

后来的某个晚上，佩吉告诉露易丝她在 K 玛特见到了自己的丈夫。他没想到佩吉会在那里上班。"他看见我时脸上红一阵白一阵的，"佩吉说，"但是我一点都不吃惊。因为有预兆。"

佩吉相信梦和巧合。在碰到他的前一晚，她读了一个与复杂的领养程序有关的言情小说。露易丝找不出这之间的关联，而佩吉又醉得无法做解释。她和杰里近来常出去喝酒，商量事情。露易丝注意到佩吉新买的裤装上已经有了一个斑点，尽管她欠着露易丝买生活用品的钱，她还是买下了这套衣服。

"你还会要他吗？"露易丝想知道。

"如果他表现好的话。"佩吉大笑着说，"他下周还会过来。今晚他必须回帕迪尤卡。"

"他还和那个女人住在一起吗？"

"他说他没有。"佩吉闭上眼睛，走了一个舞步，随后声情并茂地说："'方脑壳'有点石成金的本事。他把这张支票在 K 玛特兑现了五十块钱。他卖掉一个旧热水器，赚了二十块。想想看吧。"

看见露易丝在涂脚指甲，佩吉突然冒出一句："你的第二个脚指头比大脚指头长。这说明你支配你丈夫。"

"你是从哪儿听来的？"

"你不知道？所有人都知道这个。"

露易丝说："你读过的小说里面，有没有讲女人揍丈夫的？"

佩吉大笑起来："多好的主意啊！"

露易丝在想那天她用盘子砸汤姆时，他受到的侮辱。突然，她脑海里出现了一个模糊的印象，当时的灯光暗了一下，那情形就像别人说的，当附近州立监狱在晚上使用电椅时，会影响到供电一样。

如果佩吉回到她丈夫身边，露易丝就得去多挣点钱。她渐渐意识到画画是个很荒唐的想法，孩子气。她有几天没去腌菜房，怕看那些画。她三心二意地看着招聘广告，上面有：售货员、快餐厨师、秘书助理。

按规定领取每周失业救济支票的那一天，露易丝把画排放在客厅里，打算就是否继续画下去做个决定。那些画真吓人。最初画的那几张看上去就像是视觉上的错乱——西瓜像黑洞一样消失在空旷的天空中。后面画的显得更可信一点——放在镶拼玻璃窗前桌子上的西瓜，光线在它的表面留下几扇小窗户；另一个西瓜被切成了两半，靠在一个咖啡壶上。露易丝假装自己是一个来自火星的女人，而这些画是她在地球上最先见到的东西。还不赖，但她有点担心画的背景，它们和西瓜不相称。为什么把西瓜放在蓝色的天空里？一个放在印花桌布上的西瓜像一艘降落在牵牛花花圃里的小型飞船。就连切开的西瓜也显得不那么真实。红色用得不对，太淡，像舌头。汤姆给她寄了一张印着彩绘沙漠[1]照片的明信片，可是露易丝怀疑那张照片的颜色过于鲜艳。没有那样的沙漠。

去失业办的路上，露易丝在"大D"买了一套降了价的丙烯颜料。丙烯颜料本来就比油画颜料便宜得多。对新颜料管的期待给车里的露易丝带来了好心情，她查看着它们的颜色：深红色、深蓝色、蓝色、普鲁士蓝、淡青色、翠绿色、枯黄色、橙色、白色、黑色。她其实并不需要绿色。直到现在她还在为绿色能由黄色和蓝色生成而感到惊讶；把不同颜色混合在一起时，她觉得自己简直就像一个魔术师。开车去失业办的路上，她一直在胡思乱想：能否用某种科学的方法把路边树上的绿色分解成它们的原色。

失业办里队排得很长，挤满了人。整个地方像一根上足了的发条。站在露易丝身后的一个胖女人说："有一次这里热得我都昏过去了，没有一个人愿意过来帮我。他们不想失去自己在队伍中的位置。看他们，排得就像屠宰场里的牛。有没有注意过牛是怎么排队的？鼻子连着尾巴。"

"大象排队的样子才逗呢。"露易丝情绪高昂地说，"它们用鼻

---

[1] 在美国亚利桑那州北部的一个地理景观，由色彩缤纷的地层小丘组成。位于大峡谷的西边，其中的一部分在石化林国家公园中。

子抓住前面一头的尾巴。"

"抓住，"那个女人说，"这就是大家想要做的。就那么抓住。"她把手伸进衬衫，把胸罩的带子拉回到肩膀上。她长着黄头发和蓝眼睛。露易丝心想，如果她不小心，有可能会变成绿色的。队伍慢慢往前蠕动。没有人昏过去。

露易丝回到家里时，佩吉的丈夫也在那里，他和佩吉一起正把佩吉的东西往他的面包车上堆。佩吉乐颠颠的，像电视里的斯蒂夫·马丁[1]。她将和杰里一起搬去帕迪尤卡住。露易丝镇静地倒了一杯冰茶，看着冰块在杯中爆裂。

"我已经去把工作辞了。"佩吉在她卧室里朝露易丝喊道。

"我在一栋大复合公寓楼里给我们找了一个住处。"杰里说，流露出满意的口气。

"那里有一个游泳池。"佩吉说，她出现时抱着一大捧带着衣架的衣服。

"我租了一套不带洗碗机的，每个月能省二十块。"杰里说，"我会自己装一台。"

佩吉的丈夫是个大个子，肌肉发达，上唇上的胡子稀稀拉拉，像小年轻的髭须。他看上去极像"沙啦啦"乐队里的一个歌手，那个穿无袖黑色 T 恤的。露易丝注意到他的手一刻也不离开他老婆。

---

1 斯蒂夫·马丁（Steve Martin, 1945— ）：美国著名喜剧演员、喜剧作家和音乐人。

在她装车的过程中,他的手要不搭在她的臀部,要不搭在她的肘上。

"说说你还答应了什么。"佩吉说。

"你是指去新奥尔良那件事?"杰里说。

"是的。"

露易丝说:"好了,不要没帮我和那个西瓜老头牵好线就走。这件事就指望你了。"

"我明天给他打个电话。"佩吉说。

"你能不能现在就打?不要等到我找不到你们了。"

露易丝尖刻的声调奏效了。佩吉挣脱杰里,走到电话跟前。

找电话号码那会儿,她说:"我真不想提这个,露易丝,可是我付了你一个月的房租,现在刚过去一周。你觉得……"

佩吉打电话的时候,露易丝写了一张七十五块的支票。她毅然决然地写着,字写得很大。她银行账户里的最新余额是两元零七分。如果"方脑壳"·威尔森是她的丈夫,她会让他滚蛋的。

"他让你礼拜二下午过去。"佩吉说,接过支票,"我就知道他会喜欢你的画。他听上去很激动。"

佩吉和杰里离开后,露易丝注意到佩吉留在台灯桌上的邮件——广告、水电账单和汤姆的一封信,邮戳是十天前的。当读到吉姆·耶茨和一个在阿马里洛认识的女人跑去了墨西哥城时,露易丝轻松地笑了。吉姆打算去那儿做土坯建筑。"你能想象去墨西哥城工作吗?"汤姆写道,"通常都是那边的人往这边跑。"

露易丝心情愉快地放着一盘格伦·坎贝尔[1]的磁带，洗着佩吉留下来的盘子。佩吉把她的炊具全部留给了露易丝——有裂痕的搪瓷锅和满是划痕的铁弗龙餐具。"'方脑壳'要全部给我买新的。"佩吉说。露易丝真希望佩吉走之前就听到汤姆的那个消息。但是她很高兴自己终于单独一人了。当格伦·坎贝尔唱着对加尔维斯敦[2]的向往时，露易丝第一次想象起汤姆在牧场干活的样子。就像是在做家务，毫无疑问，不过是在户外。

整个周末她都在画画，睡得很晚，胡乱吃一些电视快餐。当她从一幅画的跟前退后几步，看着绿色的海洋变成一个西瓜时，会变得很激动。她喜欢丙烯颜料易干的特点；用起来很方便，就像免烫衣服。在完成了几幅画之后，她发现了一个画背景的窍门。如果把它们画得模糊一点，就会突出西瓜，就不怎么像飘在空中的气球了。她用这些新颜料调配出适合画西瓜瓤的颜色，现在的西瓜片看上去秀色可餐。

约好去见赫尔曼·普里德尔的那天，汤姆突然走进家门。露易丝一下子愣住了。她站在客厅中央，好像在他离开的那些日子里，她就一直站在那里，等着他回来。从他褪了色的牛仔裤上，她看到了流逝的时光。他的头发乱糟糟的，人也晒黑了。

"没想到吧？"他咧嘴一笑，说，"我回来了。"

---

1 格伦·坎贝尔（Glen Campbell，1936—2017）：美国乡村歌手、吉他手和电视节目主持人。
2 地名，美国得克萨斯州的一个海滨城市。

露易丝好不容易挤出一句话:"你回来干吗?"

"你为什么不去上班?"汤姆说。

"被裁了。"

"这是干什么?"看见那些画后,他问道。

露易丝突然为这些画感到害臊。她脑子有点乱。"你倒是选了个好时间回来。"她说。她试图就这些画做些解释,她的解释更让人摸不着头脑。

汤姆花了很长的时间研究她的画,蹲下身来看地板上放着的那些画。他牛仔裤的裤缝绷得紧紧的。他伸手触摸一幅画,好像有那么一阵他以为西瓜可能是真的。露易丝开始把画从他的视线下拿开,往车里搬。他跟在她身后,手里拿着几幅画。

汤姆说:"我想回家,都等不及了。"

"你没必要就这么跑掉的。"

"这些天我一直在思考。"

"我也一样。"她猛地关上车后门。"皮卡去哪儿了?"

"报销了,在阿马里洛北面。"

"什么?我还以为那里所有的路都是又平又直呢。"

"估计是吧。"

"那个破烂又是从哪儿弄来的?"她问道。他开回来的是辆锈迹斑斑的大破车。

"阿马里洛。这是我能弄到的最好的了——花了我两百块钱。

开起来还不错。"

他打开他的车门,从前排座位上拿出一个麦当劳的纸袋。"我给你带了一个汉堡王。"他说。

后来,当汤姆坚持开她的车送她去帕迪尤卡时,她没有阻止他。她像一个被送去参加学校排练的孩子,阴沉着脸,僵直地坐在他身边。路上她说:"那张彩绘沙漠明信片是从阿马里洛寄出的。我觉得彩绘沙漠是在亚利桑那。"

"我回到阿马里洛后寄的。"

"我在想你也许没去那里。"

"我去了。"

"我想你寄那个也许是为了向我炫耀。"

"我为什么要那么做?"

"这样我就不会觉得西部很无聊,荒无人烟。"

"唔,西部并不是那样的。我确实去了彩绘沙漠。"

"你在那儿还干了什么?"

"各种事情。"

"我说——约翰·韦恩[1]死了。不要以为去过了西部,就得摆

---

1 美国专演西部片的男演员,约翰·韦恩是他的艺名,真名是马里恩·罗伯特·莫里森(Marion Robert Morrison,1907—1979)。莫里森所演的电影都被称作"约翰·韦恩电影",是西部片的代名词。

出一副强悍冷酷的样子。"

露易丝想知道彩绘沙漠的颜色,可是她无法开口问汤姆。汤姆正把前臂搭在方向盘上,胳膊肘向外支着。他开得如此漫不经心,露易丝想象他就是这样一路开去得克萨斯州的,好像除此他就没有更好的事情可以做了。

"我开车转了很多地方。"在把一根烟吸到尽头后,汤姆说,"想看看有什么值得看的。"

"听起来很吸引人。"露易丝不知道自己为什么要让他难堪。她意识到自己正在为他独自一人在荒无人烟的地方撞车的想法而战抖。被她击中的耳朵正对着她,看不出有什么损伤。耳朵已被长出的头发盖住,所以她看不到被击中的部位。他连鬓胡子的形状就像意大利版图的轮廓,一直延伸到下巴那里。汤姆回家了,她不知道这究竟意味着什么。

赫尔曼·普里德尔的住房有一个塔楼、一扇大凸窗和一条环绕房子的走廊,一个妇人正在那里扫地。

"你会说这是一座庄园吗?"露易丝问汤姆。

"不大会。"

"佩吉说是。"

露易丝让汤姆在车里等着,自己朝房子走去。她觉得走廊上的那个女人肯定是艾迪·盖尔·摩西,但后来发现她原来是普里德尔的侄女。她穿着青绿色的套装,波浪式的发型。面对露易丝的询问,那个女人说:"赫尔曼叔叔住进医院了。他星期天中风了,很糟糕,但他们今天把他从病危名单上撤了下来。"

"我带了一些画给他看。"露易丝不安地说。

"西瓜,我敢打赌。"女人说,眼睛盯着露易丝。

"他本来要买我的画的。"

"唔,问题是——我们怎样处理那些他已经买了的?他必须从这里搬出去。他不能自己一人住在这个又大又破的地方。"妇人打开门,"看看这些玩意儿。"

露易丝跟着她走进光线暗淡、到处堆放着古董的房间。房间里西瓜的视觉效果足以让人晕厥。墙上挂得满满的,其余的画则靠墙放在地板上。妇人在那里唠唠叨叨的时候,露易丝站在房间里四下张望着。她没有想到会有那么多的画法——特写、组合、不同寻常的透视关系、花草植物的衬托。她所有的画都画得那么工整。收藏品中包括油画、素描和水彩画,甚至还有一个针绣的椅垫子和一个陶瓷礼品盘。佩吉描述过的挂毯是一艘飘浮在钢琴上方的飞艇。露易丝有种感觉,她正在见证某种神秘禁忌的东西,某种具有历史意义的东西。她几乎没有意识到汤姆已走进房间,正和赫尔曼·普里德尔的侄女说着话。露易丝觉得自己很蠢。上六年级时,老师有一次向全班同学指出她的画画得有多好,现在——好像她终于根据那个称赞行动起来了——露易丝花了两个月的时间，为一个古怪的陌生人策划了一个精心制作的惊喜。她都在想些什么啊？

"看起来有人迷上了西瓜。"汤姆礼貌地说。

"这些东西在拍卖会上根本就卖不出钱来。"妇人笑着回答。她接着低声说道："他算是把我蒙在鼓里了。他一个人在这里待得太久了，我都不知道到底发生了什么。现在看来他一直在收集这些玩意。他做得出来。有没有人这样对待过你？你以为事情是这样的，他们把它弄得面目全非，让你都想不起它原来的样子了？"

"我明白你的意思。"汤姆说，热忱地点着头。

回家的路上露易丝一直在流泪。困惑不解的汤姆试图安慰她，告诉她说她的画一点也不比老头的那些西瓜差。

"别再想那个人了，"他握住她的手，"丢了工作没什么了不起的。我想法子借个小型企业贷款，重新开始。我们总会理出个头绪来的。"

露易丝在哭，无法回答。她没有心情和汤姆争吵。

"我都不知道你会画画。"汤姆说。

"我再也不画西瓜了。"露易丝说。

"你不需要这么做的。"

露易丝一边擤鼻涕一边擦眼泪。汤姆的指关节在方向盘上敲出一首曲子，他似乎在自动驾驶。像一个灵魂出窍的人一样，他的心有可能根本就不在这里了。但是，从事疯狂冒险的是露易丝。

现在她明白了她是出于怨恨才画西瓜的，好像是想向汤姆证明，她也能做出和他一样狂热的事情。上周末独自待着的时候，她异常冲动，充满了独立自主的激情。盯着高速公路上的白线，她努力想象着接下来将要发生的事情：和汤姆一起吃晚饭，一起上床，重新回到老一套的生活中去。她觉得，有关男女之间的矛盾冲突被人曲解了。她曾鼓吹过留在家里，但她现在意识到，所谓的留下来也许是出于对开放空间的恐惧。露易丝读到过，对有些人，这种恐惧是那么的强烈，简直就像是一种疾病。

到家后，露易丝率先来到门前，她回头看沿着过道走上来的汤姆。他的脸隐在午后的逆光里，面部的特征没被勾画出来，她有点认不出他来了。他身后是一块空地，长满了野草和像小蛋糕一样的低矮灌木。现在，还是第一次，露易丝看见了从那片风景里跃出的各种微妙的色彩——琥珀色、黄色和深紫色。那片空地开阔、朦胧，在光线下舞动，可是当汤姆进到门洞，他的脸从阴影里露出时，有那么一阵，那片景色消失了。他看上去有点害怕，但随后慢慢咧开嘴，笑了笑。意大利海岸线摇晃了一下，退却了。

旧物

克利奥·沃特金斯一边说话，一边用茶杯在桌子上画着一个一个看不见的圆圈。

"孩子们刚刚动身去学校了，我还没散架。"她说，"昨天夜里我们一整夜都没睡，在看那个特别节目，今天早上我的眼睛都粘一块儿了。折腾了一个周末，现在所有人都走了，我这一整天都得寂寞了！"

克利奥手肘放在厨房的桌子上，把电话听筒换到另一只耳朵。她的朋友丽塔·吉恩·威金斯说她的车昨天启动有问题，自己没法及时赶到教堂；油门踩得太猛，她只好等着让油沉一下。丽塔·吉恩非常担心她的猫德克斯特，打算带它去兽医那里检查一下。克利奥一边听,一边注意到汤姆·布罗考[1]正在介绍一个准备谈论单亲父亲问题的嘉宾。克利奥不知道该听汤姆的还是丽塔·吉恩的。一时间她找不到丽塔故事的主线了。

"等一下,我还是把电视声音关小点。"克利奥穿过厨房,调低音量。"这房子简直乱成了一团,"克利奥说着,重新坐了下来。"你不知道这些事多让人害臊:琳达的车整天停在这儿,孩子们进进出出的。她在把我折腾成一个老太婆。"

"她从家里带了很多东西出来吗?"丽塔·吉恩问。

"大部分是孩子们要用的东西,还有很多是她的衣服。"克利奥说,观看着电视屏幕上移动的脸。"我告诉她用不着把所有的东西都拿过来,他们待不了多久就会回去的,可她就是不听。这儿你连插脚的地方都没有。"

丽塔·吉恩用赞同的语调说:"我肯定没多久她就会跟鲍勃和好的。"

"不知道。看她那样子是要住下来了。那天她去赶集,买回来一堆乱七八糟的东西,你见都没见过。"

"她买啥了?"

"一把摇椅,她准备重新抛光;一个毛玻璃灯罩、一堆莫明其妙的小玩意儿,还有一个大摸彩袋:就是那种花一块钱就能买到

---

[1] 汤姆·布罗考(Thomas John Brokaw, 1940—):美国知名电视记者,作家。从1982年到2004年,担任美国三大电视台之一的 NBC 的晚间新闻主播。

的一盒子垃圾，里面可能有那么一两样东西是你想要的。我还从来没见过这样的体己呢。"

"里面有她用得着的东西吗？"丽塔·吉恩问。没有孩子的丽塔·吉恩对克利奥的家庭总是特别关心。

"她找到一把木勺，说是古董。"

"个个都是古董狂。"

"还用你说。"克利奥多年来一直试图处理掉她收集的东西。丈夫死后，她搬到镇里，住进一座带洗碗机、铺了地毯的小砖房。克利奥的两个儿子对此没说什么，但是琳达说克利奥就这样摆脱了对杰克的每一个回忆，这种做法实在是可怕。除了相册，什么都没留下。他所有的西装都给了人，其余的东西则装在盒子里卖掉。她把他所有的手帕也送了人，那些手帕都整洁地洗过、熨好，上面印着他名字的缩写：RSW——罗伯特·雅各布·沃特金斯。如今，名字缩写完全不同的人四处携带着这些手帕，拿它们擤鼻涕。琳达总是频繁地跟她提起这些事，可是她并没有感到不安，她不想生活在过去。

跟丽塔·吉恩打完电话，克利奥以不同寻常的认真打扫起房间来。孩子们把东西扔得到处都是，克利奥把黛咪的衣服挂起来，又把戴维的玩具放进琳达带来的大箱子里去。箱子是黄色珐琅的，上面带着窄窄的黑色旋涡，让它看上去显旧。琳达把它做成古色古香的样子。

克利奥把裁剪样子别在桌子上放着的布料上。她在裁剪一套下周前必须完成的啦啦队队服。这套啦啦队队服是红灰两色的，做得像短裤腿的背带工装裤一样。服装上到处都压了双重线，胸前围兜上还有带盖的口袋。

"下去，娇娇！"猫在薄薄的裁剪样子上抓了一把，把它撕破了。"你知道你不能动妈妈的缝纫活儿。"克利奥朝娇娇挥舞着剪刀，娇娇则跳到了克利奥的肩膀上。克利奥把它抱到一个坐垫上，说："你在我肩膀上跳来跳去的，我就没法裁剪了。"娇娇在沙发上昂首阔步地来回踱着步，满意地呜呜叫着。

"我可以讲些让你尾巴吱吱冒烟的事给你听。"克利奥说。

克利奥用后背顶开前门，再用脚把防风门带上。电视里在放一部狂野的西部枪战片，收音机大声吼叫着一首节奏沉重而强劲的伴舞歌曲。黛咪在打电话。

"你什么意思我什么意思？哦，你知道我什么意思。反正，我们在我外婆家，我母亲今晚要出门——戴维，住手！——那是我弟弟，他是个刻薄鬼。我刚才在吼他。反正，你觉得他会问你还是什么？嗯，嗯，我也是这么想的。"

克利奥站在门厅里，让自己适应这些声音。黛咪的喋喋不休对她来说毫无意义，琳达从来没有这样过，她小时候那么安静。她听见黛咪用一种明知她在意的声调在说话。

"你知道阿普丽尔跟凯文说什么了吗？我差点昏死过去！凯文不是想跟她要她的家庭作业吗？他问她是不是可以在'冰雪皇后'跟他碰面，她说她说不准，他问她是不是可以让他搭车，因为他的车坏了，她说他自己有腿，可以走路去！我觉得他被她惹火了。"

"小心，黛咪，我要过去。"克利奥说。戴维已经回到电视机前，黛咪四肢伸开地躺在厨房过道上。黛咪穿了一条撕裂了的蓝色牛仔裤，一件条纹袖子的天鹅绒套头衫。她曲起膝盖，空出半边过道来，克利奥挤过身去，用臀部支撑着手里的杂物。

黛咪挂上电话，在购物袋里翻了翻。"又是鸡！"

"鸡要九毛九一磅呢，"克利奥说，"你还是为自己住在一个桌子上摆着食物的地方感到庆幸吧，孩子。"

"咦！全是黄色的肥油。"

"鸡的颜色越黄越好。这是你分辨它们好不好的办法。如果它们发蓝了，就不值钱了，起了斑点也一样。"

"噢！"黛咪把脸皱成一团，"你为什么不买炸好了的鸡呢？"

"哈！我们用不着拔鸡毛，已经很幸运了。我以前经常杀鸡，知道吗。把它们的脑袋剁掉，浸到开水里，把毛拔了。我倒很想看看你怎么挑选一只鸡！"

克利奥伸手去搂黛咪，拥抱她。黛咪尖叫说："嗨，我们为什么不把那只猫吃了？"

"你这样说会伤人的。"克利奥说,黛咪扭着身子挣脱了她。

黛咪大摇大摆地走出房间,噪音又回来了:电视;收音机;电子钟的嗡嗡声;火炉呼呼响着,要引起人们的注意。孩子们从来听不见这些噪音。孩子们似乎对任何东西都不再那么在乎了,克利奥想。黛咪五岁的时候,拥有一个完整的玩具厨房,那里面有一个炉子和一台冰箱,可是她对这些东西一点不感兴趣。那套玩具花了很多钱。琳达的孩子们总是让克利奥觉得自己老了。

"我老得可以做祖母了。"她们认识之初,丽塔·吉恩曾经说。丽塔·吉恩也失去了丈夫。

"我觉得你还是个小年轻。"克利奥告诉她。

"你比我老不了那么多。路易斯·布朗比我年轻两岁,她已经是祖母了。想想看,三十五岁就做祖母了。"

"真让我觉得自己老啊。"

"一想到战争居然是那么久之前的事了,"丽塔·吉恩说,"我就觉得自己老了。"

丽塔·吉恩的丈夫离家去越南时才二十一岁,那时战争开始不久,没人想到它后来会变得那么糟糕。她的梳妆台上放着一个她几乎不认识的年轻男人的肖像,简直还是一个孩子。如今丽塔·吉恩已经到了可以做那个年纪的男孩母亲的年龄。

克利奥告诉丽塔·吉恩她仍然可以结婚生子,她可以全部重新来过。

"如果还有人要我的话。"丽塔·吉恩说。

"你没试过。"

"有时候我觉得自己就是在等着变成一个老年人。"

"听听你在说什么呢,"克利奥说,"这是我听过的最可笑的话。为什么啊?我都五十二岁了。"

"人家说这是人生的全盛时期。"

"你要去哪儿,妈妈?告诉我你要去哪儿。"戴维拉着琳达的腰带。

"哦,戴维,你看,你就要把妈妈的衣服弄乱了。我跟你讲过无数次,我和雪莉要去帕迪尤卡听音乐。这种事情你不感兴趣,所以别告诉我说你也想去。"

琳达刚洗过头发,穿了一套崭新裤装,橘色的。克利奥知道琳达其实负担不起这样的衣服,但是琳达总是必须拥有最好的东西。

黛咪两腿顶着长沙发背坐在那里,用嘲弄的声调说:"你是说你看不成《查理的天使》了?你从来不错过《查理的天使》的!"

"小家伙们想让你待在家里。"琳达梳头的时候,克利奥对她说。她的头发湿漉漉的,垂着细细的黑色小卷。

"我看不出这会有什么不同。"琳达点燃一根烟。

"这些孩子需要身边有个爸爸。"

"如果你以为我会回到鲍勃身边,那你就大错特错了!"琳达说，打开电吹风。她提高声调，"我不想跟一个能整整三个小时不说一句话的人待在同一座房子里。他还不如不在呢。"

"嘘。孩子们会听见的。"

琳达摆弄着她的头发，把一缕缕潮湿的头发挑起来，在电吹风下面梳理定型。克利奥赞赏女儿注意保持自己的形象，她无法想象鲍勃有了琳达后还会注意其他女人。克利奥不相信鲍勃曾经虐待过琳达，对她来说，这似乎是别人讲述的关于外太空的离奇故事，就像电视里演的事情。

克利奥说："我敢打赌他一直在忍着，忍着，直到自己胀得跟一只吸饱了血的虱子一样。有些人就是这样的。我知道你——没耐心，听着，男人要照顾女人，但是反过来也要一样才行。如果他觉得你没有给他足够的爱，他会蔫掉的——就像晚上的牵牛花一样。你觉得他不再关心你了，但是可能你一直没时间理会他。"

克利奥知道琳达觉得她傻，女儿们从来不相信她们的母亲。"你们应该记得给对方一点爱，"她说，越来越没信心，"别不把对方当回事。"

"鲍勃不是牵牛花。"琳达涂着唇彩，抿了抿嘴唇。

"你会为怎么能给孩子们买好东西发愁的，你得靠你自己了，孩子。"

琳达什么都没说，她检查着镜子里自己的脸，挑弄着脸颊上的一个斑点。

戴维在电视机前的地板上学习，他正在学一种克利奥从来没听说过的新的计算法。过了一会儿，克利奥跟黛咪一起看《查理的天使》，黛咪上床之后，她又看了《10点钟新闻》。她对自己说她得给琳达等门。她上了门链，因为年轻人越变越野了，会闯入没有防卫能力的老太太家里。克利奥担心琳达的朋友雪莉会给她造成不良影响。雪莉没有念完中学就不得不结婚，如今她离婚了，居然把孩子扔给丈夫，自己一个人四处寻欢作乐。克利奥无法想象一个母亲会扔下孩子不管。雪莉的丈夫带着孩子搬到了阿拉巴马，雪莉只是偶尔会见到他们。电视上，强尼·卡尔森[1]一如既往地跳起那段滑稽的舞蹈——每当一个笑话讲坏了的时候，他就会跳这种舞。通常克利奥看到这里会笑出声来，但是这一次似乎没那么滑稽，他重复太多次了。强尼离过两次婚，但是现在他又幸福地再婚了。她在哪儿读到过：他喜欢窝在家里。

琳达回家的时候，克利奥正入神地看着《明天》，这是一个讨论青少年酗酒问题的访谈节目，令人不安。琳达的脸上神采奕奕，看上去很开心。

"我还以为艾灵顿公爵[2]已经死了呢。"琳达跟她讲到音乐会的

1　强尼·卡尔森（Johnny Carson，1925—2005）：美国知名电视节目主持人及谐星。
2　艾灵顿公爵（Edward Kennedy Ellington，1899—1974）：美国著名作曲家、钢琴家及爵士乐队首席兼领班。"公爵"是其幼年时的绰号，后来人们仍然这样称呼他。

时候,克利奥说。

"他确实死了,不过他弟弟现在领导这支乐队。他是这样指挥乐队的。"琳达用双手做着鱼游水的动作。"他背对观众,跳来跳去,摇摇摆摆地像是鬼魂附体。他穿着粉紫色的西装,跟伊莫金小姐上五年级的时候底裤的颜色一模一样——就是她从桌子上掉下来那一次。"

克利奥干笑了几声,她发现:似乎每件事都让她苦恼。她担心琳达喝了酒。

"那个乐队的歌手真棒!"琳达继续说,"她戴了一顶紧邦邦的无檐帽,上面钉着小金属片的那种?穿了一套男式晚礼服,她的声音简直太像艾拉·菲茨杰拉[1]了。天,她真够性感的。她的嗓音低沉,可是有时候她又能够唱得很高。"

琳达拧开一瓶可乐,给自己倒满一杯。她非常口渴地喝着可乐。"如果你也去了我就用不着跟你讲这些了,我试过说服你跟我一起去。"

"把孩子们留在这儿?"克利奥关上电视。

"雪莉穿的衣服可爱得不得了,上面有那种褶子——戴维,你想要什么?"

戴维拖着一床被子走进客厅里。"我睡不着,"他抱怨说,"那

---

[1] 艾拉·菲茨杰拉(Ella Fitzgerald,1917—1996):美国著名爵士歌星。

些大女孩要来抓我。"

"他指的是'查理的天使',"克利奥说,"我们看了那个节目,那些天使让他睡不着觉。"

"他做噩梦了。过来,蜜糖。"琳达拥抱了戴维一下,带他回到床上去。

"昨天我累得要死才把房子收拾整齐了,现在看起来又像遭了旋风一样。"第二天,克利奥在电话里对丽塔·吉恩说,"先告诉我德克斯特怎样了。"

克利奥听丽塔·吉恩讲她带德克斯特去看兽医的事情。"他说现在除了等待没什么别的事情可做。它不再受罪了,兽医说我可以把它留在家里。它大部分时间都在睡觉,世界上最可怜的东西。"

丽塔·吉恩的猫十三岁了。接到从越南传来的消息以后,丽塔·吉恩养了一只猫,这只猫被碾死以后她又养了一只猫。如今这只猫从生下来就被她关在家里。

"关于猫有一点很重要,"克利奥说,试图让自己的话听起来让人感到安慰,"那就是猫这种东西不止这么一只。你会伤心,但是你会忘掉它,再养一只的。"

"估计是这样。"

克利奥讲起琳达晚上出去的事情:"她打扮得那么漂亮,看上去好像要去赴约会一样,让我觉得真滑稽。她穿了一套新的裤装,孩子们也不想让她出去。他们知道出问题了，他们什么都懂。"

"孩子好多事都懂。"丽塔·吉恩附和道。

"她到底凭什么觉得他们能够继续像以前一样生活？不过我觉得他们会和好的。"

"肯定会。"

"敲敲木头。"克利奥要伸长身子才够得到门。她正犯头痛。丽塔·吉恩在讲她哥哥的西部之旅，她则心不在焉地看着电视里掠过的《今天》节目的演职员名单。丽塔·吉恩的哥哥想让她一起去西部，但是她无法想象会锁上自己的房门，她不愿意扔下德克斯特。"他们去了大峡谷和约塞米蒂国家公园，还有一大堆其他地方。"丽塔·吉恩说，"你应该看看他们拍的那堆照片。他们肯定照了一大捆。"

"能这么做肯定很有意思。"克利奥说，"我们住在农场的时候我从来没有机会，但是现在路上疯子太多了。"克利奥抿了一口咖啡，知道这会让她的头痛加剧。"现在这里发生的这些事，让我觉得也许我应该跑到西部去。我想我要去弄顶假发来，戴着到处跑！"克利奥自嘲道，可是一阵疼痛刺向她的太阳穴。丽塔·吉恩也笑了，克利奥继续说："我觉得琳达终于要去解决跟鲍勃的事情了。他们下周哪天要在湖边碰面。这不关我的事，不过我试着告诉她应该冷静下来，好好考虑一下。"

"我觉得他们会和好的，克利奥，我真的这么觉得。"

- 128 -

"鲍勃·伊斯贝尔那家伙一直好得没得比！"克利奥仰身靠在椅子上，有点像在做梦。"告诉你，姑娘，杰克去世的时候，如果不是因为他我不可能挺过来。他每时每刻都在这儿；他确保我们所有人去到该去的地方；他打理这座房子，然后回去打理他们自己的房子。他甚至洗过碗。那时候戴维还小。当然我们那时没人能够清楚地考虑问题，我们没有看清楚他都做了哪些事情，但是你不知道我们有多感激他。我永远忘不了他有多么好。"

"他对孩子一直都很好。"

"他们必须一分一毫地攒钱，可孩子们从来没有缺过什么。他在木场工资不错，加上琳达在K玛特超市拿回家的工资，他们过得挺滋润的。那座房子真是要多好有多好——琳达居然扔下它走掉了！别跟我说他用那种方式对待她，她说的那种方式。她好像根本就不在乎！"

"她都憋在心里呢。"

"我还抱着一半希望：鲍勃的车会停在门口的车道上，但是他没来过电话，没跟孩子们打声招呼，这类事情都没有。我不想撵他们走，不过如果这件事情解决了我会很高兴的。他们老是吵吵闹闹！总是有东西开着：不是洗衣机，就是洗碗机，当然啦，还有电视机！我还从来没见过像这些毛头那样能糟蹋食物的。我可从来没打算去喂饱一个失业军团！他们东西扔得到处都是，你见都没见过，就在客厅的正中间。这里刚放了一堆，那里马上又放上了一堆。娇娇被这里的乱哄哄弄得尾巴都打结了。"

克利奥站起身,她得吃一颗阿司匹林。"好了,我该放你回去接着忙你的杂七杂八啦!"

克利奥朝冰箱走去,想拿点冰水,这时娇娇径直从客厅里跳出来,赶在她前面来到冰箱跟前。

"你快把我撞倒了。"她喊道。

她给娇娇倒了点牛奶,自己吃了两片阿司匹林。菲尔·唐纳修正在跟戒了毒的瘾君子清谈,克利奥关上电视,喝完咖啡。她环顾四周累积起来的各种物品:一把网球拍,橙蓝两色条纹的鞋子,堆得像布娃娃一样的蓝色牛仔裤,黛咪的照片散布在长沙发和茶几上,一个可折叠的格子呢布行李箱,塞满脏衣服的大手提袋,戴维的"星球大战"玩具和电话形状的红色电脑玩具,黛咪的速照相机。克利奥已经忘记怎样轻松地穿行于孩子们制造的混乱之中。她又倒了点咖啡,查看着信件。她浏览着一本家用小产品邮购目录,感叹能够买到那么多帮助你整理分类事物的东西,比如装商场优惠券的塑料袋子和衣柜里装小物件的盒子。然后她又花了很长时间研究一本杂志上刊登的温内贝戈豪华房车的广告,想象自己驾驶这样的房车云游西部,在车上那个小厨房里做饭,但是她想象不出自己一个人跑去西部旅游的理由。

啦啦队队服做了一个星期,每样东西都得重新做。克利奥把拉链上反了;接缝放得太大;给口袋重新开口。啦啦队队员来试服装的时候，发现所有的尺寸都弄错了。克利奥对啦啦队队员说："我就像热锅上的蚂蚁一样。"比起连体裤来，衬衫算容易做的，但是她弄不好接口。

"你钱收得不够多，"琳达告诉她，"这种东西你应该收二十五块钱一套。"

"这里的人不会出那么多钱的。"克利奥说。

琳达有时在有时不在，孩子们周末回自己家看鲍勃去了。这里安静了许多，可是克利奥却感到担忧。周日晚上，当孩子们提着装满衣服、玩具的手提袋回来时，她简直有点欣喜若狂了。鲍勃每顿饭都带他们出去吃比萨，他们对她摆上餐桌的晚饭扭头不顾：煎猫鱼和炸玉米面丸子。琳达也不吃饭，她要跟雪莉出门。克利奥给了娇娇好多鱼，它根本吃不完。

"外婆，笑一下。"

"好了，快点。"克利奥说，身体的姿势似乎要飞起来了。"我不能一整天都这么撑着。"

"就一分钟。"黛咪把相机移来移去，那相机看上去就像太空服上的面罩。"说'茄子'！"

克利奥保持着已经变得半心半意、不自然的微笑，相机的快门响了，闪光灯闪了一下。她们一起看着照片成像，照片上的图像就像黎明前的曙光一样越来越亮，最后显现出克利奥的身形。

照片里的克利奥茫然地站在那里，像一只受到惊吓的猫。

"我的样子真糟糕。"克利奥说。

"你看上去很老，外婆。"

克利奥的啦啦队队服只剩下手工活儿部分。她一边拍打着衬里，一边想象鲍勃独自待在那栋大平房里。一个男人独自待在那样的房子里会做些什么呢？琳达在一个深夜里离开了他，带着黛咪和戴维来到这里，就在《今夜》节目播到一半的时候（那天是约翰·戴维森做主持）。孩子们还在半梦半醒之中。克利奥想象着他们有一天染上了毒瘾，摇摇晃晃、一副不省人事的样子。

啦啦队队服做好了。克利奥知道：有些地方做得不是很好，她收收放放了那么多次，但是她对自己说只有会缝纫的人才能够注意到这些瑕疵。她摘掉浅蓝色的接缝线头。

她洗了些衣服，读完本周的《家庭圈子》杂志，把里面一个做汉堡砂锅的菜谱剪了下来，她觉得这个菜孩子们可能会喜欢。她扔掉《家庭圈子》和旧的《电视节目导航》杂志，把垃圾拎出去，然后把自己做缝纫的角落收拾整齐，把各种线分门别类。她把黛咪散乱的照片收集起来，摞作一堆，当她在找一个能装下这些照片的盒子的时候，不小心踩到了猫的尾巴。"哦，对不起！"她叫起来，吓了一跳。娇娇藏到沙发下面去了。克利奥没能找到大小合适的盒子。

啦啦队队员来试新服装时，克利奥发现了几处没去掉的蓝线头。她难堪地拔掉线头，知道这些啦啦队队员去参加球赛表演的时候，有人会看见她们衣服接缝处冒出来的蓝色线头。

过了一会儿，克利奥想去电影院看看有没有特别好的电影上演，她开车到了购物中心。没什么好电影，那里在放一部简·方达演的太空入侵的片子。克利奥停好车，走进K玛特超市。她朝正在忙着应付自己柜台前一长队顾客的琳达挥了挥手。克利奥在商店里逛着，给黛咪找到一本里面是塑料袋子的影集，她准备拿出一部分从啦啦队队员那儿收来的钱买下这本影集。戴维也会想要点什么的，但是她不知道买什么他才会喜欢。看到的所有玩具都不合她的意，最后她买了一件正在减价的高领套头衫。相册跟套头衫价钱差不多。她排队付款的时候没有看到琳达。

克利奥在购物中心的停车场坐了很长一段时间，然后开车回家，照着那个菜谱做汉堡。

"你们这些人对待猫就像它们是小孩子一样。"琳达说。她正在打磨一把倒放在铺了报纸的客厅地板上的摇椅。

"它们的麻烦显然要少得多。"克利奥说，她在除尘。丽塔·吉恩打电话来说德克斯特从医院回家了，但是希望不大。

"不要摇门，黛咪。"琳达说，"外婆有份礼物要给你。"

克利奥拿出相册和套头衫。

"我要你把所有的照片都放在这里面。"她告诉黛咪。"给,傲慢无礼的年轻人,"她对戴维说,"我这儿还有点东西可以拿走。"

孩子们一言不发地接过礼物,查看着。黛咪翻着相册,把手指头伸进装相片的袋子里。戴维撕开套头衫的塑料包装纸,把它举起来。"正合适!"他说。

戴维打开电视,黛咪坐到长沙发上,翻动着相册的空页。

"你不必这么做。"琳达对克利奥说。

"我不过是在跟着潮流走,"克利奥说,"花钱,花钱,花钱。"

"跟着潮流走没有错。"琳达说。

"我看你就不跟着潮流走,收集了那么些旧古董。你倒解释给我听听。"

"大家都又开始喜欢古旧的东西了。像你的那些家具已经过时了。"

"如果我能活那么长的话,可能有一天这些家具就成了古董。"克利奥用灰尘掸子轻轻扫着天花板。

"我们开始让你厌烦了,"琳达说,"过不了多久我们就会搬走的。"

"我希望你的意思是回到属于你的家。我不是要赶你走,你知道我的意思。"

"我们回自己的家,行了吧。"琳达说,"今晚很重要——我跟鲍勃要在肯湖见面。我要跟他摊牌，我不能等了。"她用一块破布擦拭着那把摇椅，把它面朝上翻转过来。"行了，我估计够了。干得真不错。要是我能再找到一把同样的就好了。黛咪，把收音机关掉，你吵着外婆了。"

克利奥不得不坐下，她喘不过气来。她跌坐到长沙发上时，灰尘掸子掉到了地板上。"我不再是十六岁了，"她说，"我老得太快了。"

"妈，你什么事都没有。你只不过没为自己做过任何事情。"

"你什么意思？"

"看看你吧：你还是个年轻女人。你可以去读书，读个护士什么的。住在那边的史密斯太太六十八岁了，还在开飞机。而且是她自己开。"

"我可以想象自己过那样的生活。"克利奥紧抓住一个绣花枕头。黛咪和戴维在吵架，听起来像两个印第安野人。可是周围的喧嚣正在失去含义，她觉得很难分辨出里面单独的声响。那只是一种喧哗，像持久而稳定的呼噜声，饱含悦耳的吸气声、呼气声和鼻塞的声音。以前杰克就经常那样打呼噜，但是只要她使劲拉拉被子或者轻轻踢他一下，他就会停下来。

"丽塔·吉恩说我正处于人生的全盛时期。"克利奥说。

"亏她说得出口。丽塔·吉恩。瞧瞧她吧。要我说，是她把那只猫给宠死的。她有机会去西部却不愿意去，我还从来没听说过比这更荒诞的事情！换了我早就去了！"

"谁也不能想要什么就能得到什么。"克利奥说。

"我没有生你的气，妈妈。可是和从前一样，谁也不必做自己不想做的事情。"

"我早该料到这一点了，"克利奥说，"这都是电视里教的。你坏了我的心情。"

"我不是故意的，这都是为你好。"

娇娇在长沙发上跳着，克利奥抓住它，它扭动着身体爬上克利奥的肩膀。

"你真幸运，娇娇，你用不着发愁。"克利奥说。

琳达把摇椅经由走廊拖进客厅里，椅子刮花了门框上的漆。

克利奥晚饭做得晚了点。她在做黑莓脆皮馅饼，可是把时间弄混了。孩子们最喜欢的电视节目在晚饭前就已经开播，他们端着盘子坐到客厅里。在看《莫克和明迪》[1]这件事上，黛咪和戴维之间没有分歧。克利奥装了一盘饭菜跟他们一起看。这不是她常看的节目，看起来很奇怪。莫克是外星人，用手指当吸管来喝水。除此之外，他长得很像人类。克利奥觉得他那从不停顿的俏皮话很难懂，而且，他穿着吊带裤，睡觉的时候头朝下挂在那儿。克

---

[1] 美国的一个科幻连续剧。从1978年连续播放到1982年。

利奥突然想到：杰克以前就经常穿吊带裤。莫克跟明迪住在一起，但是黛咪和戴维似乎没觉得这有什么大不了的。克利奥很高兴他们吃了汉堡砂锅，没抱怨什么。广告期间她给他们盛了一大块热乎乎的黑莓脆皮馅饼。

灯光下她看见黛咪眼睛上涂着蓝色的眼影。"这眼影让你显得凶巴巴的。"她对黛咪说，黛咪只是耸了耸肩。

黛咪和戴维入睡之后，克利奥拿出她的家庭影集。她想：和现在的人比，影集里的照片真算少的。那些黑色的固定照片的小角已经逐渐脱落，有些照片放得横七竖八的。虽然知道这维持不了多久，她仍然试图把这些照片摆摆正。她浏览着她父母去比洛克希旅行结婚的照片，她父母看上去那么年轻，照片里的母亲很像琳达，穿着一条当时流行的宽松长裙。照片里克利奥的父亲是个清瘦的深色头发的男人，微笑着。他总是微笑着。克利奥的父母都已去世。她把影集翻到贴着自己蜜月照片的页面。有一张她和杰克看起来都像小孩子一样的照片，是在杰弗逊·戴维斯纪念馆前面一个陌生人给他们拍的。她凝视着杰克的脸，意识到留在快照上的记忆比生活中的他留下的记忆要来得真实。她翻动着页面，看见自己和杰克老了少许。一张照片上的琳达是一个留着刘海的倔强孩子。

克利奥看着一张杰克坐在拖拉机上的照片，他冲着太阳咧嘴笑着，杰克高兴的时候就是这副样子。他是个安静的人。克利奥

- 137 -

研究着一张他去世那年拍的照片，突然好奇杰克是否背叛过她。她想：那次他去参加国家博览会的时候可能做过这种事。他回家后，举止怪异，带回一个赢来的红色缎带，用古怪的语气谈论家族农场的未来。杰克如果活着，将永远不会原谅她卖掉农场这件事。她不安地想：这是她背叛他的方式，不过她永远也不会想到要跟他离婚，就像后来不会想到要再婚一样。

在影集的最后一页上她发现一个意外的惊喜，一张起初她没有在意的照片：那是电视屏幕上一个模糊的身影。然后她想起来了：那夜琳达不在，黛咪拍了一张电视《查理的天使》的照片。

"这儿，妈妈，那是你。"黛咪曾经指着深色头发的女演员说，女演员的脸不比铅笔头上的橡皮大，难以辨认。

"把她的钱给我就行，我长得不像她也没事。"

黛咪把那张照片放进了克利奥的家庭影集里，克利奥想不明白为什么黛咪会这么做。然后她在下一页上看到黛咪把她给克利奥拍的照片也放了进去。那张照片是相册里最后一张。克利奥又一次看见了自己，惊惶而苍老。

"天塌下来了。"第二天，克利奥对丽塔·吉恩说。"琳达说她不准备回到鲍勃身边了。她说她要离婚，他已经同意了要搬出去住。孩子们要被挪来挪去的啦。昨晚我一夜没合眼。"

克利奥在丽塔·吉恩家。她没顾得上看《今日》节目，也省略了早晨的例行电话煲，直接开车过来了。现在，她觉得在丽塔·吉恩家里比在自己家里舒服。这座房子鲜亮地装饰着手工作品。丽塔是一个邮购工艺品俱乐部的成员，这个俱乐部每个月都会寄一套工艺用品给她。她做了一幅新的绣有亚利桑那落日图样的刺绣墙挂。克利奥赞美了一通刺绣，她盯着那些锁缝，说："我不明白的是，我女儿怎么能像这样过下去，她像只鸟一样叽叽喳喳。"

"我也不知道，"丽塔·吉恩说，"别看这堆乱七八糟的东西。"她带克利奥去到后房，德克斯特正在一个盒子里睡觉。"兽医说它没毛病，就是老了。他说要给它保暖，它什么时候想吃就给它吃，宠它，跟它讲话。可能因为我老把它关在家里，它都快瘦没了。你觉得一直把它关在家里对吗？"

"如果你把它放出去了的话，它早就跑掉了。"克利奥说。她轻抚着德克斯特，它微微动了一下。它的皮毛黯淡而稀疏。

"那我只好接受这个现实了。"丽塔·吉恩说。

"这也许对你有好处。"克利奥说，语气意料不到地强烈。"我已经决定，试图依恋任何东西都是没用的，反正最后你都会失去的，不在乎反而好些。"

"别这么说，克利奥。"

"我肯定是老了。"克利奥笑道，"我越来越想什么就说什么。要不就是越来越年轻了，老人和小孩一样，都是怎么想就怎么说。"

喝咖啡期间，克利奥鼓动丽塔·吉恩去逛牛羊集市。

"琳达说我们应该出去走走，跟上潮流。"克利奥说，"正是我需要的——更多的垃圾。不过这是时髦。"

"也许可以让我们换一换脑子。"丽塔·吉恩说，拿起她的围巾。

牛羊集市的摊贩大部分是兼做二手货交易的农民。虽然克利奥清楚：现如今谁也没法依靠农场维生，意识到这一点还是让她感到震惊。她认出几个坐在摆着灰扑扑的旧物件的折叠桌子后面的农民。还在杰克去世的那段时间，养牛的花销就跟卖牛奶的收入差不多了。她无法想象杰克坐在一辆露营车里，兜售从谷仓里翻出来的旧垃圾。如果他没有死于心脏病，这种生活也会要了他的命的。

克利奥和丽塔·吉恩从一张桌子游移到另一张桌子，触摸着大萧条时期的玻璃制品、水晶高脚酒杯、裂了缝的瓷器、废弃的打蛋器和搅拌器、生锈的农场工具，还有塞着纽扣和纸片的油腻腻的木头盒子。

"我从来没见过那么多旧东西。"克利奥说。

"看看这个，"丽塔指着一盒子塑料跳绳，说，"这个不是旧的。"

她们看着手工真皮皮带和钱夹，由囚犯制作而成；画在黑色天鹅绒上明亮的景致：斗牛、地平线和日落。一个戴牛仔帽的男人从一辆华丽的叫作"体育马车"的露营车里展示着这些画。

"他一定是从很远的地方来的。"丽塔·吉恩说。

"这东西我以前有过一套。"克利奥拿着一个小小的水晶盐瓶，缺了胡椒瓶，有一个糖浆架与之配套。

"你可以在这儿待一整天。"丽塔·吉恩说，像个孩子似的环顾着四周。

克利奥没有听见她的话。突然之间，她的血液涌上头部，她的胃翻搅着。她看见了一个小型的美国早期风格的陈设架，就在她面前。陈设架是红木的。她捧着它，抚摸着它，转动着它，惊愕不已。

"如果它是一条蛇，肯定已经咬了我一口！"克利奥吃惊地叫道。但是丽塔·吉恩正全神贯注地查看着一套贴着猫图案贴纸的搪瓷罐子，没有注意到。

这不可能是她的那个陈设架。克利奥记不起放在梳妆台上的那个小陈设架到底去了哪儿，那个杰克存放印章、收据和存折的盒子。

这个陈设架有一扇用木头插销固定住的门，架子顶上是一系列小小的盒子，就像书架上摆放的书一样，带有火柴盒一样的滑盖。那些小盒子都有名字：书签，修补带，胶片，塑胶带，涂胶标签，信函标签。盒子侧脊上画着画，所有的画组成一幅图像：一辆穿过一片牧场、一条河流的老式火车，火车黑色的烟雾贯穿三个盒子，飘向远方的山峦，背景是一艘汽船。弯弯曲曲的轨道从第一个盒子一直延伸到最后一个盒子，整个画面由已趋暗淡的绿黄两色组成，前景里有丝丝拉拉的蕨类植物和一棵树。为了便于按顺序排放，这些盒子做成一个简单的拼图游戏。克利奥的孩子们还小的时候，曾经玩过这个拼图游戏，但是她的孙子们对这个拼图从来就不感兴趣。这不可能是那个一模一样的陈设架，她想。

"我要买下这个！"克利奥说。

"太贵了。"丽塔·吉恩说，拨弄着标价牌。陈设架的价钱是三块钱。

克利奥看着那辆火车。有两幅画排列的顺序错了，她把那些盒子重新排列了一下，把守车放到车尾。有一瞬间，她看得见火车无声地滑过那令人愉悦的图像，像梦一样安静，她想象得出：当火车穿过一片肥沃的山谷——像杰克喜爱的小溪边上的地方，她的家人就坐在火车里，向西部驶去。火车上，她规规矩矩的儿子和他们的孩子正向窗外张望；琳达和鲍勃驾驶着火车，把车头前的排障器贴住铁轨；而黛咪和戴维则耐心地数着电线杆，观看沿途的景致。当火车经过金色的牧场，当所有人都向未来挥着手，露出十全十美的微笑时，克利奥毫无恐惧地坐在守车里跟随而去。

抽签

圣诞节那天,卡罗琳·西森一早就去了她父母家,帮助母亲准备晚饭。卡罗琳两年前就已离异,去年,她一个人回来过圣诞节,这让她觉得不舒服。今年她邀请了她的情人——肯特·巴拉德——来参加他们的家庭团聚。她还给他买了一份礼物放到圣诞树下,以免他会觉得受到冷落。肯特计划中午从肯塔基湖出发,因为这周初刮了一场雪暴,他要去检查一下他的船。他觉得自己有义务在节日里去看看那条船,卡罗琳心里想:好像那条船是他住在养老院里的一个亲戚似的。

"这次我们吃烤火腿,不吃火鸡了。"妈妈说,"你爸向来不喜欢把火腿烤来吃，不过谁又听说过圣诞节吃炸火腿的呢？我们一年到头都在吃这玩意儿，我都快腻死了。"

"我爱吃烤火腿。"卡罗琳说。

"肯特喜欢烤火腿吗？"

"肯定喜欢。"卡罗琳把礼物放到树下，树下礼物的数量看上去比往年要少。

"抽签分礼物不像过圣诞节的样子。"

"你树上的五角星要掉下来了。"卡罗琳把树梢上的银色饰物理理顺。

"我本来打算多挂点装饰。我动作太慢，估计是上年纪了。"妈妈还没梳头，她穿着一件工作服，一双网球鞋。

"一到圣诞节你总有那么多想做的事情，妈妈。"

卡罗琳知道抽签分礼物的协议让她母亲感到为难。但是四个女儿已经成人，其中两个有了孩子。今天一共要来十六个人，以卡罗琳在彭尼超市做雇员的薪水，她没有能力给其他十五个人都购买一份礼物，而她父母的小农场多年来一直就没有什么赢利。

卡罗琳的父亲出现在厨房里，他紧紧地拥抱她，她尖叫着抗议。

"今年我就只能给你这么多了。"他大笑着说。

他从台上的碟子里拿了一块糖，卡罗琳打趣他："你最好注意一下今天的卡路里。"

"噢，圣诞节就算了吧。"

看见英俊的父亲日益老去，卡罗琳感到悲哀。他是一个害羞的男人，跟自己的女儿在一起时会觉得尴尬。尽管他从未提起，但是卡罗琳知道他对她自己失败的婚姻有多么失望。这时他问："这些'脚趾'[1]是谁带来的？"

他不再把那些奶油夹心巧克力叫作"黑鬼脚趾"，那是以前的叫法。

"哈蒂·史穆特送来的，"妈妈说，"上星期我给她做了一套裤装。"她对卡罗琳说，"就是那个做过胃部旁路管的人啊。"

"皮维·麦克莱恩那会儿也做过这个，没起作用，他们只好又把旁路管弄掉，让他恢复到从前的样子。"爸爸说。他递给卡罗琳一块糖，可是她摇头谢绝了。

妈妈说："去年春天我给帕蒂做了一条裙子，她参加儿子毕业典礼穿的。她连一块足够大的布料都找不到，我只好做短了一英寸。但是做完旁路管以后，她瘦得只穿二十码的衣服了。"

"我估计等吃完你弄的这顿大餐以后，我们都需要去做一个胃部旁路管手术。"卡罗琳说。

"肯特在哪儿呢？"爸爸突然问。

"他去看看他的船。他说好了会来的。"

卡罗琳看看钟，邀请肯特这件事让她感到为难。每个人肯定

---

[1] 指一种包着奶油的夹心巧克力。欧美人最初称其为"黑鬼脚趾"或"黑鬼之吻"，后因此语的种族歧视倾向而被取消。

都会对他评头论足，似乎他是出现在一出肥皂剧里的什么新鲜角色。肯特在肯塔基罗斯·里夫·弗罗阿公司开卡车，同时还在默里州立大学读业余班，主修会计。今年初夏，当卡罗琳开始跟他交往的时候，他们曾经驾着他的船扬帆出海，那艘船上漆着"乔伊斯"几个字。后来他把这个名字涂掉了，坚持说他已不再爱乔伊斯（乔伊斯是个营养学家，老是批评他吃的东西），但是他从来没说过他爱卡罗琳。她也不知道自己是否爱他。两个人似乎都在等着对方先说这句话。

卡罗琳在厨房里给妈妈打下手的时候，爸爸出去接她外祖父。中风致残的外公由一位住家管家照料，这几天她回自己家过节去了。卡罗琳把苹果和梨切成块，用来做水果沙拉，她母亲则在把红薯弄成球状，中间夹进棉花糖做的陷，再把它们滚上碎玉米片。客厅的电视机里，电视剧《我们生命中的日子》开始播放了，但是圣诞树挡着，她们看不到电视。

"你抽了谁的名字，妈妈？"卡罗琳问，她正在给葡萄去籽。

"吉姆。"

"你把吉姆的名字也放进帽子里了？"

妈妈点点头。吉姆·沃尔什是卡罗琳最小的妹妹劳拉·珍妮的男朋友，他们俩住在圣·路易斯。劳拉·珍妮曾去室内装潢学校上课，在班上遇到了做纺织品推销员的吉姆。"我给他做了一件衬衫。"妈妈说。

"你真让我吃惊。"

"嗯,那我该怎么办?"

"我只是有点吃惊而已。"卡罗琳吃了一颗葡萄,把葡萄籽吐出来。"艾米莉·波斯特说他们俩来这里的时候应该让他们住一间房。"

"你知道我们向来不主张那么做。我觉得你爸爸还没接受她跟那家伙同居的事情。"

"你是说'姘居'吧。"

"都一样。"妈妈打开番薯粉碎机,那个金属玩意儿在地板上嘎嘎作响。"噢,我心里慌得很。"她说。

随着家里人的到来,电视声、问候声、猛力开关门的砰砰声混合在一起,风冲进屋子里。卡罗琳的姐姐佩吉和艾瑞斯带着她们的丈夫孩子同时到达,房子似乎突然显得窄小了。佩吉的孩子史蒂维和谢丽尔还没脱下外套,就跑进屋里去看电视上的篮球赛。史蒂维腿上放了一个梅林电子玩具,"哔哔"乱叫着。艾瑞斯和瑞的孩子迪迪和乔纳森跑到外面看猫去了。

客厅里,佩吉把她的小婴儿丽莎放在腰间轻轻摇晃着,说:"你该要个孩子了,卡罗琳。"

"我到哪儿弄去啊?"卡罗琳有点尖刻地回答。

佩吉咧嘴笑了,"要我说,随便去哪儿都行啊。"

佩吉说话语气挑剔,这一点大家都知道。她是姐妹里唯一一个举办过像样的婚礼的人。她的丈夫塞西尔是一个"海湾"加油站的老板，他们拥有一艘机动游艇、一辆皮卡、一辆露营车、一辆客货两用车和一座殖民风格的砖房。每次卡罗琳去看佩吉，她总会为自己没有一个可以给她购置这些东西的丈夫而感到失落，不过四平八稳或者雄心勃勃的男人似乎对她没什么吸引力。她一直好奇肯特会怎么跟家里的这些男人相处。塞西尔和瑞正站在一个角落里谈论着怎么省油。塞西尔比佩吉要矮，已经开始谢顶，他总是免费为爸爸修理卡车，瑞则习惯性地对爸爸的政治观点表示同意，以避免争吵。瑞在法兰克福做一份让人羡慕的政府工作，收费公路开通时，他曾经协助举行剪彩仪式。肯特会对他们说些什么呢？她能够想象得出他坚持让大家等一下出去看日落，她父亲会认为这个举动很荒唐，这种事农场里的人从没做过，但这就是肯特会想到的事情。然而她知道，他这种心血来潮的性格正是他身上自己喜欢的地方。

十岁的迪迪和六岁的乔纳森进到屋里，立即翻动起树下的礼物来。卡罗琳注意到：所有的孩子都穿着崭新的牛仔裤和牛仔衬衫。

"你们为什么全都那么老实啊？"她问，"我还以为小孩子过圣诞节都会大喊大叫呢。"

"他们四点就起床了。"艾瑞斯说。她从小包里掏出一支烟，接过赛西尔递过来的火。她吐出一口烟，对卡罗琳说："听说肯特要来。"还没等卡罗琳回答，她又在训斥孩子们乱翻礼物。她似乎很紧张。

"他应该中午左右到。"卡罗琳说。

"有人来了。我听见汽车声了。"

"可能是爸爸,跟外公一起回来了。"

来的是劳拉·珍妮,她炫耀着吉姆·沃尔什,仿佛他是她刚刚收到的一件出色的圣诞礼物。

"我要亲吻你们每一个人!"当女人们朝她冲过去时,她大叫道。劳拉·珍妮已经有四个月没回过家了。

"圣诞快乐!"吉姆用一种生气勃勃、冠冕堂皇的声调说道,像电视里的播音员——卡罗琳心里想。他跟每个女人都拥抱了一下,然后递给妈妈一瓶"雷倍尔·叶尔"牌的波旁威士忌,和一箱从一个购物袋里拿出来的蛋奶酒,姿势极具戏剧性。那瓶波旁威士忌装在一个圣诞装饰的盒子里。

妈妈举起双手:"哦,不要,我害怕变成酒鬼。"

"哦,这话真荒唐,妈妈,"劳拉·珍妮说,接过吉姆的大衣,"一天喝几杯酒对你的心脏有好处。"

吉姆执意从厨房的柜子里拿出几只咖啡杯,把蛋奶酒跟波旁威士忌混在一起。他递了一杯给妈妈,她皱起脸。

"乖乖!可别把牧师放进来,"她说,抿了一口酒,"真的,这东西让我血压升高。"

卡罗琳摆手拒绝了吉姆端给她的酒:"我不习惯这么早就开始

喝酒。"她说，有点迷惑。

吉姆特别高，深色的头发，留着整洁的小胡子，那胡子像一个鸟巢一样围盖在他的下巴上。他说话带北方口音。他拥抱她的时候，卡罗琳嗅到一股古龙水的味道，甜甜的，像巧克力糖浆。去年夏天，第一次把他带回来的时候，劳拉·珍妮当着众人的面拥吻他，表示自己对他的支持，爸爸却对他完全视若无睹。而此刻卡罗琳看见吉姆正在告诉塞西尔，他一直都在海湾加油站加油；瑞则红着脸接过吉姆递给他的蛋奶酒。卡罗琳逃进厨房，开始把奶酪擦碎，好做脆皮烤土豆。她对肯特的到来有一种恐惧感。

爸爸和外公到了，塞西尔和吉姆帮忙把轮椅推到一个角落里。之后，爸爸跟吉姆握了握手，他拒绝了吉姆端给他的波旁威士忌。卡罗琳从厨房里可以看见爸爸在拥抱劳拉·珍妮，一直不放手。她走进客厅去跟外祖父打招呼。

"他们把我塞进这辆儿童车里，推得飞快，"她亲吻他的前额时，他说。

卡罗琳希望他没有注意到那瓶波旁威士忌，但是她知道什么都逃不过他的眼睛。他耳朵太聋，大家已经放弃跟他谈话的打算。孩子们踮着脚尖在他周围走来走去，敬畏地打量着他。不知为何，卡罗琳盼望他们注意到自己跟外公一样，也是独身一人。

一点十分，电话铃响了。佩吉接了电话，她把听筒递给卡罗琳："是肯特。"她说。

肯特还没有离开湖边。"我一小时以前刚到这里，"他告诉卡罗琳，"我得先把我妹妹送到我母亲家。"

"船还好吗？"

"嗯。只是刮了点漆，要不了多久就弄完了。"他犹豫了一下，仿佛在等待卡罗琳的担保，证明他确实被邀请了。

"大家都准备好要吃饭了。"卡罗琳说，"你不能快点吗？"她应该还记得他拖拉的行事风格，有一次他们花了三个钟头才开到帕迪尤卡，因为他一路上老是在古董店停留。

她挂上电话以后，她母亲问："我可以烘面包卷了吗？"

"稍等一会儿吧。他现在刚要离开湖边。"

"肯特这小伙子啥时候到啊？"爸爸瞪着眼朝厨房里看，不耐烦地问，"到吃饭时间了。"

"他在路上了。"卡罗琳说。

"你没跟他说我们不等晚到的人？"

"没有。"

"盘子一响，我们就开吃。"

"我知道。"

"你跟他说了吗？"

"没有，我没说！"卡罗琳恼怒地高声叫道。

厨房里只剩下她和母亲时，母亲对她说："你爸爸今天有点反常。劳拉·珍妮又把那家伙带来了，他很恼火，还有他带来的那个威士忌。"

"那个确实不合适。"卡罗琳表示同意。她注意到妈妈把她那杯蛋奶酒放进了冰箱。

"另外,他也不满意那个你围着转的肯特·巴拉德。"

"关他什么事啊?"

"你知道他是什么样的人。他一贯觉得没人能配得上他的闺女,而且怕你又被人亏待了。他觉得肯特不太靠得住。"

"我估计肯特正在证实爸爸的看法。"

卡罗琳的姐姐艾瑞斯有一双深褐色的眼睛,和家里其他人都不一样。卡罗琳小时候,有一次她想说"艾瑞斯(Iris)的眼睛",结果说成了"爱尔兰(Irish)的眼睛",她母亲有时会唱一首名叫《当爱尔兰的眼睛微笑时》的歌,她把这两个给弄混了。从此以后,她们总是拿"她的微笑的爱尔兰眼睛"来打趣艾瑞斯。今天艾瑞斯没有微笑,卡罗琳发现她正在卧室里抽烟,手里拿着一个烟灰缸。

"我抽到你的名字了,"卡罗琳告诉她,"我给你买了一件我自己想要的东西。"

"那好啊,如果我不想要的话,估计我还得把它还给你。"

"你今天怎么回事啊?"

"我和瑞要分手了。"艾瑞斯说。

"真的？"卡罗琳被自己反应里表现出来的欢乐吓了一跳。其实——后来她对自己说：这是因为她在为不常见面的姐姐向自己吐露心声而感到高兴。

"事实上，我得求他今天跟我一起来，为了妈妈和爸爸的缘故。这件事会要了他们的命的。别告诉别人，行吗？"

"我不会的。你打算怎么办呢？"

"我不知道。他已经搬出去了。"

"你还准备留在法兰克福吗？"

"我不知道。我得先理出个头绪来。"

妈妈把头探进门里："那个，肯特来还是不来啊？"

"他说了要来。"卡罗琳说。

"你爸爸快要坐不住了。他受不了等人吃饭。"

"好吧，那我们就开吃吧。肯特可以到了以后再吃。"

妈妈走后，艾瑞斯说："你和肯特不是处得挺好的吗？"

"我不知道。他说了今天要来，不过我有种感觉，他并不真的想来。"

"让他们见鬼去吧。"艾瑞斯笑了，把烟踩熄。"看看我们吧——我们的结果还不够惨吗？先是你离婚，现在又轮到我。劳拉·珍妮带回来那么一个家伙，爸爸受不了他。你看见他看他的眼神没？"

"劳拉·珍妮比我坚强多了，"卡罗琳点头说，"肯特迟到，我真想拧断他的脖子。好了，我们哪一个无论做什么都不对——除了佩吉。"

"爸爸心爱的小天使，"艾瑞斯嘲弄地说，"走吧，我们最好过去帮帮忙。"

妈妈去换衬衣、擦口红的时候，姐妹几个把食物端进了餐厅。两张桌子已经被拼在了一起。佩吉用一把电动刀切着火腿，卡罗琳往冰茶杯里倒着饮料。

"给外公脱脂奶，给史蒂维可口可乐。"佩吉指使她说。

"我知道。"卡罗琳说，差点发火。

全家人坐下来以后，卡罗琳意识到再没人请求爷爷做节日晚餐的"轮流致谢"词了。他满怀期待地坐在那里，似乎在等着别人开口问他。妈妈把他盘子里的火腿切成小块，卡罗琳在等待着汽车到来，等待着电话铃响。电视机还开着。

"你们都动手吧，"妈妈说，"吉姆呢？你一定要尝一尝我做的芥末鸡蛋。"

"我以为你的新男朋友要来呢。"塞西尔对卡罗琳说。

"我也这么以为的！"劳拉·珍妮说，"你写信告诉过我。"

当卡罗琳做解释的时候，每个人都看着她。她把目光移向别处。

"你在看那棵可怜的树吧，"妈妈对她说，"我知道从外面看这棵树不那么好看。"

"没有，挺好看的。"没人真正注意过那棵圣诞树。多年以来，卡罗琳似乎这才第一次看见它——上面的破烂的红色塑料驯鹿，戴着摇摇欲坠的尖帽子的塑料泡沫雪人，还有那些银色的核桃，她记得那是自己大概十二岁时涂的颜色。

爸爸开始讲笑话，说的是几个发誓噤口不言的和尚。每个圣诞节晚餐——他说：只允许一个和尚开口说话。

"这样声带会生锈的。"谢丽尔说。

"闭嘴，谢丽尔，外公正在讲话。"塞西尔说。

"第一年轮到第一个和尚说话，你们知道他说什么了吗？他说：'这些土豆呆头呆脑的。'"

几个人笑起来，史蒂维问："这好笑吗？"

卡罗琳有点奇怪。她父亲这辈子还从来没在餐桌上讲过一个笑话。他坐在桌子顶头，目光越过全家，透过落地窗看向外面的玉米地。

"注意了，"他说，"第二年的圣诞节又到了，这次轮到第二个和尚说话。他说：'你知道吗，我想你是对的，土豆确实是呆头呆脑的。'"

劳拉·珍妮和吉姆大笑起来。

"给我点白面包。"外公说。妈妈把装面包的盘子传递给他。

"到了第三年，"爸爸继续说，"第三个和尚可以说话了。他这样说，"——爸爸突然乐不可支起来——"他说的是：'你们如果还不闭嘴，再争论那些土豆的事情，我就离开这个地方。'"

笑声停止后，妈妈说："你们能想象得出有人可以整年不说一句话吗？"

"僧侣就是这样的，妈妈。"劳拉·珍妮说，"僧侣什么都节约，他们不浪费，连话也不会浪费。"

"特拉普派僧侣[1]确实是个优秀的群体，"吉姆说，"他们面包做得非常好，不带防腐剂。"

塞西尔和佩吉瞪着他。

"你没吃多少啊，爸爸。"卡罗琳说。她坐在她父亲和留给肯特的位置之间。讲笑话太费劲，似乎让她父亲没了胃口。

"他吃了太多的黑鬼脚趾，把晚餐给浪费了。"妈妈说。

"朵蒂·巴洛圣诞节收到一个芭比娃娃，是个黑娃娃。"谢丽尔说。

"朵蒂·巴洛不是黑人吧？"塞西尔问。

"不是。"

"有意思，"佩吉说，"那他们为什么会送她一个黑芭比娃娃呢？"

"她想要啊。"

突然，爸爸推开盘子，离开了餐桌。他在电视机前的躺椅里坐了下来，蓝－灰橄榄球赛[2]就要开始了，塞西尔和瑞赶紧吃完饭，

---

[1] 罗马天主教派分支之一。其僧众需严格遵守"坚定，忠诚，修道"的教规。

[2] 美国圣诞节期间一年一度的大学橄榄球赛，这一传统始于1938年，在亚拉巴马州举行。

好跟他一起看电视。卡罗琳又拿了一份火腿跟果冻沙拉,她觉得似乎肯特不在,自己有必要帮他吃。吉姆一边轮着个儿拿第二轮食物,一边恭维着妈妈。妈妈则为没有漂亮的餐巾纸而道歉。接着劳拉·珍妮描述起她上的一个摄影班。她一直在给汽车配件拍特写:前杠、头灯、挡泥板。

"听起来真傻。"一个孩子,迪迪说。

突然间外公说话了:"按常理,应该男人先吃饭,孩子们在另外的桌子上吃。女人应该最后吃,在厨房里吃。"

"你知道我可以怎么打发你们这些人,对吧?"妈妈说,对他挥舞着拳头,"我可以在田里铺块板子,让你们到那儿吃去。"她笑了。

"如今时代不同了,外公。"艾瑞斯大声说,"我们跟男人一样棒。"

"她从电视里看来的。"瑞说,带着抱歉的笑容。

卡罗琳注意到瑞看艾瑞斯的眼神。千-真-万-确,艾瑞斯刚才把瑞脸颊上的一根睫毛拂掉了。她似乎暂时忘记了分手的事情。

拆封礼物之后不久,吉姆帮着收拾了桌子。肯特还没来。小婴儿睡着了,劳拉·珍妮、吉姆、佩吉和妈妈在餐桌上玩一个叫"星舰奇航"的棋类游戏,卡罗琳和艾瑞斯则跟谢丽尔和迪迪一起玩着"太空堡垒卡拉迪加"[1]。剩下的男人们都安静地全神贯注于橄榄球赛之中，只听得见电视里模糊的声音。没人提及肯特不在的事情，不过孩子们分完礼物后，卡罗琳拒绝告诉他们树下那个孤零零的包裹里装的是什么东西。这是所有礼物里面包装最奢华的一份，打着一个巨大的缎带蝴蝶结，而不是那种粘上去的现成的蝴蝶结。一根装饰圣诞树的假冰柱掉在了包裹上，这让卡罗琳想起庆祝游行结束之后被遗弃的彩车。

两点四十五分，肯特打来电话。他还在湖边。"加油站都关门了，"他说，"我加不了油。"

"我们已经吃过了，礼物也拆了。"卡罗琳说。

"我在这儿，给困在这儿了。我也没办法。"

肯特的声音断断续续、模糊不清，卡罗琳怀疑他一直在喝酒。她不知道当着家里人的面自己该说些什么。她唠叨了几句毫无意义的话，一边玩弄一条从礼物包装上拆下来的缎带。小婴儿醒了，转动着玩具盒上的把手和按钮。电视上，蓝队跑锋采用迂回跑的战术赢得了六码。卡罗琳盯着圣诞树顶上那颗倾斜的五角星，肯特正在说着与圣诞老人有关的什么事情。

"他们想让我在妈妈家为小鬼们扮演圣诞佬儿。我说——你知道我说什么了吗？'呸，骗子！'我有没有告诉过你我为啥反感

---

[1] 一部美国1978年科幻电视剧的名字。此处指由此制作的游戏。

圣诞节？"

"也许没有。"卡罗琳的后背硬邦邦地抵在墙上。

"我小时候，圣诞老人到镇里来了。我大概五岁，我们都迫不及待去看圣诞佬儿，妈妈带我去的，但是我们去晚了，他正要走。我还要跑过法院广场才能赶到他跟前，他在那儿分棒棒糖，所以我拼命地跑。他正往消防车上爬呢——你在听吗？"

"哦，嗯。"卡罗琳看着她母亲，她正把圣诞礼物包装纸折起来，留待明年再用。

肯特说："我跑到他跟前，拉着他的旧红裤腿，他俯视着我，你知道他说什么了吗？"

"不知道——什么？"

"他说，'滚开，小孩。'"

"真的？"

"我会跟你撒谎吗？"

"我不知道。"

"你还想把这个倒霉的故事听完吗？"

"现在不想。"

"噢，我忘了这是长途电话。我明天打给你。也许我会去给船上油漆，我就这么干！我现在就去漆船。"

卡罗琳挂上电话以后，她母亲说："我觉得我的那道'东方焖烤'做得不对。我用错蘑菇汤料了。应该用'蘑菇奶油'，我用的

- 159 -

是'金蘑菇'。"

"你怎么老是学不会，妈妈？"卡罗琳喊起来，"你老做那么多的菜。你太当回事儿了——"

妈妈说，"这回肯特又出什么事了？"

"他加不到油。他忘了加油站不开门。"

"吉姆和劳拉·珍妮加油怎么没问题。"佩吉说，从游戏上抬起眼睛。

"我们昨天就加了。"劳拉·珍妮说。

"当然啦，"卡罗琳心烦意乱地说，"你总是目光长远。"

"该你啦。"谢丽尔说，把游戏杆递给卡罗琳，"我打得真糟。"

"没我糟。"艾瑞斯说。

卡罗琳努力集中精力，去击落太空中密集如雨的敌方导弹。她的姐妹们似乎离她很远，就像那些太空飞船一样。她知道男人们在看橄榄球，他们正手舞足蹈地追踪着一场激烈的比赛。即便如此，外公仍然睡着了，腿上盖着毯子，看上去像一个坐在王位上的国王。卡罗琳想着她父亲向自己岳父做出的那些无声的妥协，塞西尔和瑞也为爸爸做出过同样的妥协，她自己的前夫以前也曾尝试过。但是塞西尔买到了入门券，而瑞如今正想退场。肯特则躲开了。吉姆，这个新来的人，正跟女人们一起玩着"星舰奇航"，似乎他的性命取决于此。现在卡罗琳很高兴肯特没有来。他讲的那个故事让她愤怒，他童年的遗憾让她想起外公过去常说的一句话：圣诞节是孩子们的节日。刚才，她满怀诧异地倾听谢丽尔掰着手指头细数她当天早上收到的礼物：一只手表、一台音响、一件睡袍、卷发、香水、蜡烛、一件套头衫、一个计算器、一个珠宝盒、一个戒指。卡罗琳这时意识到肯特的船就是他的玩具，它比节日里应尽的家庭义务更为重要。

妈妈说："我想用红方格布和绿流苏做一张圣诞台布。你们想不到可以用针织布做台布吧，可是哈蒂·史穆特的针织台布可漂亮了。"

"你能用针织布做出不可思议的东西来。"吉姆说，语调里带着强烈的热情。妈妈给他做的衬衫用的就是黏合针织材料。

"谁是哈蒂·史穆特啊？"劳拉·珍妮问。她抚摸着吉姆的后颈，似乎在帮他舒缓神经。

她母亲开始向吉姆和劳拉·珍妮讲述关于哈蒂·史穆特手术的故事时，卡罗琳笑了。吉姆认真地倾听着，身体前倾，手肘支在桌子上，热心地提着问题，他的眼睛像外公的眼睛一样警觉。

"她在讲笑话吗？"谢丽尔问卡罗琳。

"没有。我没笑你，妈妈。"卡罗琳说，摸了摸她母亲的手。对圣诞节的期待结束了，这让她感到轻松。她笑着，说，"给我来点'雷贝尔·叶尔'，吉姆，是时候了。"

"我同意。"吉姆说着跳了起来。

厨房里，卡罗琳在吉姆洗杯子时弄来一把干净的勺子。在冰箱里她没有看到妈妈头先放进去的那个酒杯。她把那箱蛋奶酒拿出来时，吉姆说："今天对你来说肯定够难的。"

卡罗琳大吃一惊。吉姆的语气意外地友善、真诚。她突然意识到，由于他和自己妹妹之间的亲密关系，他必然对她有所了解，而她却对他一无所知。当他微笑的时候，她看见他臼齿上的金牙套，像圣诞装饰一样闪亮。她终于说："对你来说也不像一顿野餐那么轻松。肯特不愿意忍受我们。"

"他加不到油，真遗憾。"

"我认为他不想加到油。"

"那他不在对你来说反而更好。"吉姆看她的时候，卡罗琳觉得他一定是在查看她和劳拉·珍妮相似的地方。他说："我觉得你们家非常棒。"

卡罗琳不安地笑了。"我们对你很残酷。上帝，你真够勇敢的，跑到这样的地方来。"

"嗯，为了劳拉·珍妮，值得这么做。"

他们把蛋奶酒和茶杯拿进餐厅。卡罗琳坐下来以后，侄儿乔纳森恳求她透露圣诞树下面剩下的礼物里包的是什么。

"我不能说。"她说。

"为什么不能？"

"我要把它留到明年，留着等我可以在上面写下一个男人的名字。"

"我希望是我的名字。"乔纳森说。

吉姆把波旁威士忌掺入三个装着蛋奶酒的杯子，然后递了一杯给卡罗琳，一杯给劳拉·珍妮。其他人都表示拒绝。他靠在椅背上——现在他放松多了，握紧劳拉·珍妮的手。卡罗琳想知道他们俩单独待在圣·路易斯时相互间会说些什么话。她能肯定他们不会像故事里的和尚那样节约话语。她渴望跟他们在一起，听听他们在说什么。她注意到母亲正在挑手指头上的倒刺，对波旁威士忌视而不见。她看着装酒瓶的礼物盒，那上面画的是一出老式场景：雪地里划雪橇的孩子。卡罗琳再次想起肯特的船，她觉得自己此时正处身于那场雪景之中，和劳拉·珍妮以及吉姆一起，正驾着肯特的船扬帆驶入冬天的微风之中，驶入飘落的雪花之中。她想起湖上是多么的安静，似乎所有的声音都化作了雪花那洁白的颜色。

"干杯！"她说，一饮而尽。

爬树的人

　　退役宇航员宣称：比起与主耶稣同行，在月球上行走根本算不了什么。与主同行是永恒的，而月球之旅只需要三天。布道司仪拖着一根长长的麦克风电线，用缓慢的腾跃动作在台上走动，好像是要感受一下宇航员在月球上行走的滋味。布道者穿着一件粉色的格子外套，由于电视的颜色没调好，他脸上也泛出同样色彩鲜亮的光斑。

　　德洛丽丝开着基督教频道是为了听音乐。她自信自己不会受传道士的影响。她经常嘲笑那些人说到世界末日时那种急迫、甚至有点高兴的口吻。但是今天的节目让她打了个冷战。宇航员离开后，一个布道专家描述说,只有耶稣基督才能跨越"无信仰者的差距"。无信仰者的差距听上去就像是"导弹差距"[1],让人毛骨悚然。

"打住吧,皮泰。你弄得我神经紧张。"德洛丽丝说。她忍着没去踢那个住在街那头、碍手碍脚的小男孩。她正在摆弄花盆里一株开了花的椋木花,而皮泰则用单调的声音一遍又一遍地唱着《绒毛鸭》。皮泰九岁,他穿了一套奇怪的小运动服,袖子裤腿全被剪掉了,衣服的边上挂着线头。

"耶稣是个吸血鬼。"皮泰说。

"你从哪儿得到这个念头的?"

"我哥说的。"

"他怎么知道的?"

"他研究过。在一本书里。"

"我听说过的事情多了去了,不过还从来没听说过这个。"

皮泰猛地摔上门,骑着脚踏车沿车道往下冲,嘴里发出"轰—轰"的声音。他骑的是辆他哥用过的旧车子,座位是香蕉形的,那个哥哥正为闯进一家保险办事处偷了三个计算器的事蹲监狱。照德洛丽丝看:他们的母亲是个对孩子不闻不问的酒鬼。

今天上午皮泰一直在附近游荡,等着看砍树。树木服务公司的人要来锯掉靠近房子一角的那棵高大的鹅掌楸。德洛丽丝的丈

---

[1] 冷战时期美国的一个政治词汇,首次出现于1958年美国总统肯尼迪的演讲中,专指美国和苏联之间导弹数的差距。

夫格伦想把树锯掉，为他计划搭建的工场腾出地方。他一直在拆家具，想做野餐桌出售。但是砍树的时间选得不合适，打乱了德洛丽丝的安排。她预约好了中午前要去看一个妇科专家，她害怕得要死。两天前，诊所医生检查她乳房上的肿块时，建议她立刻去看专家。这个肿块已经出现好几个月了，它的形状似乎在变，动来动去的。德洛丽丝一直盼着肿块会自行消失。后来，她的朋友达丝媞·比温斯也催促她去看医生，德洛丽丝有点慌了。达丝媞在《妇女居家杂志》上读到过一篇关于乳房检查的文章。达丝媞很关心医学新闻，她刮过宫、做过子宫切除，还得过胆囊炎，必须避免辛辣油腻的食物。德洛丽丝注意到：女人只要聚在一起，就会谈论疾病。男人从来不这样。这也许是德洛丽丝不愿意告诉格伦她要去见医生的原因。她还没跟格伦提肿块的事，就像有时女人在没得到医生的证实之前，不愿意把怀孕的事告诉丈夫一样。她们总把这消息留到一个特别的时刻。德洛丽丝在电影里经常看到这样的场景，但她不知道现实生活中有谁真的那样做过。她只要一怀疑自己怀孕了，就会告诉格伦。现在他们的三个孩子都已长大，并且成了家。

当然，格伦会非常理性地指出达丝媞具有反应过度的倾向。有一次，当预报说他们居住的西肯塔基有可能发生地震时，达丝媞立刻带上孩子出门度一个计划外的假。他们去了亚利桑那州的一个度假牧场，达丝媞出门时还带上了那套新买的特氟隆平底锅。

虽然达丝媞天性胆小，但她经常做出一些胆大妄为的事情，比如离开家去度假牧场，三十七岁了还去美容学校上学。她甚至还出过一次轨。

房子附近种着三棵橡树，两棵枫树和一棵岑树。东南角的鹅掌楸是最高的一棵树，有可能已超过八十英尺。树上长满了圆鼓鼓的绿色蓓蕾，很像德洛丽丝在电视里看到的那部有关盗尸者的电影中的蚕茧。这个星期刚开始的时候，当"杰瑞树木服务"公司的杰瑞·麦克莱恩说到砍树那天会带个爬树的来的时候，德洛丽丝还以为他说的是一种机器，就像摘樱桃机。

"他说的是一个爬树的人。"格伦后来向她解释说。

"我还以为是从底部把树锯倒呢。"

"不行的，那样的话树有可能倒在房子上。必须一节一节地锯，再用绳子把锯下的部分放下来。"

"你非得锯掉这棵树吗？"

"即便不是为了工厂，这棵树没被龙卷风刮倒砸在我们头上，已经是万幸了。"

"可是你时间选得不好，"德洛丽丝说，"这棵树眼看就要开花了。你不能等它开完花再说？"

格伦此刻正和他父亲博伊斯·莫林斯一起在前院等候锯树的

人。博伊斯曾劝阻格伦雇请昂贵的树木服务公司来砍树,但是格伦不听他的。德洛丽丝调大电视机的音量。三个性感的姑娘正唱着迪斯科节奏的圣歌——《我从未得到过这样的爱》。除了歌名外,歌中没有其他的歌词,姑娘们反复唱着这一句。德洛丽丝打开咖啡机,把早餐剩下的咖啡热了一下。她想给达丝媞打个电话,但太早了。达丝媞晚上在帕迪尤卡上课,睡得很晚。

德洛丽丝端着一杯咖啡来到屋子前面的阳台上,问公公要不要喝。

"博伊斯,我看出来了,你是来尽你的微薄之力的。"她说着把杯子递给了他。

"加没加糖?"

"我把手指头放进去,它就变甜了。当然加了。你以为过了这么多年我还不知道你要加什么?"

"我儿子觉得他必须花大价钱雇专家。"博伊斯说,尝了尝咖啡。

"这件事我们已经来来回回说了无数遍了。"格伦对德洛丽丝说。

"我想帮忙,但是我的腰椎间盘太糟糕。"博伊斯说。博伊斯带着支撑架,走起路来怪怪的——用手扶着那个扶着他的器械。

"没关系,"格伦说,"这些人都是内行。"

"根本不需要这些专家。我和你就能把树砍倒。"

"我们早该做这件事了,"格伦说,"树根都钻到房子的地基里了。"

"过去我从来没听到你抱怨过这棵树。"德洛丽丝说。

格伦笑的样子让德洛丽丝感到难堪,好像他在就他老婆的情绪化向他父亲道歉。前一天晚上,见她睡不着,格伦问她近来火气为什么那么大。

"也许你正在经历那个变化。"他含蓄地说。

"怎么可能?"她想知道,"我才四十一岁。"

"我弟妹的堂妹二十八岁时就那样了。没人能够忍受得了她。"

"那只能说明她是个怪物,"德洛丽丝说,"我什么变化也没有。而且,现在那个变化比过去来得要晚。"

格伦一会儿就睡着了,他不知道德洛丽丝躺在那里,一直哭着,直到感觉到泪水流到了自己的乳房上。

皮泰在树木维护公司卡车的前面骑着车,赶在卡车之前拐上了车道。

"那个小家伙在找死。"德洛丽丝说。

卡车里坐着两个人,还有两个人开着一辆面包车跟在卡车后面。卡车门上漆着两个花里胡哨的字——杰瑞。"杰"字画得像一棵生了根的树,树根和枝杈把名字包在了中间。

一个男人穿的T恤衫上印着一种红茶的广告词。他蹲在一棵枫树下,往嘴里塞了一点查塔努加嚼烟丝。

"那个人就是爬树的。"格伦对德洛丽丝说。

其他人开始把设备往下卸——闪亮的红色链锯、橘红色的安全帽、一头有叉子的长杆。格伦在和这些人说话，德洛丽丝穿过院子去看那个爬树的人。他抬头朝鹅掌楸看了一眼，估摸了一下树的高度，就开始攀爬。他留着长发和又短又硬的上髭，背着一捆绳索和一根皮带。

"他爬树时不用穿脚扣。"一个男人对德洛丽丝说。

"他爬起来像只猴子，就像天生是这样的。"博伊斯说，带着敬意吹了一声口哨。

"你肯定希望能和他一起爬上去。"德洛丽丝说。

"难道我就没爬过？"博伊斯说，咧嘴笑了笑，"还记得我和我弟埃米特砍倒那棵死掉的松树吗？那玩意一下给劈成了两半，我们以为它会砸在我们身上。当时我们抱头鼠窜。"博伊斯笑得有点喘不过气来。

爬树人已爬到很高的树杈里，快到树的顶端了。树叶在摇晃。他放下绳子，把一把链锯往上拉，链锯上行过程中磕碰着树干。德洛丽丝能看见从树叶中露出的胳膊肘，她瞟了一眼爬树人的T恤衫，鲜艳的红蓝色，像一个被卡在那里的风筝。德洛丽丝仰头看着，脖子都僵硬了。

德洛丽丝让皮泰把脚踏车从车道上移开。她警告他："会被砸烂的。"她加了一句："你也一样，如果你不当心的话。"

皮泰露出牙齿，假装自己长着犬牙。"我是小耶稣。"他说。

"我是魔鬼。"德洛丽丝说。

一阵响声划破空气。爬树人开始锯树。一个绳子拴着的小树杈从树叶丛里飘落下来。

"柴火。"博伊斯说。

"我们会把它们都放进切割机里。"这帮人的头儿杰瑞·麦克莱恩说。

格伦在帮助工人送放绳索,博伊斯在枫树下面的一张铝折叠椅上坐定。他悠闲地抽着一根雪茄,好像是在集市上看热闹。

"那个爬树的是个单干户,"一个工人对德洛丽丝说,"我本想自己干的,可是看见那棵树后我对自己说:'得了吧,老兄。'那棵树不是一般的树。我绝不会去爬那玩意。杨树太说不准了,那么高。它们很怪。"

厨房里的电话在响,德洛丽丝跑进去,在铃响第四声时拿起了话筒。是泰咪,她刚刚出嫁的女儿,来电询问与她正在裁剪的一件背心有关的事。

"我的样板丢掉了一部分,"泰咪说,"我只好估摸着裁。是对角裁吗?"

"我不知道你在说什么马甲。"

"你给我做过的那种带荷叶边的,忘记了?"

"外面有个人正在爬树,他已经爬到树顶上了——那棵鹅掌楸?格伦叫了几个人来,他们要砍掉那棵树。我脑子里乱得像一锅粥。"

"哪棵树？我记不住树的名字。"

"靠屋角的那棵。"

"哦，你要是忙的话我就不打扰你了。我想在吉米回来吃晚饭前把它弄完。"

"裁对角。"德洛丽丝不假思索地说。她女儿每天给她打电话，问一些显而易见的问题。

挂上电话后，德洛丽丝给自己倒了点咖啡。她看着冰箱里的一只生鸡和半条肉糜卷，突然想起格伦和博伊斯待会儿或许会要来点蛋糕和冰茶，但是在去见医生之前她已经没有时间烤面包，而且她也不知道该做哪一种面包。她把脏衣服放进洗衣机里，发现放不满，就把水位设低了一点。早些时候她已经把家里收拾过一遍，好像是要接待客人。现在她没什么可以做的了。她母亲总说担心才能造就最好的管家婆。收音机里正播放着"橡树岭男孩"演唱的《埃尔韦拉》。德洛丽丝小时候，"橡树岭男孩"曾是个唱圣歌的男生四重唱组合，如今，不知道怎么搞的，他们成了一组留着长发，专唱乡村摇滚爱情歌曲的年轻人。

她在阳台台阶上看着爬树人锯下一根树杈。树杈下坠过程中被树的枝叶缠住了，地上的人用绳索牵引着树杈，好让它落下来。格伦拉着绳索的一头，在院子里跑来跑去。爬树人被一根皮带吊在高高的树上。

"他都不穿脚扣，"皮泰说，"呃！"

那根树杈落到地面后,格伦解开绳索,把树杈扔到停在车道上的卡车旁边。

德洛丽丝观看着工人们工作,直到树干的顶端裸露了出来。树在轻微地摇晃,像一艘准备转向的帆船。爬树人调整着皮带,固定好自己,随后迈出右腿跨过一根树杈,骑坐在那根树杈上。

"他要锯那一根了。"博伊斯说。

"我实在受不了了。"德洛丽丝说。

她给达丝媞打电话。

"你不害怕?"德洛丽丝描述发生的事情时达丝媞问,"干吗不来我这儿?这里安全多了。"

"不像你想的那样。这个家伙一截一截地往下锯。"德洛丽丝听见链锯声停了下来,然后是树枝发出的哗哗声和男人的叫喊声。"他看上去像个嬉皮士。"她说。

"这样的人现在不多了。"

"他还嚼烟丝。"

"帅不帅?"

"还行。你应该过来看看。"

"不知道我会不会去吻一个嚼烟丝的男人。"达丝媞笑了起来,"我有没有告诉过你我那个高调丈夫跟我说的话?"

"没有,说什么了?"

"他说他会和我破镜重圆——不过有个条件。"

"什么条件。"

"我得从美容学校退学。"

"别这么做。"

"他以为他能拿住我,"达丝媞说,"他以为我会跪着去求他,因为我做了坏事。"

达丝媞曾和一个大学生混了一段时间,她的婚姻也由此而破裂。那个男孩比达丝媞小十五岁,达丝媞一直认为年龄不是问题,直到男孩毕业后背着双肩包搭车去了加州。

德洛丽丝说:"好了,祝我好运吧。我十一点要去见医生。"

"姑娘,我一点也不羡慕你。"

"我什么都吃不下。"

"你最好吃点东西。"

"我吃了半个早餐棒。"

"我要你一回来就给我打电话。"

"我会的。"

"我真高兴你过得了这一关。"达丝媞说,"诊所的那个专家是新来的,这个镇子早就需要一个这样的人了。"

德洛丽丝听见链锯停停开开。她听见一根树枝折断的声音。她说,声音变得有点发紧,"如果我死了,我要你照顾格伦。他不会照看自己,他会手足无措的——"

"我不听,"达丝媞说,"我不许你这么说。"

锯树已经持续了两个小时。德洛丽丝断断续续地看着爬树人切割树杈，一段一段地锯树。他随随便便地靠在那条皮带上，像只啄木鸟一样向后仰着，一只手锯树，一只手抽烟。现在他已经到了树比较下面的部分，树干更粗了，他不再使用绳索。他让锯下的树干直接落到地上。当一大截树干劈落下来时，德洛丽丝用手扶住格伦。下落的力量剥落几片大树皮，地面都被震动了。

"他神不神？"格伦问。

"很神。"她说，感觉到了手臂上的鸡皮疙瘩。

工人们把小树杈扔进切割机里，切割机像吸尘器一样把它们吸入，即刻就把它们碾碎了，碎片飞扬到卡车的车厢里。当机器的噪音停下来以后，工人们摘下安全帽，帽子里装有像耳机一样的护耳装置。

那个害怕爬树的年轻人对德洛丽丝说："树上的那个劳埃德，他不愿意戴手套，连保护服也不穿。"

"也不穿脚扣。"德洛丽丝说。

后来，爬树人落回到地面上，他的腿像骑马人的腿一样弯着。他坐到一棵大橡树下，安静地抽着烟，用一个塑料杯子喝着水。汗水弄乱了他的头发。他像一个情绪激动的演员，演出后在台下恢复自己的情绪。其他人在砍剩下的最后一截树干。德洛丽丝站在一小截圆木上，等着它滚动起来。她保持着平衡，同时在回想还是个小姑娘的时候，自己怎样一边从圆木上往下跳，一边假装在飞翔。这时是十一点差二十分。

"如果我有一把锯子,我会把所有的小树都锯掉。"皮泰一边说,一边用绳索抽打一丛紫红色的灌木。

"你不行的,小兄弟。"格伦说。

"我哥行,"皮泰说,"他什么都做得了。他吃过一只蟋蟀。"

皮泰用绳索套住苹果树的一根树杈。格伦抬起头,看见了德洛丽丝。他问道:"你要出去吗?你擦了口红。"

"我得去镇上一趟。"

"哦,好吧,不用着急。我有很多清扫工作要做。"

格伦和其他人一起把工具放回卡车上。院子里散落着大片大片卷曲的树叶,还有从树上掉下来的花蕾。宽宽的树叶好像人的手。德洛丽丝想起了菲尔·唐纳修握住观众席里提问的女观众的手的样子。当她们紧张地站在麦克风跟前时,他用一只手抓住她们的双手,表示一种支持。那是一种带着关心、安抚的握手。德洛丽丝剥开一个绿色的花蕾,去找藏在里面的花。里面是一些瘦瘦的花瓣。她一边掐着花瓣,一边数数。工人们开车走了,爬树人坐在那辆带切割机的卡车上。

德洛丽丝躺在铺着垫子的检查台上,身上盖着纸做的单子,乳房平摊着,她在想那个爬树人,他面对危险时的冷漠,好像摔下来也没什么了不起似的。对德洛丽丝来说,因为惧怕医生的诊断，见医生变成了一种危险。她心里某个部分仍然相信，你不知道的东西不会伤害你。医生姓奈特，有一双冰凉的手。德洛丽丝眼睛紧盯着房间的一个角落，她去见验光师时就被要求这么做。医生那厚厚的镜片、带着薄荷味的呼吸和他的听诊器悬浮在她身体上方。他的检查非常迅速，手指在她乳房上快速地敲打，随后用力压了压她的奶头。

"疼。"德洛丽丝说。

"很好，这是好的征兆。"

直到德洛丽丝穿好衣服坐到他的对面，奈特医生都没再说一句话。虽然这是个新诊所，但里面的杂志比德洛丽丝记得的任何其他诊所都多。

"我耽搁太久了，"她抱歉地说，"我总在想它会消失的。"

奈特医生用电视主播人播报新闻的声调说道："你患有纤维囊症。乳房的组织在增厚。这在你这个年龄段的妇女中很常见，特别是那些很长时间没生孩子的妇女。"

"是癌症吗？"

"不是。"

"需要动手术吗？"

"不需要。这只是组织增厚，有时候会有疼痛感。如果是癌症的话，或许反而不疼了。"接下来的几分钟里，奈特医生向她解释她的疾病。德洛丽丝坐在椅子边上，她其实并不理解他在说的东西。她注视着他下巴上的凹痕,那个凹痕像厚重布料上的一道折痕一样或隐或现。他给了她一本题为《怎样检查你的乳房》的小册子。

"现在我不想给你开任何药,"奈特医生说,"但我建议你严格避免任何含咖啡因的食物,这包括咖啡、茶、可乐和巧克力。"

他在处方本上写下了那些东西。在德洛丽丝的要求下,他又写下了那个病的名字。她把字条叠起来,夹进小册子。

医生说:"我想三个月后再对你做一次检查。也许要做个X光。不过没有什么好担心的。"

开车回家的路上,德洛丽丝感到困惑,她惊讶自己的宽慰感竟然如此地奇特。那天上午什么重要的事情都没有发生,她所经历的事情没有一点意义。一棵树被锯掉了;她女儿裁了一件马甲;医生做了一个常规的检查;她忘记了做午饭。她在一个小商店停了一下,买了面包、香肠和芥末。一时冲动,又买了一个佐治亚州产的西瓜。医生的话在她脑子里回响:"纤维囊症。"她喜欢这几个字的发音。她可以像达丝媞谈论胆囊一样谈论它了。达丝媞不得不抵制炸鸡的诱惑;德洛丽丝则将要抵制巧克力蛋糕的诱惑。不管怎么说,这是个迎接新生活的指南,一个确定的东西——既特别又无聊。但不知为什么她还是觉得自己被骗了。她在想怎样才能让一个人愿意与上帝同行,那是一种比在月球上漫步还要美妙得多的感觉。

在家里，她被格伦从厨房拖出来的黄色电源延长线绊了一下，抱着的西瓜差点掉到地上。格伦接过西瓜，低头吻了她一下。他问："你还在为砍树的事生我的气吗？"

"我没生你的气，"她说，"我才不管你砍掉多少棵树呢。"

"你听起来很奇怪。出什么事了？"

"待会儿告诉你。"德洛丽丝朝跟着西瓜走进来的皮泰点了点头。

格伦走了出去，电动链锯轰鸣起来。德洛丽丝把三明治压合在一起。面包、芥末、香肠。她抡起胳膊切开西瓜。把一块西瓜杵到皮泰面前。

"来吧，机灵鬼，滋润一下你的小脸。"

迈着充满生机的脚步，她出来招呼格伦和博伊斯用餐。她丈夫正把一截圆木滚向一个木头堆，那个堆得整整齐齐的木头堆在变高变大，看上去像一座抽象的雕塑。德洛丽丝几乎认不出那个曾落满树叶的院子。院子里四处扔着小树枝，车道尽头堆着一堆碎木屑，到处都是一节一节未经处理的树干。她的目光落在了房前熟悉的紫色灌木丛上。它在春季开花；但是有时候，由于气候的变化，或许是一个突然涌现的欲望，这些灌木会在秋天再次开出花来，很短暂，几朵深红色的花，虽然零零散散，却是明白无误的鲜亮。

定居与迁移

自从我丈夫去路易斯维尔[1]工作以后,我找了一个情人,对此连我自己都感到惊讶。斯蒂文要去开始他的新工作,还要给我们找一所合适的房子,所以先走一步,说好我迟一点再去。他工作的单位是那种要求经常搬迁的公司。我一开始同意了这个安排,但是现在我不想去路易斯维尔了,我哪儿都不想去。

莱瑞是我的牙医。今年初夏,我在邮局碰到他的时候,一开始都没认出他来,因为他没穿白大褂,手里也没拿钻牙齿的钻子。

---

[1] 美国肯塔基州最大的城市。

后来我们就闲聊了几句,诸如"你觉得够热吗?"这一类的话。那以后,他那部蓝色的福特兰劲 XII 从田野远处的路上开过时就会引起我的注意。我们年龄相仿,他跟我一样,是在这个地方长大的,不过我曾经离开这里八年,出外求学。因为我父母身体不大好,三年前我回到肯塔基。如今我父母搬到佛罗里达,而我却留了下来,奇怪自己当初为什么会离开。

我回来以后,很快就遇到了斯蒂文,一年之内我们结了婚。近年来越来越多的北佬搬到这个地区来住,他就是其中之一。当地居民对此深感不安。我从来不把斯蒂文叫作北佬。尽管返乡后我就在努力适应,但我自己其实仍然是一个极其陌生的外来人。这么说是因为我无意中听到的那些关于北佬的评论,充满怀疑和绝望,好像这个城市正在被敌人侵占一样。中学生现在满口"您几位",而且还吸毒。我可以想象教室里一群羞怯的乡村孩童,在倾听某个新学生毫无顾忌地用北方方言谈论他在欧洲度过的时光。这一类影响容易让人们神经紧张。当地大部分人宁可去死也不愿意离开这里,但是也有少数人觉得路易斯维尔的丘吉尔唐斯[1]才是世界上最美好的地方,我可以告诉这些人:他们在做梦。

"我无法想象又要住到大街上去。"我对我丈夫说。因为要搬去视野以内有好多其他房子的地方住,我已经抱怨了好几个星期。

---

[1] 指路易斯维尔市的丘吉尔唐斯赛马场,是美国有名的赛马场地。

我不能没有玉米地。我父母去佛罗里达之后，斯蒂文和我搬进了他们的旧农庄，好帮他们打理照料这个地方。我爱这农庄的庄严，它像一片变种曼陀罗一样立于田野之上。我喜欢它白色的旧木墙、下陷的外屋。可是今年冬天，收割完玉米之后，这座房子就要被出售，而我那时也不得不去路易斯维尔了。我答应父母由我来拍卖一应家具用品，因为我知道母亲承受不起这件事情。她给我讲过很多次关于一个寡妇的故事：那个寡妇把自己所有的东西卖掉之后，一个人站在空荡荡的房子里，直到别人把她拖走。过了不到一年，她就死于癌症。母亲对我说："伤心会让人得癌症的。"她去了佛罗里达，把所有的东西都原封不动地留下来，就好像她只不过是出门买趟东西。

那些猫是这个农场的一部分。斯蒂文和我搬来之后，猫就逐渐从谷仓挪到屋子里来了。我似乎理所当然应该照料它们，它们就像是我犯下的原罪，是我的一堆私生子。这些猫的名字分别是皮特、多纳德、罗杰、麦克、朱迪、布兰达、爱伦和派奇。当我对着我交往了三个星期的情人莱瑞背诵这些名字的时候，不禁觉得自己很傻。莱瑞先前问过我："你记得所有这些猫的名字吗？"

"这是什么问题啊？"我问，想起了我丈夫的新工作。斯蒂文出入于南部各个城市，推销文字处理机器，价值几千美金、有记忆功能的时髦打字机。这种机器要记下八只猫的名字根本不费吹灰之力。

"没有哪两只猫是相同的。"我无助地对莱瑞说。

我们待在腌菜房里,那是一条通风的后院门廊,我专门在这里喂猫。那儿有一个水槽,我可以在里面洗刷装猫食的碗,还有几个放猫粮的柜子。腌菜房是我母亲的骄傲,在那儿,她曾经只用二十分钟就把豆角加工成罐头,用十五分钟把西红柿烫软做成番茄汁。如今我母亲住在一部房车里,她在信里跟我一一列举所有她购买的食物的价钱。

从腌菜房里,莱瑞和我可以看到整片玉米地。穿堂风吹过,让这里成为最阴凉舒适的地方。这所房子位于玉米地中央,一条土路由此通向大约半英里以外的大道。猫在栅栏下游逛,巡查着边界。我用现成的猫粮喂它们,给它们的垫子吸尘,对它们逮回家来的野兔假装视而不见。莱瑞一只手抚摸着一只猫,另一只手抚摸着我的头发。他说他从来没见过像我这样的人。他管我叫玛丽·苏,而不是玛丽。从孩提时代起,就没人叫过我玛丽·苏。

我去莱瑞那里做完半年一次的例行牙检后不久,他就开始到这所房子里来了。我想不起我们俩之间是怎么开始通电的,但是他的造访突然显得顺理成章。那天当我看见他的卡车从外面经过,就知道他会拐到我家门前的那条土路上来。那部卡车的车身上有镀铬的条纹,让它看上去像一只火箭,车门上画着火焰。

"我给你带了点雪糕来。"莱瑞说。

"我不知道牙医还会家访。什么雪糕啊?"

"我觉得你会喜欢巧克力薄荷味的。"

"没错。"

"我知道你的牙齿很甜。"

"你是想让我长蛀牙,然后收我三十美金补一颗牙。"

我打开推拉门去拿盘子。一只猫进了屋,另一只则跑了出去,像门卫换岗。莱瑞和我坐在门廊里,吃着雪糕,看着玉米地里的乌鸦。最近下过一场雨,玉米穗子都冒出来了。

"你不应该去路易斯维尔,"莱瑞说,"肯塔基这一带是最美的。给我什么我都不会换。"

"我从不这么想。小伙子,我恨不得马上就离开这儿。"雪糕冷得让人牙齿打战。我怀疑莱瑞是不是在羡慕我。比起他来,我算得上是一个游历了世界的人。我曾经在阿斯本的小镇里住过,背着背包穿行于落基山脉,是国家有限列车[1]的首批女检票员之一。莱瑞上高中的时候是个出名的捣蛋鬼,他后来成了牙医、结了婚,安定下来,这让全镇的人感到吃惊。现在他已经又离婚了。

在那个闷热的日子,莱瑞和我无止无尽地坐在门廊里,互相期待着某些外来的迹象——天气的骤然变化,一丝声音,或者某种契机——能够让我们的身体产生接触。最后,我说起我新补的牙的一个什么事,他探过身来查看我的嘴巴。

---

1 在纽约和圣路易斯之间运行的一种老式旅游列车。

"你应该让我给你照个 X 光片的。"他说。

"我跟你说过我担心辐射。"

"辐射量很小的,"莱瑞说,扶着我的下巴。嘴巴就是一个文字处理器。我突然这么想,想说话。

"而且,"他说,"我还会用挡板遮住零星的射线。"

"你说什么啊?"我叫喊起来,猛地挣脱他。我好像看见散射的 X 光射线呼啸着穿梭于房间之中。莱瑞轻轻拍了一下我的膝盖。

"我应该放点音乐。"我说。他跟着我进到房间里面。

斯蒂文来了一个电话。这是下午三点,我正在吃正餐:猪肉配青豆、脱脂乳酪和小茴香泡菜。自从他走后,我日常生活的节奏就乱了。

"我为我们找到了一所房子!"他激动地说。他的声音那么熟悉,让我觉得他本人似乎就在眼前,这时我才意识到自己在想他。"我想让你这周末上来,去看看房子。"他说。

"我非去不可吗?"我嘴里塞满了猪肉和青豆。

"你没看之前我不能把它买下来。"

"我才不在乎那房子什么样子呢。"

"你当然在乎的。不过你会喜欢的。那房子有三间卧室,两个车位的车库,地下室也装修好了,还有餐厅、露台……"

"有腌菜房吗?"我想知道。

斯蒂文笑了,"没有,不过有一间娱乐室。"

想到娱乐室,我不由得打了个冷战。我告诉斯蒂文,"我知道这么做很疯狂,不过我想我们必须在后院给猫盖一间猫舍,好让它们不跑到街上被车撞了。"

我告诉斯蒂文我在电视清谈节目里看到过一个兽医,他在自己郊区的院子里养了一头非洲狮、一只豹猫和三头虎猫。这些动物都可以在他的房子里出入。"猫不是很难相处的动物。"那个兽医说。

"你是不是有点过分了?"斯蒂文问,听起来很担心。他料不到我能有多过分。我努力咽下最后一口食物,好像吞下了我的内疚。

"你怎么想?"我莽撞地问。

"我不知道该怎么想。"他说。

我陷入沉默。我正抱着爱伦,这只猫不久前得过子宫感染。兽医给它照完 X 光,才发现它怀孕了。因为照了 X 光,它流产了,但是这次流产并不彻底,它染上一种叫作子宫积脓的罕见疾病,必须切除卵巢。我在给我父母的信里把这件事的每一个细节都写了进去,希望他们会关心,可是他们在回信里对此丝毫不曾提及。他们的心思全在那所公寓上,他们计划卖掉这座农场之后就把那所公寓买下来。现在斯蒂文又在谈论我们的投资计划,告诉我要去银行办理的事情。如果我们要买房子,就必须申请一份手续复杂的贷款。

"购置房产的问题是,"他说,"你的资金就变得不能流动了。"

"爸爸老跟我说要避免借债。"

"现在这么做行不通了。"

"他要用现金买公寓。"

"太可笑了。"

不久前,斯蒂文和我坐在一个投资顾问跟前,那人面无一丝笑容地告诉我们,"你们应该选择一种可以发挥自己最大潜力的投资方式。"我一时误以为他是个婚姻顾问,那种怪里怪气的性治疗师。当时我心里想着牙医诊所水池里的水流。我还是个孩子的时候,那个水池里的水总是在流着,持续不断。莱瑞的水池有一个开关按钮,用以节水。斯蒂文在谈论灵活性以及资金流动。我觉得"文字处理"这个词,如果一口气说出来的话,也有一种流动的感觉。斯蒂文的那些机器,每台每天能够处理并记住几亿文字呢?皮特·皮佩尔劈了几批劈柴?你不能劈劈好了的劈柴,我想这样去挑衅斯蒂文,好像他问了我这个问题一样。柴劈好了就不能再劈了,我想说,就像我要表达一个什么观点。

莱瑞几乎每天都在这里。他治理完一天的嘴巴之后就会过来。我取笑他职业的古怪。有时我假装害怕他,不让他接近我的嘴巴。我咬紧牙关,张大嘴笑着,抗拒着想象中的牙钻。莱瑞的牙参差不齐。他以前应该带牙箍,我说。现在太晚了,他说。我们躺在床上的时候,猫在床上蹿上跳下,呜呜叫唤。莱瑞对此似乎毫无知觉，而我对这些猫早就习以为常。我意识到，猫似乎已被卷入所有正在发生的事情之中。皮特喜欢抓蝴蝶，如果失去了蝴蝶的踪影，它就会在空气中搜寻，悲哀地尖叫着，像被遗弃了一样。布兰达爱玩夹纸用的夹子，它喜欢用一只爪子勾住一个纸夹，乐此不疲。它还用同样的方法来攻击蜘蛛，一旦蜘蛛伸出脚来，它就把它们扔掉。

我看见莱瑞在观察猫，但是他很少对它们进行评价。今天他注意到布兰达有一双奇怪的眼睛：一只蓝色，一只黄色。我让他看布兰达的纸夹游戏。我们正坐在腌菜房里，日光逐趋黯淡。

"你还要再来一杯吗？"莱瑞问。

"不要了。"

"不管你要不要我都给你拿一杯。"

我们在喝"血腥玛丽"，是用我母亲的罐头番茄汁做的。地下室里还堆了好几排大坛子。如果我母亲知道我在她的房子里，用她的番茄汁在干什么，她一定会觉得受到了侮辱。

莱瑞给我端来一杯酒，还拿来一块湿答答软绵绵的烤芝士三明治。

"我还以为牙医做的东西会精细考究些，"我说，"比如果冻模型，就像你做假牙一样。"

我们大笑。他认为我在玩幽默。

一天，他把我带到一架单引擎的塞斯纳飞机上。我们环绕西肯塔基，俯视大地。当我们飞过农庄时，我觉得自己仿佛正坐在一辆吱吱嘎嘎的干草车里，掠过田野上方。我想起迪伦·托马斯的诗，关于鸟儿沿着干草堆飞翔的梦境。我能看见八公顷的玉米地和牧场，几块整洁的绿色正方形。我快三十岁了，有两个男人，八只猫，没有蛀牙。有一天我在数猫的时候心不在焉地把自己也数了进去。

莱瑞和我在客厅里玩"大富翁"[1]游戏，客厅里到处都是小垫子，陈设架上堆满小摆设。每天我都会注意到一些必须帮母亲留下来的东西。我敢肯定莱瑞希望我俩去他那儿，他有一座时髦的砖房，位于镇里的好地段，离一个美国国会议员的家只有五栋房子。莱瑞离开桌子，又去给我调了一杯"血腥玛丽"。"我"一直在购进酒店，违背我的投资顾问的建议。"我"拥有所有的公用事业。我把我的纸钱乱搅一气，纸钱的感觉就像晾干了的玉米皮。我怀疑是否有人已经发明出一种新的有关金融市场基金的棋类游戏。

"祖母还活着的时候，我父亲把她的积蓄都埋在院子里，这样就不用交遗产税了。"莱瑞把酒递给我时，我说。

他笑了。不管我说什么，他总会笑。他的嘴唇就像两个圆括号，里面圈着恭维话。

"她活着的最后十年里，存了一万多块社保金。"

---

[1] 一种棋类游戏，参与者每人拥有一定数量资产，可用来购买街道房产或者火车站等公共产业。

"简直不可思议。"他看上去不大相信,好像我在编故事骗他开心一样。"说不定你的院子里现在还埋着钱呢。"

"有可能。我祖母相当节约,她什么东西都舍不得扔掉。"

"有些人就是这样。"

莱瑞的身上披着一层朦胧的爱意,任何让我觉得自己没劲的事情他都会感到有趣。他那么小心翼翼地沿着棋盘移动着他游戏里的银色标志(一只熨斗),就像一个初学过街的孩子。外面,一只猫在哀号,我听得出那不是我的猫。没有比无家可归的猫的哀号声更让人揪心的。如果家里来了只流浪猫,在它进食的时候,我的猫会好奇地围绕它坐着,过一阵,等到那只猫开始有点安全感了,它们就会群起而攻之,把它赶跑。

"这地方满是垃圾,扔都扔不掉。"我沮丧地说。游戏里的"我"刚被抓进了监狱。我想着阁楼里的那些盒子,谷仓里的那些生了锈的工具。在腌菜房的柜子里我发现了袋装的药膏,用来使母牛的乳房变得柔软的杀菌剂。有一次我找到一个挤牛奶用的长胶皮奶嘴来喂一只病猫。母牛已经没有了,但是我仍然感觉得到它们的存在,像一群幽灵。"我一直在研究猫。"我突然说。伏特加把我扔进一种我自知无法描绘的状态里,"我不想让你觉得我是一个疯疯癫癫、有一床垫现金的爱猫狂人。"

"我当然不会这么觉得。""莱瑞"到了维吉利亚大道,正着手办理复杂的交易手续。

"自然界里有两种猫群类型。"等他走完一步棋，我告诉他。"定居猫群和迁移猫群。一些猫待在自己固定的领地以内，另外那些却总是游来荡去，它们没有真正的家。所有猫都会认为那些能够打下一片领地的才最为成功，就像拥有花园广场的资本家。"（我窥觑着棋盘，等待机会）"这些猫最为强壮，而那些四处迁移的猫则是流浪汉，是失败者。"

"是这样吗？这个我倒不知道。"莱瑞一副由衷感到惊讶的样子。我想他感到惊讶的是话题怎么会扯得那么远。他真是一个专家啊——牙齿专家。

我继续勇敢地往下说："事实上——这是科学家现在也感到惊讶的事情——那些迁移者可能才是真正的强者，它们最具好奇心，也最聪明。科学家自己也闹不明白。"

"真有意思。""血腥玛丽"正让莱瑞显得心满意足。他是我认识的最放松的男人。"那些迁移者里面没有一只是真正的家猫。"莱瑞说，"家猫都给调养得温驯了。"

"我敢打赌肯定什么地方还有些自由自在、无拘无束的猫。"我说，自己都不相信这话。"我"在花园广场买下两座酒店，差点破产。我想着住到路易斯维尔去。斯蒂文说他看中的那所房子离埃诺丘斯广场不远，这名字让我想起印第安人。有些印第安人厌倦住在一个地方的时候——当他们把那里的土地消耗殆尽，或者垃圾堆得太高的时候——他们就会搬到另一个地方去。

这是一个炎热的夏夜，莱瑞和我从帕迪尤卡开车回家。我们外出吃饭，然后看了场电影。我们并不在乎会被人看见在公共场合出双入对。离开家之前，我刷了两次牙，还用了牙线。在路上，莱瑞告诉我他有个病人患有血友病，不能用牙线。给他治牙要担很大风险。

我们吃饭的地方要照着挂在墙上的图片点菜，然后坐在有标号的桌子边等待上菜。另一面墙上挂着钉了农具的红毡子，用框子框起来作为装饰，那上面还挂着些其他饰物：锯子把手、长柄大镰刀和滑轮等，全都固定在木头上，就像钓鱼时网到的战利品。看着这些农具，我几乎无法下咽。我在想，如果把我父亲的奶牛奶罩和去角大剪刀挂在一家餐馆的墙上会是什么样子。吃饭的时候，莱瑞非同寻常地安静。他的无言夸大了他惯常的温柔。他甚至小心翼翼地吃起了薯条。

回家的路上，风吹过卡车。我把手肘撑在车窗上，感觉着水一样凉爽的空气。我觉得这辆皮卡就像一列火车，正哐啷啷地穿行在夜色中。

这时莱瑞说："你希望我不再来看你了吗？"

"你怎么会这么问？"

"我不必要像爱因斯坦那么聪明，才看得出你和我在一起觉得闷吧？"

"我不知道。可是我还是不想去路易斯维尔。"

"我不愿意你去。我希望你待在这儿，我们可以在一起。"

"我希望能够如此。"我说，有点发抖，"我希望这么做是对的。"

我们开过一个弯道。夜色浓黑，路上的黄线逐渐褪去，我突然看见另一条车道上有一只兔子在动。它正在原地跳跃，就像跑步选手在原地做热身运动。它的前腿疯狂地摆动着，可是它的后腿被碾碎了，使它无法离开车道。

到家时我已经变得歇斯底里。莱瑞用一条胳膊搂住我，试图让我平静下来，可是我无法理智地说话，我推开他的胳膊。那只兔子在我脑子里盘旋，就像一盘循环播放的磁带，把其他东西都给挤了出去。

进到屋里时，电话响了，莱瑞接听了电话。从他的语气里我知道电话是斯蒂文打来的。我真是疯了，会让莱瑞去接电话。我没过脑子。我将不得不发誓赌咒，来证明自己的清白。莱瑞把电话递给我，我语无伦次。斯蒂文若无其事地说着什么事情，声音里带着隐秘的疑问。我坐在地板上，使劲揉着脚。"听着，"我用万分紧急的语气说，"我这就去路易斯维尔，去看看那栋房子。刚才这个人会让我搭他的车去……"

斯蒂文在生我的气。他似乎没听见我的话，因为他正在猛烈攻击我的焦虑。

"你这么把自己拴在一个地方太土气了。"他说。

"有的人一辈子都住在一个地方。"我疯狂反击道，"那有什么错？"

"你得灵活一点，"他轻松地说，"你那种浪漫就像狂热的爱国情绪，会导致民族主义、法西斯主义。听着，玛丽，你看事情的眼光应该更开放些。"

斯蒂文在玩文字游戏。他让我想起"流动资金""投资走势"。我看见他轻浮如浮萍，滑腻似泥鳅。我发现在听他说话的时候自己正把手里的什么东西撕成了碎片：那是"大富翁"游戏中使用的纸钱。

挂上电话之后，我冲到外面。莱瑞小心地跟在我身后。我站在门廊的灯光里，聆听叫姑姑宣唱收割。这是那样一种夜晚，它成熟而迟缓，你可以听到玉米在生长。我看见一双燃烧的猫眼，正沿着车道向房屋而来，一只绿色一只红色，就像一对红绿灯。那是布兰达，我的怪眼猫。它的蓝眼发出红光，黄眼发出绿光。一瞬间，我意识到自己正等待着信号灯的转换。

退修会

乔治安一直拖着，不为参加一年一度的教会退修会[1]收拾行李。当谢尔比拿这件事烦她的时候，她告诉他："还有大把时间呢，我没法提前那么久做准备。"

"你不想去了？"有一天晚上谢尔比问她，"你以前那么爱去的。"

"我真希望他们能换点新花样，哪怕就一次也好。不要除了祷告就是喋喋不休地互相说闲话。"乔治安正在给一件儿童唱诗班用

---

1 基督教的一项活动。基督徒选择平静宁和的环境，专注身心灵价值和信仰的修行。有"退而修行"之意。

的长袍疏缝，她咬断一根线，恼怒地看着他。

谢尔比说："你最近看上去好像病了。我觉得你肯定有点低血糖。"

"我什么事儿都没有。"

"我觉得我们走之前你最好去医生那里检查一下。明天早上给阿姆斯特朗医生打个电话吧。"

当年乔治安嫁给谢尔比·皮凯特，她母亲曾经警告过她嫁给一个牧师的种种坏处。而由一个改过自新的少年犯变成的牧师则是牧师里面最糟糕的，她母亲说，就跟昔日的瘾君子会狂热地沉湎于戒毒一样。不过，谢尔比从来没有那么糟糕。乔治安初次认识谢尔比，是上高中的时候，他因为从克诺格商店偷了四箱落日牌可乐和一块火腿，被留校察看。即使在那种情况下，他身上仍然带有种魅力，虽然他阴沉的表情（一种詹姆士·迪恩[1]式的沉思），和总是跟老师唱对台戏的秉性，一开始曾让乔治安感到害怕。可是她崇拜他在辩论课上那种流畅专业的辩论方式，他的论答总让对手哑口无言。他是那种不管做了什么事都能摆平的人。乔治安觉得他有点危险——他总是居高临下地盯着别人看，好像心里藏着深刻的仇恨。但是到了高中最后阶段，等到她开始跟他外出约会之后，她惊奇地发现他居然是个非常认真的人。他曾经

---

[1] 詹姆士·迪恩（James Dean，1931—1955）：美国著名电影演员。他的电影形象代表了其所处时代"垮掉的一代"青年的反叛和浪漫。

花了一个月时间来研究温斯顿·丘吉尔的生活,虽然这连普通的课堂作业都算不上。她认识的人里面没人想过要做这种事情。毕业舞会的日子逼近,谢尔比说他不会去邀请乔治安,因为他不认可跳舞这桩事。乔治安猜测他这么说可能是出于尴尬和怕羞,一个周五晚上,她父母都看电影去了,她放上一张奇想乐团的唱片,试图让谢尔比放松一下,好有勇气去参加舞会。就在那时,他告诉了她自己想做牧师的雄心。她被他的赎罪感和跟随主的召唤的决心深深打动(他是在给一个叔叔运草时受到那个召唤的),那时她就知道自己会嫁给他。毕业舞会那天晚上,他们没去舞会,而是去了汉堡王快餐店。乔治安吃着双层汉堡和薯条,谢尔比给她看神学院的文字读物。

乔治安发现,牧师并非时刻受主召唤(因为不是一份全职工作),薪水太低。谢尔比上神学院的同时,还去一家夜校学了一门手艺,乔治安则去克诺格商店打工——就是她丈夫曾经行窃过的那家商店,以此帮助支撑谢尔比的学业。乔治安也想上大学读书,可是他们从来没有这个经济能力。

如今他们有了两个孩子,塔玛拉和贾森。周末以外的时间,谢尔比是个电工,开着他的面包车出去干活。结婚十年,他们先后服务于三个不同的教堂。谢尔比不喜欢这种轮班制度,渴望有一个他可以称为"他自己的"教堂。他说他想跟一座教堂一起成长,这样他就可以认识他的教民,不用只为陌生人的葬礼布道,他想为他看着长大的人主持婚礼。谢尔比的生活里有很多细小的规则，有些根本毫无道理。比如说：长年以来，每次刷完牙，他总是会搓些烤蛋糕用的苏打粉放到牙龈上，但是他记不起是谁让他这么做的，或者准确地说：他为什么要这么做。谢尔比来自一个破碎的家庭，所以他希望事物能够持续长久。可是西肯塔基的小乡村教堂正在消亡，人们都搬到了城里，或者对上教堂失去了兴趣。格雷斯联合卫理公会教堂有七十五位会员，但是去教堂的人数停留在三十到七十之间。去年冬天的一个下雪天，只有三个人来教堂。那天布完道之后谢尔比非常沮丧，连礼拜日正餐都没吃。他特别生气的是，他专门为霍伊特·也肯斯准备了一场特殊的布道，据说这个人已经开始酗酒，可是霍伊斯居然没有来。没办法，谢尔比只得向艾伯特·弗拉德老夫妇以及WCTU牧师会主席艾迪·斯通小姐宣讲了酒精即恶魔的道言。

"即便对最优秀的人，一点点鼓励也是必要的。"谢尔比没精打采地对乔治安说。

她说："你干吗不干脆把那场布道取消了呢？把自己累得半死，就那么三个人，你还不如就跟他们讲讲话，像聊天一样。你根本没必要浪费那么大的一个布道。"

"教堂不是用来聊天的。"谢尔比说。

那个下雪天，教堂里的音乐很有意思。乔治安在教堂里弹钢琴，弹琴的时候，她倾听着那几个唱歌者的声音：谢尔比的声音像伯特·帕克斯[1]一样低沉；弗拉德夫妇的声音则微弱颤抖；而斯通小姐的声音虽然不高，却令人惊讶地清晰美丽，听上去像个民歌手。乔治安想多听一会儿，所以她骤然更换旋律，弹起《普世欢乐》这首曲子来。她知道弗拉德夫妇肯定唱不了这首歌。果然斯通小姐放开嗓子唱起来，压过了谢尔比的声音。后来，因为乔治安对布道安排的改变，谢尔比很生气。他喜欢按照教堂周日礼拜公告行事——这份一周一次的公告由乔治安打印，详细陈列每周日礼拜的日程安排。乔治安在谢尔比的书房里对那张公告做了些更正后，把它存了档，她用铅笔写了个注释：来了三个人。她甚至把那三个人的名字都填了上去。在写这些的时候，乔治安有种奇怪的感觉，似乎她内心的什么地方被换了挡。

即便如此，整个冬天里，谢尔比仍然一直在盼望着退修会的到来，他像一个就要参加夏令营的小男孩一样谈论着这件事。

乔治安一直感觉自己有点晕头转向，她无法考虑为退修会收拾行装这件事。贾森和塔玛拉都在少年唱诗班，他们俩的唱诗班长袍还没缝好。退修会的前一个星期天，乔治安想起那天是圣餐日，而她却忘记了买葡萄汁，她不得不在最后一分钟飞车进城。便利店的东西价钱很贵，可那是唯一一家周日开门的商店。排队

---

[1] 伯特·帕克斯（Bert Parks, 1914—1992）：美国演员、歌手以及电台和电视节目主持人。以主持"美国小姐"节目闻名。

的时候，她才发现自己头发上还戴着卷发卡。她站在那儿，看着两个青春期的男孩，他们穿着家常的牛仔裤和府绸外套，正在玩电子游戏。一个男孩在按键，他的手指飞快地移动着，一脸狂喜的表情。另一个男孩一边观看，一边嘴里喃喃地叫着："嗒。"售货员收完款，乔治安机械地伸手接过找给她的零钱，她在门边又站了几分钟，看着那两个男孩。那个机器发出"咚、咚"的声音，视频上不断有光点飞过。回到教堂以后，她非常紧张，结果在倒果汁的时候把葡萄汁洒在了装小圣餐杯的托盘里。杯子少了两个，上个月圣餐仪式之后乔治安洗杯子的时候把那两个给摔碎了。她忘记去买新杯子来替换。谢尔比会注意到这个的，不过她会告诉他不要紧，因为反正也没有那么多人来教堂。

"你都倒得溢出来了。"塔玛拉说。

"你忘了给我们留一点了。"贾森说。他正从托盘里端起一个小杯子，塔玛拉也拿了一杯。这是他们俩每个圣餐日都要做的事情。

"我赶时间。"乔治安说，"这又不是茶话会。"

他们还是帮她拿了一小杯。

"你也要一杯吗？"贾森问。

"不，我没时间。"

两个孩子显得很失望，不过他们还是喝完了自己杯子里的那口葡萄汁，塔玛拉把两个杯子拿去洗干净。

"快点。"乔治安说。

谢尔比没有提及杯子少了的事情。但是周日正餐期间,他们俩因为她要不要去参加当天下午谢尔比主持的一个葬礼而争吵起来。乔治安坚持不愿意去。

"他是谁啊?"塔玛拉想知道。

谢尔比说:"你不认识的人。别吵。"

贾森说:"我跟你去。我喜欢参加葬礼。"

"我不去,"乔治安说,"葬礼老是让我做噩梦,而且我又不认识那个人。"

因为她当着孩子的面这样说话,谢尔比冷冰冰地瞪了她一眼。他同意自己独自一个人去,并且答应下一次再带贾森同去。今天两个孩子要去乔治安姐姐家和他们的表兄妹玩。"你不想让杰夫和丽萨失望吧?对不对?"谢尔比问贾森。

当谢尔比准备好要出门的时候,他问乔治安:"是不是我主持葬礼的方法有什么地方让你不喜欢?"

"不是。你主持得很好。我喜欢婚礼,喜欢钢琴和其他有关的一切东西。不过葬礼还是别让我去了。"乔治安突然狠狠地敲了一下水槽里的一个煎锅:"为什么我每年都要告诉你十次才够呢?"

他们俩会不定期地吵吵架。不过每次吵完,乔治安都会做点事情来发泄情绪。那天,谢尔比和孩子们走了以后,她开始清理鸡圈。穿着牛仔裤,用铲子把鸡粪铲进手推车,这让她感到快乐。她把车子推到花园里,不在乎别人会看见。有人经过时,她就朝他们挥手。牧师的太太居然在礼拜天清理鸡圈,那些人大概会说。乔治安给鸡圈铺上新鲜干草,把鸡蛋收集起来。她发现角落里有只鸡看上去没精打采的。"振作点,"她说,"你看上去好像有点低血糖。"等处理完所有杂务之后,她坐下来开始读星期天的报纸,因为独自一人,可以休息,她感觉很放松。慢慢的她觉得很困了,但是没过几分钟,她不得不起身去换衣服。她觉得腰带以下的地方很痒,有可能是染上了鸡螨。

她打开收音机,调到一个播放乡村音乐的频道。

当谢尔比带着孩子回家的时候,她在沙发上睡着了。他们踮着脚尖走过她身边,她假装还在睡觉。"星期天是休息日,"谢尔比对孩子们说,"对每个人都是,牧师除外。"谢尔比关掉收音机。

"对我来说不是,"贾森说,"星期天是我和杰夫玩捉迷藏的日子。"

乔治安起身时,谢尔比拥抱了她一下,这是一个谢尔比式的正式礼拜天拥抱。她为没有和他一起去参加葬礼的事而道歉。"葬礼怎么样?"

"跟往常一样。你其实并不真想知道详情,对吧?"

"对。"

乔治安为退修会做着安排。她约好周三去见医生,把谢尔比的西装送去干洗店,去拜访了一些她本应周日拜访的独居人士,又跟她母亲商量照看塔玛拉和贾森的事情。尽管她母亲仍然深信乔治安嫁得不够理智，不过现在她至少认可了这种结合的神圣性。"婚姻是永恒的，可是牧师的婚姻比永恒还要长久。"她说。

今天，乔治安母亲的口气听起来好像是在为谢尔比辩护。她十分清楚乔治安并不幸福，但是她说："一开始我从来没觉得他怎么样，不过老天爷清楚他的抱负，这一点我得为他说句好话。而且他很实际，他起码知道必须学门手艺才能赚钱支撑自己为教堂献身的事业。"

"你这样说就像他是一个瘾君子在赚钱买毒品。"

乔治安的母亲大笑起来："这是一回事！一回事！"她是个强壮好看的女人，喜欢在聚会上喝几杯酒。她和谢尔比之间从来没有什么共同语言。每当乔治安意识到她母亲把她的婚姻当成一个玩笑来看待的时候，她总是会感到悲哀。这不公平。

乔治安给鸡喂食的时候，发现那只病鸡已经站不起来了，它的鸡冠正在变黑。她把那只鸡抓出来放进鸡圈，又弄了点糊糊装进一个罐头盒里，放到它跟前。那只鸡冷淡地啄了几下糊糊。乔治安走进屋里，找到一只装植物黄油的旧桶，在里面装满水。除了让它自生自灭，或者把它杀掉以防病毒传播，你还能为一只病鸡做点什么呢？她不会告诉谢尔比这只鸡生病的事情，因为谢尔比会拿起斧头把它的头剁掉。谢尔比倒不是残忍，他只不过相信事情的必要性。

因为谢尔比要参加退修会，下周日的礼拜将会由另一个牧师替代，但是他已经准备好了下周日的布道。星期二晚上，乔治安把他手写的稿件打出来。布道讲稿是他用普通字体写在黄色的公文纸上的，像尼克松写回忆录那样。经过十年的磨炼，乔治安终于掌握了怎么辨认他那螺旋形字体的技巧。布道是为学校里的性教育而做的，乔治安碰到一个不认识的字，就走到楼下去。

"没有'紫红状态'这个词。"她对谢尔比说。谢尔比正在修一个手枪形状的吹风机，零件堆了一桌子。

"当然有啦，"他说，"'紫红状态'意思是童贞。"

"那你干吗不直接这么说！没人知道这个词什么意思。"

"可这是我想要的词。"

"那下一段的这个词又是什么意思？成熟？你在开玩笑啊？"

"得了吧，别又说我因为你没上过大学，故意作弄你。"谢尔比说。

乔治安没有回答，她回到书房，继续打字。什么东西扎了她的肚子一下。她提起衬衫脚，挠了挠被咬的地方，发现一个褐色的小点正在她身上爬行。她着了迷一样舔湿一个指尖，把那个小褐点粘到指尖上，那个小东西被淹没在她的唾液里。她把它放到一张黄色公文废纸上，把纸对折起来。这玩意儿可以带给医生瞧瞧，也许医生会让她用显微镜仔细看看它。

- 206 -

第二天，乔治安去看医生，带上了那个小褐点。"自从我清理鸡圈之后，就老被咬，"她告诉护士，"我照顾过一只病鸡。"

护士把小褐点刮到一片玻璃片上，吩咐乔治安脱掉衣服，穿上一件纸袍，这样可以从背后打开。乔治安把她的衣服堆到窗帘后面的一个角落里，套上纸袍。等候期间，她把纸袍的一角揉成一团，又把它铺展开来，但是那纸很结实，就像她在电视广告里看到的"快拿"牌纸巾一样。医生闯进来的时候，乔治安闻到一股很浓的古龙水味。

医生说："我估计我们先得把你带来的那个玩意消灭掉，然后才能给你做其他检查。"他看上去有点惊慌。

"我清理过鸡圈，"乔治安解释说，"我以为那东西是鸡螨。"

"你染上了体虱。我不知道你怎么染上的，不过我们先要把你的虱子完全治好了，才能给你做其他检查。"

"虱子带病毒吗？"

"它本身就是病毒，"医生说，"我现在要你做的事情是脱掉那件纸袍，把它紧紧叠成一个球，然后扔进垃圾桶里。不管你怎么叠，总之不要晃动纸袍！等你穿好衣服，我再告诉你下一步该怎么做。"

接下来开完药方之后，医生让她通过显微镜观看那只虱子。它看上去就像寄生在狗身上的一只肿胀的吸血虫，仰面朝天地躺着，几条腿疯狂地乱动。

在图书馆，她在一本医书里查找关于虱子的资料。虱子有三种，好在她没有染上那种会在头发里繁衍的虱子，这让她松了一口气。书上说体虱只常见于很少换洗衣服的酒鬼和贫困老人身上，乔治安无法想象自己怎么会染上虱子的。当她去药店拿药的时候，一个女人跟她擦身而过，乔治安发送出一个无声的信号：我身上有虱子。这么做让她觉得很快乐。

"我染上虱子了，"等谢尔比回到家，她宣称道，"我必须洗十五分钟热水澡，再把这些药膏擦遍全身，然后还要把所有这些衣服啊窗帘啊什么的都洗一遍——还有呢，你、塔玛拉和贾森也必须这么做。医生说：你会传染他们的。虱子藏在被子里、床垫里、枕头里，到处都是。"乔治安用手指做了一个令人毛骨悚然的蠕动的动作。

片刻之后，她才觉察到谢尔比脸上痛苦的表情。"那退修会怎么办？"他问。

"我还不知道是不是有时间把这些东西处理完呢。"

"我觉得不对劲。你能在哪儿染上虱子？"

乔治安耸耸肩："他问我最近有没有去过旅馆。我可能是在那些独居人的家里染上的，也许在斯比德老太太家，她那张脏兮兮的旧马毛椅子。"

谢尔比的表情真是非常沮丧，可乔治安仍然眉飞色舞地继续说道："我本来认定那是鸡螨，我不是清理过鸡圈吗？可是他让我看了显微镜，他说那是体虱。"

"那些医生啥也不懂，"谢尔比说，"你干吗不找个兽医？你看的那个医生，我打赌哪怕有一只鸡螨爬上了他的腿，他也不会知道那是一只鸡螨。"

"他说了那是虱子。"

"你一说这个我就浑身发痒。"

"别担心了。我们干吗不先给你准备好去退修会呢——洗衣服，洗热水澡——我留下来给其余的人消毒。"

"你其实不想去参加退修会，对不对？"

乔治安没有回答，她正在厨房里忙着。她要烤肉做晚饭，配油炸苹果和土豆泥，饭后甜点做蛋奶果冻和桃子。她真的很饿。削土豆的时候，她自娱自乐地唱着一首歌。她不知道这首歌的名字，不过很熟悉它的旋律，可能她母亲以前唱给她听过，要不就是电视广告经常播放。

他们决定不告诉塔玛拉和贾森家里有虱子这件事，有一次塔玛拉在学校里曾被检查是否长了头虱。不过谢尔比对乔治安说：没必要因此闹得像演戏一样。他让孩子们泡了一个长澡，告诉他们这是一种仪式性的清洗，有点像基督教的受洗。那天晚上洗完长澡躺在床上，乔治安和谢尔比谁也没碰谁。谢尔比平躺着，两手放在脑后，看着天花板。他谈到更新心灵的重要性，他想让乔治安把所有的衣服都洗完，这样他们就可以去参加退修会了。他说:"每个人隔一段时间都需要停下来,看看他周围发生的事情。布道也会有枯燥的时候。"

"你的布道很现代,"乔治安说,"你比那些连神学院都没上过的大部分老派牧师现代多了。"乔治安意识到自己的语气过于激赏。

"你知道将来可能会发生什么事,对吧?到这个小教堂来的人那么少,他们很可能会把它关掉,把我重新分派到深泉镇去。"

"嗯,不过你早就预料到会有这一天的,对不对?"

"太残酷了,"谢尔比说,"这里的人依赖这座教堂,他们不想跑那么远去深泉镇。而且,每个人都愿意去自己家所在地的教堂。"他探身越过乔治安,把灯关掉。

第二天,谢尔比给一栋房子铺好电线之后,向一个兽医请教了一些有关鸡螨的知识。回家后,他告诉乔治安,兽医认为那个褐色的小点应该是鸡螨。"兽医把那医生嘲笑了一通,"谢尔比说,"他说鸡螨会自动消失的。它们要找的是鸡,不是人。"

"我到底要不要把所有的衣服都洗了?我已经洗了一半了。"

"我已经不痒了,你呢?"

谢尔比带回家一罐鸡窝漆,那是一种用来杀鸡螨的化学药剂。乔治安把鸡窝漆拿到鸡圈,洒进鸡窝里。那东西有一股造纸厂的怪味,害得她差点吐了。洒完漆捡鸡蛋的时候,她发现那只病鸡又摔倒在鸡圈的外面,而且仍然无法站起来。乔治安把它弄进鸡圈,放到鸡食跟前。她检查着鸡的羽毛,突然间发现鸡身上铺满正在蠕动的小点。乔治安退出鸡圈，在阳光下查看她的手。她的手上小点云集，到处都是。她看见它们疯狂地蠕动着，朝着她的手臂而去，然后消失在她的身上。

退修会在肯塔基湖畔的一所小旅馆里举行。早上，一百多人在室外湖边的一张野餐桌上吃乡村火腿早餐，野草上还带着露水。时不时有快艇飞驰而过，把谈话声淹没。乔治安戴着一个写着她名字的名牌，上面还印着"回到根本"几个黑体字，这是这次聚会的主题。第一天过后，谢尔比的心灵似乎得到了更新。他和老熟人谈笑，在社交时间里，他看上去开心而放松。在讲习和上课的时候，他把他的黄色公文纸夹在一个笔记板上，发疯一样地在上面做着笔记。他已经有了五十种布道的新想法，他幸福地告诉乔治安说。她开始把他看成某个跟自己隔得很远的人，比如一个读水电表的工人。乔治安想：他再也不是那个曾经偷过火腿的人了。

第二天，她逃课没去参加早餐后的默祷，待在房间里看菲尔·唐纳修的电视清谈节目。唐纳修在采访被谋害孩童的父母，这些父母组织起来，相互扶持以战胜悲痛。乔治安意识到：任何事情都有它所属的组织。午饭前，谢尔比进来的时候，乔治安已经睡着了，电视上正大声播放着农业市场报告。她醒来时，谢尔比关掉了电视。谢尔比是个善良好心的男人，她对自己说。他仍然认为她有低血糖。他想用托盘给她拿点食物来，但是乔治安拒绝了。

"我还活着呢,"她说,"今天下午有个讲座我想参加,关于婚姻的。你想去吗?"

"我去不了,"谢尔比说,一边查看着他的日程安排表,"我得去参加'乡村牧师的角色变化'。"

"很可能只有女人会去,"乔治安说,"你不会喜欢的。"他奇怪地看着她,于是她又说:"我指的是那个关于婚姻的讲座。"

谢尔比冲她眨眨眼睛:"帮我记笔记吧。"

讲座是关于基督徒的婚姻的。一个领头的女人描述了七种亲密关系,十一个女人就此发表了她们的看法。在场的女人有七个是牧师的太太,乔治安没把自己算进去。女人们在谈论"增强婚姻关系",这个词被使用了五次。

一个穿粉红裙子的肥胖女人说:"上帝创造了男人,男人无法反对女人的崇拜。女人应该像对待一件无价之宝一样对待男人,因为男人是造物的最高形式,男人是上帝所生。想想看吧,你居然能够跟他一起生活。"

"真是太令人激动了,我几乎无法忍受。"一个年轻女人咯咯笑着说,面带一个膨胀的笑容无辜地环顾了一下四周。

"基督徒真美啊,"肥胖女人说,"我们有那么好看的年轻人。我们一点都不过时。"

"有些人就是会有这种念头。"有人说。

一个卷发女人站起来说:"这世界充满了欺骗和虚伪——我们

已经变得那么虚假,居然会认为第一夫人就不会有脚臭,或者教皇用不着上厕所。"

"别在这儿谈论教皇了,"穿粉红色衣服的肥胖女人说,"他不能结婚。"所有人都笑起来。

乔治安站起来问了一个问题:"如果你嫁的男人——这只是一个假设的问题——如果说他是所有造物中最好的一个,是天底下最可人的一个,可是有一天你却发现他并不是适合你的人,你们会怎么办?如果你正好找错人了,你们会怎么办?"

每个人都看着她。

谢尔比忙着参加讲座,忙着上课,乔治安在这些讲座和课程之间进进出出,好像在拜访别人的梦境。当她和谢尔比匆匆来往于宿舍和会议楼之间时,他们偶尔会在路上相遇。他们像老熟人一样互相挥手打招呼。在床上她告诉他:"克里斯特拉·西蒙思说我长得像《莫克和明迪》里的明迪。你觉得我像吗?"

谢尔比笑了。"别傻了。"他说。当他伸出手想去抚摸她时,她侧过了身子。

乔治安在湖边散步。她观看海鸥飞过水面。海鸥飞过那么远的内陆,似乎在寻找什么东西,这让她感到不可思议。它们盘旋在水的上方,正飞离她。她期待它们能够折回来,像掷出的回飞镖一样。在她观看海鸥的时候,天色变了,浮肿的云朵变薄变细,成了一丝丝细线,一架喷气飞机的尾迹贯穿而过,伸展开去,就像什么东西正在溶化:一个冰锥。太阳跳了出来。乔治安经过一个在野餐的家庭。这家人正在为谁先使用橡皮艇而争吵。父亲威胁说:"让我喘口气吧!"乔治安感到她的内心坚定起来了。她没有解脱,没有放松,没有休息,相反她正在绷紧。不过这表明她正在成长壮大。

乔治安走到旅馆地下室,想从售货机里买一罐可乐,可是她发现自己正站在墙边一溜电子游戏机附近。她朝一部游戏机里放了一个两毛五分的硬币,那上面有一个星系游戏。她是一个星系人,驾着一艘像电视剧《星际迷航》里的"企业号"一样的火箭飞船,向一群逃离中的五颜六色的外星人护航队开火。当她的导弹击中那些飞船时,它们爆炸成一片片彩色的小火花,让人感到满足。突然,她打歪了,三艘敌船——两艘红船和一艘黄船——急降到屏幕上,击爆了她的飞船。她一艘接一艘地丢掉了她所有的三艘飞船,游戏结束了。乔治安跑上楼梯,到前台去换了一美元硬币。她又放了一个两毛五分的硬币到游戏机里,开始打了起来。她喜欢开火的声音,喜欢潜水方阵的警报嘶鸣声。外星人不停地出现,她不停地开火,直到把所有的硬币用完为止。

吃完晚饭,乔治安取掉她的名牌,又逃到地下室去。谢尔比去参加晚礼拜了,她告诉他说自己头疼。她一共拿了五美元的硬币,用完两个硬币才又重新打上了手。她打游戏的技术有所提高,已经打到 3660 分。根据游戏机的记录，当天的最高纪录是 28480 分。情况变得危险起来，让人紧张，不过乔治安很有信心。她没有躲开，而是追着外星人打。地下室很昏暗，几个男人正在其他几部游戏机上玩。其中一个过来看她打游戏，让她感到不自在。游戏结束后，那个男人说："如果你把那三个杂种打掉，就会得八百分，不过你必须最后打掉那个黄色的，不然就拿不到那么多分。"

"你肯定是个专家了。"乔治安说，怀疑地看着他。

"多打一会儿你就通了。"

那个男人说他是个卡车司机。他戴着一顶黄色的广告帽，穿一件毛里牛仔外套。他说："你挺棒的。手指头挺好使的。"

"我弹钢琴。"

"你是跟那帮教会的人一块儿的？"

"嗯……呃……"

"你不像一个教会女士。"

乔治安又塞进一个硬币。"爱玩这个真花钱。"她漫不经心地说。她突然意识到那个男人有多帅。他留着卷曲的络腮胡子，好像是为了跟他外套的里子相配似的。

"我自己喜欢玩《太空入侵者》，"卡车司机说，"你看，在《小蜜蜂》里，你是从后面进攻的，这种做事的方法比较胆小。"

"不过，他们会掉头打你啊，"乔治安说，"他们不停出现，总是占多数。"

那个男人摘下帽子，捜了一下头发，又把帽子戴回去。"我本来想请你出去喝杯啤酒，不过我不想惹教会的麻烦。"他笑了，"你想喝可乐吗？我给你买一罐可口可乐。"

乔治安摇头表示不要。她开始了新的游戏。外星人组成方阵飞行，她着手追捕。当游戏结束时——迄今为止她打得最好的一轮，她转过身去找那个男人，但是他已经走了。

退修会剩下来的大部分时间里，乔治安都待在地下室，玩《星系人》。她再没见过那个卡车司机。终于，谢尔比在地下室找到了她。她已经失去了时间观念，还把他们带来的所有备用现金都花光了。谢尔比像对待一个精神病患者一样对待她。当她试图跟他解释玩游戏的感受时，他溺爱地看着她，他给那些独居者送水果篮时，看他们的目光也是这样的。"除了自己是谁，你什么都忘了。"乔治安告诉他，"你的意念离开了身体。"谢尔比看上去很郁闷。

在他们开车回家的路上，谢尔比问："我要做什么才能让你高兴？"

一开始乔治安没有回答他，她仍然在脑子里把外星人炸出屏幕。"等我知道了再告诉你吧，"她缓慢地说，"让我再想想。"

谢尔比让她一个人想。他们沉默地开着车。当他们下了通往他们家的主高速公路时，她突然说："我玩游戏的时候很开心。"

"我们不是小孩了，"谢尔比说，"你想要什么？玩具吗？"

到了家，草该剪了，那座砖房看上去又小又破，像一件弃物。谢尔比在邮箱里发现了一份对他重新分配的通知，他被派往六十英里以外的深泉教堂，他们可能必须搬家。谢尔比把通知书折起来，放回到信封里，然后去了他的书房。孩子们还没回家，乔治安在房子里进进出出，拉起遮光帘，查看她不在的时候变动过的东西。过了一小会儿，她走进谢尔比的书房，先敲敲门——这是谢尔比的规矩之一。她说："我不能去深泉镇。我不跟你一起去。"

谢尔比站起身，挡住了从窗户里投入的光线。"我也不想搬家，"他说，"可是离教区那么远很麻烦的。"

"你没听明白。我根本不想走。我想一个人留下来想想清楚。"

"你最近怎么回事啊，姑娘？你是不是疯了？"谢尔比放下百叶窗，不让阳光泻入。他说："你把我弄糊涂了。我现在正处于危机之中，你却不支持我。"

"我不知道该怎么支持你。"

谢尔比按着他的手指，啪啪作响："我们可以去做一下心理咨询。"

"我参加过那个婚姻讲座，尽是些胡说八道。"

乔治安注意到，谢尔比的脸色变得苍白起来。他混乱地翻看着一堆纸片，那是他开会时做的笔记。乔治安意识到谢尔比正准备直接对她进行一次布道。"我们来做一次相关的祈祷吧。"他平静地说。

"等会儿吧，"乔治安说，"我还得去接孩子呢。"

出门之前，她去查看那些鸡，一个邻居一直帮忙给它们喂食。那只病鸡还活着，不过它一直待在鸡窝下的一个角落里，不曾移动。它半耷着眼皮，鸡冠黯淡发硬。整个鸡圈仍然弥漫着鸡窝漆的味道。乔治安把鸡蛋收集起来，拿回厨房里。然后，想都没想，她就从车棚里拿了把斧头，返回到鸡圈。她抓起那只病鸡，把它提拉到鸡圈后面的一个树桩旁，她把那只病鸡放到树桩上，检查着它的羽毛。现在，她没发现里面有任何鸡螨。她拎起鸡脚，让它侧躺着，头部反朝自己。然后她放下鸡身，按压着它的翅膀，那只鸡没有挣扎。当斧头盲目地撞向鸡的颈项时，除了觉得完成了一项义务，乔治安什么感觉都没有。

大海

　　州际公路就像一片汪洋，它似乎了无止境，连颜色都跟大海相似。远方，热气蒸腾形成的蜃景像白色的帽子一样闪耀着，比尔时不时会迷失于自己对大海的回忆之中。他快乐地哼着歌，驾驶这辆豪华的露营车让他觉得自己很了不起。

　　比尔和伊莫金·克里滕登始终找不到州际公路。由于不信任收费公路，他们摸索着走了一条小路到达纳什维尔。本以为开到纳什维尔只需要三个小时，结果加上在城里迷路的时间，一共花了五个小时。开过市中心的高楼和市郊贫民区之后，比尔终于在路边停下来，伊莫金对路边一个沉思着走过的戴草帽的男人喊了声"嗨"。

"哪条路是65号？"她大喊道。

哪知道65号公路入口就在附近。那个男人的眼睛扫视着那辆大旅游房车，似乎不相信自己的眼睛。

"我们要去佛罗里达。"比尔开口说道，这话与其说是说给那个男人听的，不如说是说给他自己听的。

那人告诉他们65号路不是到佛罗里达最好的一条道，不是捷径。

"他不急着赶路。"伊莫金说。

"不对，我急着赶路。绕道阿拉斯加去那儿不是我的主意。"

伊莫金用地图打了他一下。

"我一点都认不出纳什维尔来了。"后来，他们向广阔的高速公路进发的时候，比尔说。

"已经三十五年了，"伊莫金说，"嗨，注意看你的路。"

"你总不能连这里发生的车祸都知道吧？你又不知道这里的历史。"

伊莫金有个习惯，她喜欢讲述某段公路上发生过的车祸。镇东有一座长长的小山坡，无论何时他们开车经过那里，她都会讲到那伙女人，她们在那儿撞上凸坡后，横七竖八地躺在高速路上，除了一个女人，其他人都丧生了。那个生还的女人无论如何坚持要去上班，可是后来她的状态实在糟糕，他们不得不把她给送回了家。

"那是二十年前的事了，"每当伊莫金讲起这个故事时，比尔就会说,"我记得她,她是唯一一个祈祷过的人。不过你怎么知道其他人就没有祈祷?"

"嗯,别人都这么说。当然,她现在也已经死了。"伊莫金会这么回答。

比尔掌握了在州际公路上驾驶的窍门,他小声哼了一会儿,突然大声唱起一首他还记得的老歌来。

    在我赶回家以前
    除了我
    不要跟别人去走情人路

这首歌让他觉得自己年轻而充满希望。他想象自己把手插在口袋里,吹着口哨漫步而行。他迫不及待地想沿着海滩漫步。

"他永远不会做这件事的。"伊莫金总是对亲戚们说,"他这辈子剩下的时间不会离开这个地方一步的。他已经习惯这里了。"

可是他做了,他向所有人证明了这一点。眼下,他的皮夹里有一千五百块现金,银行里存着更多的钱。这些大笔款项让他头昏脑涨。他花了很多时间加减款项,付这笔账,付那笔账。他总是随身带着一沓钞票,也不是要花掉,只是为了放在身边就手。如今他处处在花钱,那些数目在他头脑里跳动。

比尔把车停在路边的休息区，他们吃着伊莫金当天早上做的土豆沙拉和炸鸡。

"这里连放只猫进来的地方都不够。"当他们撞到对方身上时她说。

她打开一瓶还没开过的自己做的泡倭瓜。

"别指望一直能吃到这种东西，"她说，"我可没法在路上做罐头。"

"也用不着你做。"比尔说。

"你会想吃田里摘的豌豆和乡村火腿的。"伊莫金说。

吃完饭，他们躺下休息，开着风扇，听着路上的车流声。比尔研究了一下房车内部，他对这辆房车还不太熟悉。他买下这辆豪华型房车是为了取悦伊莫金，他自己在卡车后车厢里也能睡着。他舒展开身体，用他买饲料粉碎机时商家附送的"昆虫细菌"广告帽盖住眼睛。

休息区里来了一个大家庭，闹哄哄地举行着野餐。他们又说又笑，让比尔无法入睡。他起身观看一个男孩和他的狗玩飞盘。比尔估计，那个男孩大概有十八岁，穿着剪短了的牛仔裤。比尔担心那条狗会跑到公路上去，看他们玩让他紧张。有一次飞盘飞到离公路很近的地方，比尔花了好大劲才控制住自己没有追着狗跑。那条狗拼命跳起来衔飞盘。比尔在电视上看见过狗玩飞盘，他自己从没玩过。他怀念养狗的时光。

他们继续前行。路上的风景不停变换着,从山丘到平地,从田野到树林。比尔仍然无法接受他真的要再看见大海的事实。他仅仅想坐下来,看着它,回忆它。他一边开车,一边唱着歌。他喜欢这样高高地坐在露营车里,俯视其他车辆。他喜爱露营车开起来的感觉,喜爱汽油流过汽化器时稳定轻微的响声。

伊莫金双手握拳地坐在那里。旁边一有车辆经过她就去抓面前的把手。比尔指出,高速公路这么宽,她用不着担心会跟其他车辆迎面相撞,但是伊莫金说周围那些神出鬼没的车子更让人害怕。

"我老听说一个人退了休就可以全部从头再来。"伊莫金说,"可是我的神经实在太糟糕了。"

她曾经一而再、再而三地说过这句话。他们卖东西的时候她哭过,他们把她的物品送给朱迪、鲍勃和茜茜的时候她也哭过。她说那是她神经的问题。

"你可真让人开心,"比尔用发火的声调说,"我就不该带你出来。"

"我的侧面疼。"她说。

比尔超过好几辆大众、福特平托,还有卡车。超过其他露营车时他会感到振奋。他内心有种奇怪的感觉,似乎他整个身体可能会给晃得散了架。

"你超过 55 迈[1]了。"过了一会儿,伊莫金说。

比尔车开得非常棒。他认识"杰克逊购置地"[2]的每一条公路,每一条放牛小径,每一条印第安人密道。如果他回家晚了,伊莫金总会认为他是出了车祸。可是除了开拖拉机的时候,他连掉进沟里的事故都没出过。

伊莫金说:"格拉迪斯以前也有这样的疼痛,结果检查出来得了肾病。她每隔五分钟就要去一次洗手间,在她丈夫葬礼上,她只好坐在门口。"

"你打算发一路牢骚吗?"

伊莫金笑了。"听听!还没到那儿我们就会把对方给干掉的。要不我会被你埋了,要不你把我送到收容所去,傻瓜。"

比尔笑了。前面一辆卡车让他减缓了速度,他换了一挡。"这事在中国你就做不了。"他突然大喊道。

"什么事?"

"像我们这样搬家。在中国没有许可证你不能从一个县搬到另一个县去。就算可以去,也要骑自行车去。"

"照我们现在的速度,我估计我们很快就到中国了。你又超过 55 迈了。"

---

1 指高速公路限速,1 迈(mile,英里)约为 1.6 千米。
2 肯塔基州原属于印第安人的土地,后被美国第七任总统杰克逊购得。

"如果我们那个傻帽儿总统[1]得逞了的话,我们就会跟那些中国人一样!"比尔说,不去理会伊莫金关于速度的提示。

"为什么又扯到中国了?"伊莫金从来不读报,可是比尔每天晚上都读《太阳民主》[2]报,看 NBC 电视新闻。

比尔试着解释道:"嗯,是这样的,战后国民党政府被撵到台湾去。共产党建立了一个新国家。但美国仍支持国民党。"比尔看着伊莫金,"你在听吗?"

"哦,哦,接着说。"伊莫金正牢牢抓住她座位的一侧,一辆灰狗长途客车从他们旁边驶过。

"所以美国跟中国的台湾签了一份条约,要保护他们。"

"所以我们毁约了。"伊莫金替他说完。

"对!现在我们的花生总统决定跟共产党结为兄弟,你一不留意,他就给我们制造出一场战争来了!"

比尔一想到那个面带虚伪笑容的总统,就觉得气不打一处来。比尔受不了他。他能够看穿他的一举一动,比尔知道太多这样的人了。

"他放弃了台湾,就跟他放弃巴拿马运河一样。"比尔说。

---

[1] 指詹姆斯·维尔·卡特,又称吉米·卡特。1977 年至 1981 年代表美国民主党担任总统,1978 年,宣布与中国台湾断交,转而承认中华人民共和国。1977 年与巴拿马签订两项条约,使后者得于 1979 年接管巴拿马运河。因少时曾贩卖花生,也被称为"花生总统"。

[2] 肯塔基帕迪尤卡的一家日报,全名为《帕迪尤卡太阳民主》报(The Paducah Sun-Democrat),现改名为《帕迪尤卡太阳》报(The Paducah Sun)。

"我还是想去看看普雷茵斯[1]。"伊莫金说。

"这样你就可以见到比利·卡特了?"比尔笑了。

"我只是想告诉别人我去过总统的故乡。"

"嗯,好吧。我们大概明天可以到那儿。"

"比利现在总是在电视里露面:要不就是特别节目,要不就是清谈节目。"伊莫金说,"我打赌他一半以上的时间都不在普雷茵斯。"

他们要寻找露营地。伊莫金研究着旅游指南,同时试图留心找路。她选定一个看起来还行的露营地,但是比尔错过了转弯的地方。

"我觉得就在刚才那里,"伊莫金说,"快点,掉个头。"

比尔穿过高速公路中央绿带,掉了个头。一辆车朝他按响喇叭。

"也许这里不让这么做。"伊莫金说,朝身后看了看。

露营地很舒适,播放着音乐,到处是浓荫掩蔽的树木,还有很多狗。伊莫金做晚饭的时候,比尔绕着露营地走了一圈。置身于一个遥远的地方,在车牌来自各地的陌生人中间走动,让比尔觉得自己像个独身在外的孩子。他朝一个匆匆走过的年轻男人点点头,那个男人脚踏一双橡胶人字拖鞋,手里拿了个塑料购物袋,他含含糊糊地低声打了个招呼。有一瞬间比尔感觉到一股要停下脚步跟人交谈的欲望,一股他很少有的欲望。

---

[1] 普雷茵斯市是卡特总统的出生地。后文提到的比利·卡特是卡特总统的弟弟,曾竞选普雷茵斯市长。

- 226 -

伊莫金晚饭做了猪排、黄油青豆、玉米、卷心菜沙拉和玉米面包，他们边看新闻边吃饭。总统出现时比尔做了个鬼脸。

"白天变长了。"过了一会儿他说，看着窗外。

"我们已经在南部了。"伊莫金说。她吃完饭，坐下来。"我简直不知道该拿自己怎么办。不用给妈妈喂饭，不用照管她，听不到她每隔十分钟一次的抱怨。我在想她吃饭的时候。我该端着她的托盘，把玉米片和苹果酱端到她房里去。然后帮她收拾好睡觉，给她拿加镁牛奶，确定她盖好了被子。"

"你希望我们带着她吗？"比尔开玩笑地问，他知道如果他不管她，伊莫金会继续说下去。"那我们就该在五年前动身。我睡这儿，你和她睡床。"

"哦，别说了！我们把她埋进土里还不到一个月。"

"我只不过以为你怀念她的呼噜声。"

她朝他晃了晃拳头。"我告诉你，我的后辈不会再经历我经历过的那些东西。"伊莫金打了个嗝。"我吃得太饱了。"她说。

比尔难以入睡。先是狗叫了半夜，然后是远处一个男人不停地叫喊。夜里某个时刻，一辆摩托车咆哮着开进营地，把狗又给惹起来了。比尔半睡半醒地躺着，想着大海，回忆起那艘摇摇晃晃、破破烂烂、曾经让他担心会沉没的老船。"肖"号战舰是一艘驱逐舰，它曾在珍珠港被击沉，后来被打捞出来，并在短得不可思议的时间内被维修复原。他仍然能听见炮声，有时这声音会在夜里把他惊醒。这时他会以为自己正置身某处，精神恍惚地站着，还在向炮手传递弹药，机械地把炮弹一发一发地传过去。他曾在太平洋上航行，但是大西洋和太平洋是相连的——至少在卡特把运河拱手他人之前是这样的，比尔厌恶地想，在狭窄的床上翻来覆去。

"我们可能今天就能到那儿！"他们四点钟起床的时候，比尔说。营地里还没有其他人起来。

"还以为给牛挤奶的时间到了呢，"伊莫金说，"我也睡不着，太激动了。"

吃完一顿有腌肉、鸡蛋、烤面包和麦片粥的丰盛早餐之后，他们开了一段路，然后停下来歇息。

"我们永远到不了那里。"比尔说。

他们往南向伯明翰方向开去，然后穿过几条小一点的公路，开往普雷茵斯。小路上车很多。当比尔尾随在一个开着一辆破旧的别克车的女人车后时，他心里想：佐治亚州的人开起车来比肯塔基人还要糟糕。那女人占着两条车道，拖拖拉拉地不肯把车尾摆直。

"看，那儿有一座老庄园！"伊莫金叫喊着，"那种带白柱子的！"

那座庄园离公路很近，连前院都没有，他们可以透过前门一直看到后面。整个地方杂草丛生。

"看看后面那些旧窝棚，"比尔说，"那是以前奴隶住的地方。"

"看起来好像他们还住在那儿。"伊莫金说,指着几个衣衫褴褛的黑孩子。"天,我还以为我们家乡的人穷呢。"

在普雷茵斯,伊莫金买了几张明信片寄给分散在各地的孩子们。她在每张卡片上写下同样的话:"你爸爸和我正出门去看世界。会让你们知道结果怎么样的。如果我能活那么长的话。(噢!)"比尔和伊莫金沿着那条小小的主街漫步,路上满是大巴车和露营车。来自各地的人们都聚集到了这里。伊莫金想坐观光大巴,但是比尔说他们自己有一辆两万块钱的新车,又知道怎么开,所以他们开车到处兜了一阵,又顺原路返回到他们先前所在的地方。然后,在伊莫金的坚持下,比尔在比利·卡特加油站停下来。

"我觉得那个人就是他。"伊莫金说,凝视着加油站后院,那里站了一大堆人。"不对,不是他。不过,看上去像他。"

一个穿汗衫、扎条真皮皮带、汗流浃背的男人给他们加了油。

"估计比利不在这附近。"伊莫金说,身体倾向比尔那边的窗户。

"没有,他不在。他去阿梅里卡斯了。"那个男人随手一指。

"我们经过那儿了。"伊莫金说。

"没有,我们没有。"比尔说。

"这些游客会把你们整疯的,我估计。"伊莫金说,不理会比尔。

"哦,习惯了。"那人说,靠着加油泵,"根本不知道你会看见什么,或者会碰到谁。我们这儿出了些大人物,告诉你。"

"想象得出。"

"你好了吗？"比尔问伊莫金。

"应该好了。"

"你们再回来，听见没？"那人说。

"我们会的。"伊莫金挥手说。

"看够了吗？"比尔问。

"反正我可以说我来过这儿了。"

比尔累了，他无精打采地开了一段路。他无法把普雷茵斯和白宫联系起来。普雷茵斯看上去就像他们路上经过的庄园外面奴隶们住的旧窝棚，而那座庄园就是白宫。比尔想到诚实的亚伯在劈木头做围栏[1]，不过那是很长时间以前的事情了。如今的事情要复杂得多。比尔憎恨复杂，如果让他来执政，一切会非常简单。他反正从来不信任那些推崇洗脚礼和再生的浸信会[2]。如今，总统让中东的一整个国家被一个宗教狂热分子[3]接管，这让他恶心。如果葛培理牧师决定接任美国总统，那又会怎么样呢？那会是一回事。

比尔和伊莫金不再说话，一路蜿蜒穿过佐治亚州，穿过在比尔看来似乎自从一九四〇年以来就从未改变过的小城镇。那里的百货店还有前廊，佐治亚州仍然有"伯玛"剃须膏的广告。因为

---

1 亚伯拉罕·林肯的别名，因为其诚实而得此名。1860年他参加总统竞选时，曾以伐木工身份为竞选拉票，所以也被称为"伐木做栏杆的人"。

2 浸信会又称浸礼会，是基督教新教主要宗派之一。下文提到的葛培理牧师是美国最具影响力的浸信会牧师，他与美国多位总统过往密切，是民主党的一贯支持者。

3 指埃及总统萨达特。与卡特总统一样，他主张以和平的方式解决中东问题。

想看清一张这种广告,比尔差点撞到路牙子上。

> 你的丈夫
> 脾气不好
> 打呼噜发牢骚
> 大声咆哮
> 猎杀野兽
> 伯玛剃须膏
> 整治粗暴

有一个字不见了,广告牌已经退色,正在腐烂。

在普雷茵斯和佛罗里达交界处,比尔看到五头死去的动物:一只负鼠、一只土拨鼠、一只猫、一条狗和一堆无法辨认的皮骨。他试着开慢一点。

他们在边界的一个露营地停下来,比尔把水箱加满。露营车虽然尘土遍布,不过看上去仍然新崭崭的。伊莫金察看是否有什么东西坏了。

"我真不明白这个气炉为什么没有爆炸,"她说,"在热天里这么颠簸。别人说不要在车上带煤气罐。"

"露营车不一样的。"比尔说。

他们在营地里转了一圈。很多车辆都拖着摩托车,有些人已经启动了摩托车。噪音让比尔不舒服，但是他喜欢看摩托车出发，消失在一抹尘土之后。

比尔停下脚步，逗弄起一只友好的柯利牧羊犬来。

"它叫以实玛利。"用一条皮带牵着那条柯利牧羊犬的女孩说，"它特别友好，碰到人的时候从来没给我惹过任何麻烦。我遇到过很多那种家伙！那些人那样对待狗，你知道吧？"

"你是个好小伙子，"比尔说，拍了拍那条狗，"不错的小伙子。"

以实玛利舔着比尔的手，然后试图去嗅伊莫金的衣服。

"以实玛利，别那么讨人嫌。它总是这么友好。"那女孩抱歉地说。她穿着一件吊带背心，一条短裤。她的腿很光滑，晒成了棕色，大腿上有金色的绒毛。

"他喜欢狗，"伊莫金说，"他受不了没有狗的日子。没有牛或者诸如此类的东西也不行！我们把所有的牛，所有的东西都卖了，来了这里。我们整个农场都砸进这里面了。"她朝那辆露营车挥了挥手。

"哇，真漂亮！肯定花了一大笔钱吧。"女孩说，用手挡在眼睛上，打量着露营车。

"你要去哪儿？"比尔问，声音非同寻常地彬彬有礼，这让他感到有点不好意思。

"哦，我一直在太平洋沿岸一带，不过有点烦了，所以现在要去亚特兰大，我觉得我认识那儿的一个家伙。我在洛杉矶碰到过他，他说无论什么时候我到了亚特兰大，都可以去找他。希望他还记得我。"

女孩说她名叫斯蒂芬妮。比尔心想她大概是上大学的年龄，他并不确定。她看上去很年轻，不像是能够一个人到处旅行的样子。他想到自己的小女儿茜茜。茜茜终于从旧金山回到家，可以活下来讲述自己的故事，尽管她不愿意讲什么。

"你看，以实玛利最重要，"斯蒂芬妮说："如果一个男人不能接受我的狗，我就会离开他，对吗？"她抬头看着比尔，似乎期待着他的认可。比尔拍了拍以实玛利，那狗又开始舔他的手了。

"我搭这个家伙的车，他替人装修野营旅游车。"斯蒂芬妮继续说道。她指着一辆车身漆着蓝红两色鱼图案的米色面包车。"看见了吗，新买的车是没有装饰的，他负责帮你设计外形图案。他应该快回来了，他出去谈生意去了。"她环顾着露营地。"看他的车牌，"她说，"KOOL-II。可爱吧？来，看看里面。"

比尔和伊莫金朝车内张望，车里装饰着绒毛毯，车的后部，打横放着一张特大号床，上面盖着豹皮床罩。车顶也铺着毛毯，白色的，床上方的车顶放了一颗红心。

"这里面没有厨房。"伊莫金说。

"只有一个冰箱和一个酒吧。"斯蒂芬妮说，"特别吧？这内部装潢真让我服了。"

她让以实玛利进到面包车里，解下它的皮带。以实玛利跳上床，伸张着爪子。随着狗的动作，那张床似乎荡漾起来。

"是张水床。"斯蒂芬妮笑着说。

"我们一辈子都拴在农庄里了。"伊莫金说。

"我们要到处周游，直到走不动为止。"比尔说，再次为把自己的事情告诉女孩感到不好意思。

"真可爱。"斯蒂芬妮说，拉了拉背心带子，"哇，真的很可爱。我到处周游，从来不去多想，不过我打赌你们肯定等这一天等了好多年了！"

"你来跟我们一起吃晚饭吧，"伊莫金说，"你没厨房。"

"哦，不用了，谢谢。我还是等那家伙回来吧。我们想去试试高速路边上那家麦当劳。我现在可以说是在等他，明白吗？嘿，反正多谢了。"

斯蒂芬妮挥手道别，祝他们好运。

"我们真需要点好运气。"伊莫金说。

吃完晚饭，伊莫金和比尔坐在外面他们的折叠椅上，观看进入营地的车灯。天还很热，他们一个劲地拍打巨大的蚊子。

"我把我的古董果脯盘给了茜茜，"伊莫金说，"她不会珍惜的。"

比尔很沉默。他在侧耳倾听，电视机和收音机的声音混合在一起。他看见一个金发小伙子走进 KOOL-II 面包车。

"你想象得到那个女孩碰到过的麻烦吗？"伊莫金沉思地说。"我相信她就是别人说的那种离家出走的人。"

"你怎么知道?"

"在外面碰到的人,你永远也闹不清楚。"

比尔留意着面包车,那个金发小伙子从面包车里闪出来,朝盥洗楼走去。比尔喜欢小伙子肩膀上搭着毛巾走路的样子,他的头发像女孩子的头发一样,留着短短的胡子。那个小伙子那么自由自在地走着,似乎除了那辆车顶有颗红心的面包车,别的什么都不挂在心上。比尔不舒服地想起他自己曾经如何承诺伊莫金要出去看看世界,可是他们从来没有出去过。他早就知道这是因为自己缺乏勇气。战后,他急匆匆地回了家,他讨厌自己就那样一直待在家里。

过了一会儿,伊莫金哭了起来。比尔试图看电视剧《查理的天使》,他努力装出一副没注意到的样子。过了几分钟她停止了哭泣,广告过后,她又哭了起来。

"好多年前,"伊莫金说,擦着脸,"我带你妈妈去看医生——记得吗?那时她才搬到我们家里来,我带她去做检查——我进去跟医生谈话,他对我说:'你还好吗?'我说:'我来不是因为我要看病,我是带她来看病的。'他说:'我知道,你还好吗?'他对我说:'她会要你的命的!我以前见过这种事情,她会要你的命。你以为他们不会是多大的负担,以为你这样做最好,不过记住我的话,你现在可能看不出来,但是她会把你榨干,她能够摧毁你,你最后会变成一堆残骸。'他说,'虽然我不是精神病医生'——或者他们怎么称呼这些人的——'但是我见过太多这种事了。我只是在警告你。'我读到过,有个女人和儿子儿媳住在一起,她活了一百零三岁!没人该活那么长!"

"你有完没完?"伊莫金打断了《查理的天使》里一个特别令人激动的片段。比尔没说什么,节目结束了。伊莫金提到过去,让他紧张。如果她继续这么做,他们还不如待在家里的好。比尔不知道该说什么,伊莫金拿了一条毛巾擦着脸,她的脸又红又肿。

"我一直想把这些说出来,就是刚才我说的那些。"过了一会儿她说,"我头痛,身上也痛,嘴巴里没味道。"

"这都是你心里的问题,"比尔说,温柔地打趣道,"你听了太多老太太的唠叨了。"

"我让所有人扫兴,"伊莫金说,"一点点小事就会勾起这些事情来。我们在这里还是在中国或者在卡拉马祖[1]都一样。"

"你只不过要找点事情发发牢骚。"比尔说。他必须试着逗她开心。

"她是你的妈妈。"伊莫金继续说,"是我一直在照顾她,帮她打理家务,给她储存罐头,把她洗了的衣服晾到外面,她倒下的时候伺候她。你从来没抬过一根手指头,你说你不能跟老年人待在一起,那会让你神经过敏。那好,听着,混账,等你的时候到

---

1 密歇根州的一个小城市。

了，谁来伺候你？我可以去养老院，我无所谓。还有一件事，丽丽安小姐不住在白宫[1]。"

比尔感到气愤。"你要把我一个人扔下去养老院？"他问，带着点抱怨。

"我真想这么做，"她说。她用一只手在另一只手的食指上量出一寸的距离来，"差这么一点我就要那么做了。"她说。

"你不会这么对待我的，对吧？谁来煮饭呢？"

"你可以吃垃圾。"

"我给你买了这么漂亮的一个游戏房子，你不会把我一个人扔在这里吧，对不对？"他把她的头发揉乱，"你没有什么乐趣了，老是气冲冲的，老是为了点小破事哭。"

"我忍不住。"她把头埋进枕头里，"不要拿我开心。"

比尔用手臂笨拙地揽住她。

"你再也改变不了我了。"她说。

"等我们到了海边再说吧。"比尔说，抚弄着她。他觉得自己像个傻瓜，他手臂上的肌肉那么僵硬，似乎要爆炸了。他的嘴巴发干。

那一夜比尔睡得断断续续，他不习惯海绵乳胶床垫。他做了一个噩梦，梦里他母亲和伊莫金分别坐在他的两侧，坐在摇椅里，

---

[1] 指卡特总统的母亲丽丽安·卡特，她以六十八岁高龄，报名成为和平队志愿者前往印度进行慈善事业。

比赛谁摇的时间最长。比尔负责做记录,可是她们不停地摇啊摇。他的孩子们聚集在周围,嘲笑着他,想知道比分。那稳定的、晃荡的、无休无止的摇动让他有种晕船的感觉。他几乎是大叫着醒了过来,可是醒来之后他无法明白为什么摇椅会让他如此害怕。他告诉自己他是个白痴,尽量去想一些关于斯蒂芬妮和那个金发小伙子这样令人愉快的事情,以便让自己冷静下来。他想象着他们在那辆顶篷上有一颗红心的面包车里做什么。过了一会儿,他梦见自己开着一辆面包车穿过整个国家。他穿着制服,戴一顶前面标着"KOOL-Ⅱ"的牛仔帽。他用最快的速度驾驶面包车,到了海边,他登上一艘渡船,这艘渡船变成了驱逐舰,驱逐舰嗡嗡穿过海洋。伊莫金没有在梦里出现。

他醒来时看见她还在沉睡,嘴巴张着,轻声打着柔软的小呼噜。他回想起以前他们在纳什维尔的安德鲁·杰克森酒店里的时光,那时他注视着沉睡的她,整整一个小时之久,希望自己在国外期间记住她的脸。然后她醒了过来,说:"我知道有人在看我。"那时他们新婚不久,夜里大部分时间都醒着,互相拥抱着。

如今伊莫金的脸胖了,布满皱纹,但是他仍然能清楚地看见她年轻时候的样子。她的头发灰白,剪得短短的,一层一层地卷起来,每一个发卷都各自独立,就像一个新床垫的钢丝垫线圈。

比尔弯下腰,凑近她,吼道:"起床!"接着他唱起歌来:"你是一个天使,把早晨点亮。"伊莫金醒过来,盯着他。

"我等不及要让你看看大海。"比尔说。他穿上衣服，把帽子扣到头上。他朝窗户外面望了望，看KOOL-Ⅱ是否已经离开。它确实已经离开了。

"KOOL-Ⅱ开走了。"比尔说。

"她是个不错的女孩，"伊莫金说，一边直起身，"不过跟那样一个小伙子来往，我真的不知道好不好。太多卑鄙的事情了。"

她在炉子上坐上水，煎上熏肉，开始穿衣服。比尔打开便携式电视机，《今日》节目正在明尼苏达州录制。主持人珍妮·保利在和一个农场主共进早餐，农场主说事实上如今作为一个奶农是可以维持生计的。

"首先你必须喜欢奶牛。"他说。他说自己不再给奶牛取名字了，他给它们编上号，"就像社会保险号码。"那人说，笑了起来。

"没名字怎么养奶牛？"比尔问，"你怎么跟奶牛讲话？"

"他是个大牌农场主，"伊莫金说，"他的牛那么多，没法记住所有奶牛的名字。"

农场主的妻子声称自己没有工作，但是珍妮·保利指出她其实所有时间都在工作：做黄油、做奶酪、做饭、抚养孩子，诸如此类。

"那是好玩的工作。"她回答。

"如果没有要了你的命的话。"伊莫金说。

农场主的七个孩子之一说他要去念大学，如今这个时代你要用商人的方法来经营农业。太多和农场有关的事情他父亲都教不了他。

"你能想象我们俩上了电视,边吃早饭边谈话吗?"伊莫金问。

"瞎说,"比尔说,"我会羞死的。我会钻进地洞里。"

节目转到原版《大草原上的小屋》,仍然是在明尼苏达。汤姆·布罗考在采访迈克·兰登[1]。迈克·兰登说以前大部分人怎么住在一间小房子里,被迫一起生活,互相合作,共同工作,你没法把自己藏起来。如今小孩子可以一直待在自己房间里,染上毒瘾六个月之久却没人知道。这种事在十九世纪不可能发生,迈克·兰登说。

"但他自己肯定住在一座庄园里面,"比尔说,他正在来回踱步,"他对此怎么解释?"

迈克·兰登说只要能够沟通,有多少房间并不重要。他的孩子工作日不看电视,他说,除了看《大草原上的小屋》。"不然我会臭揍他们一顿!"他笑起来。

他们进入佛罗里达后,比尔变得越发焦虑。他留意着地平线的左侧,以便能够第一时间看到大海。他担心大海会在每一瞬间出现在眼前,而他却错失良机。他几乎没有注意到不断变化的地形和旅游标志。

"我好像看见橙子树了。"伊莫金说。

---

[1] 迈克·兰登(Michael Landon,1936—1991):美国20世纪60年代知名演员和电视导演。

每次旁边有车经过，伊莫金已经不再那么畏首畏尾了，她的心情似乎也有所好转，比尔心想。

"我太想让你看看大海了。"他第十次这样说。

"有些人就高兴在家里待着，"她说，"可是电视上那个农场主——他有钱。他可以退休后搬到佛罗里达，仍然会有钱度过余生。"

经过杰克森维尔之后，比尔朝一个露营地开去。他仍然没看见大海。

"哎呀！"伊莫金突然叫道，"你怎么回事？吓死我了，你差点撞到那辆卡车。"

"那辆卡车离我们还有半英里远呢！耐心点，我们就快到了。"

他们驶入露营地，那里有一个游泳池，可是没有树木，伊莫金说："这肯定是佛罗里达，到处都是老家伙。"

比尔更喜欢另一个露营地，那里有狗和年轻人。这里他看不到一条狗，他们经过一个推着金属助步车蹒跚而行的男人。

"希望我们不会落到这种地步。"伊莫金说。

选好了停车的地方，付完钱，他们向几英里外的大海驶去。比尔第一眼看到的海就像透过一个锁眼看到的什么东西，然后越来越大。

"这就是你带我来这里看的东西吗？"伊莫金说，他们坐在露营车里，从高处仔细观察着大西洋。"看上去都一样。"

他们下车锁车的过程中,比尔一直沉默着。他把车钥匙掉进了沙里,他太紧张了。他们沿着一条狭窄的小路朝海滩走去,比尔忍不住要放开步子奔跑,可是伊莫金走得太慢了。他们一起沿着海滩走着,时不时停下来,因为比尔要面对大海。他一直用胳膊揽着伊莫金的腰,以免她绊倒在沙子里。她仍然戴着草帽。

比尔让她停下脚步,他们在那儿静静地站了好一会儿。比尔的目光在起伏的海洋上遨游,那是同样的海水,被时光携带,他曾经扬帆其上,不过比他记忆里的海水更蓝。他还记得那种感觉:瞭望着宽阔的海面,害怕日军飞机的声音,看见大战舰和同类的驱逐舰就感到安心。他曾见过一艘日本敢死队飞机突然落到一艘驱逐舰上,那场爆炸就像一张无声默片在他的脑子里无止无尽地上演,好像在重播《麦克海尔的海军》。

"你还要待多久?"伊莫金问,"我要找个阴凉地方。"

"我要一直走下去。"比尔说,注视着地平线上来来往往的战舰和驱逐舰。他说不清那些军舰是在驶向他还是在离他而去,也说不清它们是哪一方的军舰。

扫墓日

沃尔蒂的女儿霍莉坐在厨房里的高椅子上，一边晃动着两条腿，一边对她妈妈进行着有关天然食物的演讲。霍莉十岁，人很瘦。

沃尔蒂说："我得跟你老师谈谈去。她尽往你脑子里灌输些胡说八道。你要吃点肉才能长身体。"

沃尔蒂正用一个肉汁托的尖角拍打着牛肝，好把牛肝弄软。她女儿坚持说自己是个素食主义者。这话沃尔蒂听起来就像从霍莉嘴里听到"玫瑰十字会"[1]这个词一样怪异。霍莉要吃花生，豆腐汉堡和酸奶。

---

1 一个根植于西方神秘传统的秘传教团，以玫瑰和十字作为它的象征。

沃尔蒂肯定霍莉的这个新口味跟她父亲有关。自从沃尔蒂和乔去年九月离婚之后，乔搬去亚利桑那，在那儿找了个做建筑工的活儿。乔偶尔会给霍莉写信，这些信霍莉从不让沃尔蒂看。圣诞节他送给霍莉一串刻着奇怪符号的印第安铜手链。霍莉告诉沃尔蒂，那些符号是印第安语。沃尔蒂曾经看见霍莉一边看电视一边擦拭手链。

想起乔·穆多克，沃尔蒂不禁打了个寒战。如果他不是霍莉的父亲，沃尔蒂也许还能够把他忘掉。嫁给他的时候沃尔蒂还太年轻，他那时名声很野。如今她可以再嫁给乔·麦克莱恩，这个男人几乎每天都会过来吃晚饭，每次来他都会带些特别的东西，比如烤肉或者甜点。他似乎对东西的价格没什么概念，时不时地送些礼物给霍莉。如果沃尔蒂嫁给了乔，霍莉就会有一个继父——在沃尔蒂看来，这种关系就像用糖精代替白糖。这样的关系转换让沃尔蒂感到混乱。她告诉乔他们应该再等等。她的前夫仍然在她脑子里，就像一场大病之后缠绵不去的后遗症。

乔·麦克莱恩是个守时并且周到的人。今晚他带了软糖波纹雪糕和半加仑塑料瓶装可乐。他吻了吻沃尔蒂，又拥抱了一下霍莉。

沃尔蒂说："我们今天晚饭吃洋葱配牛肝。霍莉在怄气呢，就因为我不想做'超级豆腐汉堡'。"

"快乐豆腐汉堡。"霍莉说。

"哦！真对不起！"

"肝里面全是毒。饲料里面的毒素都沉淀在肝脏里面了。"

"你不想长个儿了吗?"乔拍着霍莉的头,问她。他对沃尔蒂眨眨眼,俏皮地挥舞着他的手杖,像个指挥。乔收集手杖,他有一根杰弗逊·戴维斯[1]用过的古董手杖。手杖上系了一条金色的带子,上面用斜体字写着:*杰弗逊·戴维斯*。尽管乔才三十岁,可他出门从来不会不带手杖。沃尔蒂怕被人看见自己跟乔在一起,她觉得难为情。

"有时候牛肝会被毒素挤爆,"霍莉说,"毒素就会流出来。"

"哦,霍莉,别说了,真恶心!"沃尔蒂把那片牛肝扔进一个装面粉的盘子里。

"湖边有家餐馆,他们有'嗜肝之夜',"乔对霍莉说,"每周二都是嗜肝之夜。"

"真的?"霍莉睁大了眼睛,好像乔正准备讲一个很长的故事似的。但是沃尔蒂怀疑乔只是想提一下肯塔基湖边那家名叫"波布湾"的餐馆,以此提醒沃尔蒂他曾经试图向她求婚。沃尔蒂不习惯外出吃饭,那天她仔细地研究着菜谱,在选择猪排还是选择T骨牛扒之间犹豫不决,最后却突然想都没想就点了一份猫鱼。她非常失望地发现这份猫鱼居然不是当地产的,而是冰冻的咸水猫鱼。"他们干吗要这么做呢?"她不停地说着,来岔开乔求婚的话,"他们就在全世界新鲜猫鱼最多的肯塔基湖边啊!"

---

[1] 杰弗逊·戴维斯(Jefferson Davis, 1808—1889):美国政治家、军人,美国内战期间担任美利坚联盟国唯一一任总统。

吃晚饭的时候，霍莉偷偷把牛肝挑出来喂猫，被沃尔蒂发现了。但是在乔温和的劝说下，霍莉最后还是吃了三口牛肝，而且没有吐出来。霍莉想讨好乔，就像他是一个碰巧住在附近的电视游戏节目主持人。沃尔蒂认为，家庭成员不能够像俱乐部成员那样变来变去。可是如今他们就是如此，霍莉、沃尔蒂和乔·麦克莱恩正努力变成一家人。周末有时候乔会留下来，但是霍莉更愿意在乔家里过周末，因为他家有发亮的木地板和一只学唱《银卡－丁卡－多》[1]的鹦鹉。霍莉喜欢收拾行李包外出过夜。

沃尔蒂把雪糕端上餐桌。她突然来了兴致，建议周末出去野餐。"天气要转晴了。"她说。

"我不行，"乔说，"周六是扫墓日。"

"扫墓日？"霍莉和沃尔蒂齐声问道。

"轮到我清扫坟场了。每年春天和秋天都得有人清理坟场。"乔解释说他得负责把天竺葵送到他祖父的坟前。每年冬天他祖母总是把这些天竺葵挪进地下室，到了春天再把它们放到丈夫的坟前，可是她去年十一月去世了。

"我们不能在坟场野餐吗？"沃尔蒂问。

"太阴森了吧！"

"我们从来没有出去野餐过，"霍莉说，"哪儿都没去过。"她

---

[1] 电影《帕鲁卡》（*Palooka*，1934）的插曲，之后的几十年里成为家喻户晓的流行歌曲。

看了沃尔蒂一眼。

"行了,那好吧,"乔说,"不过记住了,这可是件严肃的事情。别在那儿到处乱跑。"

"我们会很安静的。"霍莉说。

"我是绝对不会去打扰死人的。"沃尔蒂说,一边对自己嘲弄的语气感到惊讶。

吃完晚饭,乔跟霍莉玩米兰牌,沃尔蒂在一边砸山核桃准备做蛋糕用。乔和霍莉一边玩牌一边大笑,高声叫喊着,听上去就像电视节目《让我们来玩一把》里的参赛选手。乔·穆多克曾经拼命想上电视游戏节目,以此一赢致富。为了有机会上电视,也为了有机会在高速公路上开开车,他想过去加州。他参加家用汽车赛,从学会开车起就一直玩加速赛。伊维尔·克尼维尔[1]是他心目中的英雄。沃尔蒂不能看电视里伊维尔·克尼维尔骑摩托越过峡谷的镜头。她跟乔说了好几次:"他不过是个爱显摆的家伙。如果你想把你那条命玩没了,你就去吧。没人拦你。"没有了乔·穆多克她要自在得多。如果他还在城里的话,他会做出些让她很没面子的事情来,比如把她的名字涂在他的车门上。有一次他就在他的LTD车门上漆了"沃尔蒂"三个巨大的红字,就像文身一样。也许他去亚利桑那是件好事,虽然她至今仍然闹不明白为什么他

---

[1] 伊维尔·克尼维尔(Evel Knievel, 1938—2007):美国知名冒险家和演艺人员。曾驾驶摩托车越过多处峡谷。被收入"平生骨折最多的人"吉尼斯纪录。

非要到离家那么远的地方去。

霍莉抱着那只名叫"斯巴克先生"的猫上楼以后,沃尔蒂对乔说:"中国有条法律,规定男人必须帮忙做家务。"她正在洗碗。

乔怪笑了一下:"那是中国。咱们是在这儿。"

沃尔蒂用擦碗布打了他一下,乔跳起来抓住她:"如果你嫁给我,我就做家务,"他说,"要是我不做你就叫中国人把我抓起来。"

"你说起话来就跟我前夫一样。满嘴承诺。"

"叫乔的男人都善于承诺。"乔笑着拥抱她。

"我生命中所有重要的男人都叫乔,"沃尔蒂说,口气带点做作的严肃,"我第一个男朋友就叫乔,那时我才十四岁。"

"你老是提这些,"乔说,"我希望你把他们都忘了。你爱的是我,对吧?"

"当然啦,你这个傻瓜。"

"那你为什么不嫁给我?"

"我都说了我只不过想要多考虑一下。"

"如果你爱我的话,还等什么啊?"

"爱是简单的部分,爱情本身很简单。"

《瓦尔顿家族》放到一半的时候,C.W.雷德蒙和贝蒂·马西斯不请而来。贝蒂是沃尔蒂最好的朋友,跟C.W.住在一起,C.W.又和乔在一个建筑队上班。沃尔蒂关掉电视,把茶几上的杂志清理掉。C.W. 和贝蒂刚从佛罗里达回来,满腹来自海洋世界的新闻。贝蒂给沃尔蒂看她那印着杀人鲸图案的手提袋。

"猜猜看我们在路易斯维尔机场看见谁了。"贝蒂说。

"猜不到,"沃尔蒂说。

"桑德斯上校[1]!"

"他起码有八十四岁了。"C.W. 加了一句。

"他那套白西装,不可能认错的。"贝蒂说:"我肯定那是他。哦,乔!他拿了一根手杖。他杵着这根手杖走路。"

"不是开玩笑的吧!"

"他那根手杖大概是用来杀鸡的。"霍莉说,她正站在旁边。

"那倒真是件值得拥有的东西,"乔说,"哇,一根上校的手杖。"

"你知道我在杂志上看到什么东西了吗?"贝蒂说,"桑德斯上校的农场正在培养一种三条腿的鸡。"

"不对,是四条腿的鸡。"C.W. 说。

"就算是吧,管他几条腿呢。"

这些话让沃尔蒂感到吃惊。她一边把冰块弄得哗哗作响,一边寻找着杯子。她在冰箱里找到半瓶打开过的可乐,但是可能已经没什么气了。她还没决定是否要把乔带来的那瓶新可乐打开,C.W. 和贝蒂就把装着冰块的杯子从她手里拿走,拿到外面去了。

---

1 桑德斯(Harland David Sanders,1890—1980):肯德基炸鸡连锁店的创始人。1935 年肯塔基州州长授予他"肯德基上校"荣誉称号。

沃尔蒂摇了摇可乐，还有一点气。

"我们全程坐的都是头等舱，"C.W. 说，"我老说，如果你不花钱，要假期干吗？"

"我们花了好大一笔钱，"贝蒂说，"另外，我胖了一吨。"

"天哪，那些大喷气机可真好啊。"C.W. 说。

C.W. 和贝蒂看上去变了，跟沃尔蒂认识的所有从佛罗里达回来的人一样——带着冒险故事和黑得发亮的皮肤，只不过 C.W. 和贝蒂没有晒黑，当时那里在下雨。沃尔蒂无法想象自己会去坐飞机，也无法想象自己会花掉那么多钱。她的前夫曾经试图让她跟他一起坐一次飞机——一架塞斯纳 750——但是她拒绝了。如果霍莉去亚利桑那看他，她就得坐飞机了。亚利桑那大概跟佛罗里达一样远。

C.W. 说起周六要去钓鱼，霍莉要求跟他一起去。沃尔蒂提醒她野餐的事情。"你什么都想干。"她说。

"我只不过想出去逛逛。"

"我过几天再带你去钓鱼。"乔说。

"乔要打扫他的坟场。"沃尔蒂说。她想都没想，就邀请了 C.W. 和贝蒂一起来参加他们的野餐。她转向乔，问他："行吗？"

"我带啤酒来。"C.W. 说，"去他妈的钓鱼。"

"我从来没听说过在坟地里野餐的。"贝蒂说，"不过听着倒是挺不错的。"

乔似乎有点不好意思了。"我会有活让你干的。"他警告道。

稍后,在厨房里,沃尔蒂给贝蒂又倒了点可乐。霍莉在厨房餐桌上玩着纸牌游戏。贝蒂去拿可乐的时候,她说:"既然C.W.那么想要孩子,就让他带霍莉去钓鱼吧。"她告诉过沃尔蒂她想嫁给C.W.,可是又不想怀上孩子破坏了自己的身材。贝蒂爱抚着那只猫:"这只猫会生小猫吗?"

斯巴克先生此时正蹲在那里,四脚收紧在肚子下面,这副姿势让它看上去有点像只乌龟。

"老天,不会的,"沃尔蒂说,"它长那么胖是因为我让人把它安了。"

"那个字读阉!"霍莉大喊着跳了起来。她抓过斯巴克先生,爬上楼梯走了。

"这个愣头青。"沃尔蒂说。她突然感到一阵害怕。有一次,霍莉失业的父亲喝多了特奎拉酒,把霍莉从学校的操场拉出来,带着她在镇上到处乱逛。他在"好吃冰店"给她买雪糕,又去"新莓"玩具店给她买了一个"一家子"系列里的玩具娃娃乔伊,上面有逼真的私处。那年霍莉才八岁。乔把她带回家时,两个人都眼含泪水,一声不吭。显然他们的兴奋劲已经过去了,但是沃尔蒂完全可以想象得出整个事件的过程。如果乔重施故技,她不会感到惊讶,这一次他会把霍莉抢到亚利桑那去的。她曾经听说过离异的父母绑架他们孩子的故事。

第二天中午,乔·麦克莱恩带了一个比萨饼过来。他正在附近干活,因此有机会跟沃尔蒂共进午餐。比萨饼非常大,够四个人吃的,沃尔蒂还不饿。

"我担心我们到时候只顾到处乱逛,没法把坟地打扫干净。"乔说,"事情真的很多。"

"可是这件事为什么就那么重要呢?"

"这和家庭有关啊。"

"家庭。哈!"

"你什么意思?"

"我真不知道哪儿跟哪儿了,"沃尔蒂尖叫起来,"我有一个想靠吃花生活命,和猫在一起睡觉的孩子,连圣诞节都见不着父亲。你倒在这儿跟我大谈家庭。你知道什么是家庭?你连家庭的一半是什么都不知道。"

"你最近怎么了?"

沃尔蒂试着跟他解释:"就拿桑德斯上校来说吧。很多年前,他曾经上过《我有一个秘密》节目,那时没人知道他是谁。他的秘密就是把'肯德基炸鸡'卖给了约翰·Y.布朗[1],换来钱包里的一张一百万美元的支票。可是现在又怎样了呢?虽然他把肯德基卖掉了,但是并没有摆脱它,他没法逃避自己曾经是桑德斯上校

---

[1] 约翰·Y.布朗(John Young Brown, 1933—2022):美国肯塔基州知名政客、企业家。于1979—1983年任肯塔基州州长。后因拥有肯德基炸鸡连锁店而发达。

这个事实。约翰·Y. 也把 KFC 卖了，可是他也无法摆脱它，尽管他本人是个州长，大家却都叫他'鸡王'。要我说，这并不是一件很尊贵的事情。"

"老天爷你到底在说什么啊？这些事跟家庭有什么关系？"

"哦，只不过因为 C.W. 和贝蒂看见过桑德斯上校，我才想起他。我的意思是：你做一件事的时候要面对的不是单独这一件事，总有其他东西被扯进来，所有的事情都是互相牵连的。我不可能因为在一张纸上签了字就把我的前夫给摆脱掉了。哪怕他现在住在亚利桑那，我再也不会见到他。"

乔站起身，他抓住沃尔蒂的手，把她领到沙发那里。他们一起坐下来，他紧紧地拥抱了她一会儿。沃尔蒂有种奇怪的感觉，就好像乔是一个远行归来的老朋友，很多年已经过去，所有的一切都已经彻底改变。她无法理解他的手杖，也无法理解为什么他要买那么大的一个比萨饼。

"总有一天你会明白的。"乔说，一边亲吻着她。

"明白什么？"沃尔蒂喃喃地问道。

"总有一天你会明白，选择我没那么糟糕。"

沃尔蒂盯着墙纸上的一条缝。

"换了别人，谁会给你剪头发？"他问，玩弄着她的卷发，"我应该去上美容学校才对。"

"我不知道。"

"没人能像我那么会模仿吉米·杜兰特[1]。"

"我不觉得那有什么了不起的。"

星期六,乔到达的时候沃尔蒂还在床上。他挥舞着一根闪闪发光的黑色手杖,出现在沃尔蒂卧室门口。那根手杖看上去就像一条僵硬的黑色游蛇。

"我睡过头了,"沃尔蒂揉着眼睛说,"一开始睡不着,然后又做了好多噩梦,然后……"

"你说了要准备野餐的。"

"等一下。我这就去做。"

"没时间了,我们还得去接 C.W. 和贝蒂呢。"

沃尔蒂套上牛仔裤和一件衬衫,拿梳子飞快地梳着头发。在镜子里她看到了自己眼睛下方的蓝色眼袋。从镜子里她能看见乔,他那副样子就像一个杂耍演员。

他们走进厨房,霍莉正在那里吃格兰诺拉麦片。"她答应过我要做红萝卜蛋糕的。"霍莉告诉乔。

"什么事都怪在我身上。"沃尔蒂说。她手忙脚乱,却不知道为什么忙。她还没完全清醒。

---

[1] 吉米·杜兰特(Jimmy Durante, 1893—1980):美国歌手、钢琴家、谐星和演员。他独特的截断式的说话、戏剧语言和爵士歌唱让他成为美国 20 世纪 20 年代到 70 年代最受喜爱的演员之一。

"你怎么能忘了呢？"乔问，"当初是你最先提出来的啊。"

"我没忘。我不过是睡过头了。"沃尔蒂打开冰箱。她要找个什么东西，她盯着那块火腿发呆。

霍莉离开厨房后，沃尔蒂问乔："你生我的气了吗？"乔正拿着手杖猛敲地板。

"没有。我只想让这场演出正式开始。"

"我前夫老是说我靠不住，他是对的。可他是那种站着说话不腰疼的人！他这人没脑子。"

"别提你的前夫了。"

"他也叫乔。你不想喝点果汁吗？"沃尔蒂在找橙汁，可是找不到。

"不对。"乔依着他的手杖，"他早已经是过去时了。你干吗不把他从你的名单上划掉呢？"

"你觉得我为什么会做噩梦？回答我。我肯定是害怕什么东西。"

橙汁没了，沃尔蒂关上冰箱门。乔朝她高深莫测地微笑着。她意识到：她害怕的，是到头来这个男人会变成乔·穆多克。她提醒自己，他们只不过是名字相同而已。她一想到自己有一连串的丈夫就感到恶心，她也讨厌把继父看成清谈节目的替补主持人。这让她联想到约翰尼·卡森节目里的众多候补。

"你只不过害怕开始新的尝试，沃尔蒂。"乔说，"你害怕过街。你为什么不去穿耳洞？为什么不去接收难民？为什么不养一

- 255 -

只狗?"

"你疯了。你在说胡话。"沃尔蒂又搜寻了一遍冰箱,她倒了一杯可乐,看着它冒泡。

他们到达墓地时已经是下午。这之前他们不得不等着 C.W. 给他的车库门上完漆,贝蒂还在洗澡。他们在路上买了一桶炸鸡。在去乡下的路上,乔唠叨了几句。他不说话的时候,沃尔蒂从来闹不清楚他是在生气呢还是只是冷静下来了。当他把一个冰啤酒用的盒子放进行李箱时,她瞥见那些天竺葵,它们被放在一个带柄的华丽的水泥罐子里,看上去就像一个石化了的复活节花篮。在车上,她合上眼睛,想象他们正在举行一场葬礼。

墓地位于树林边的一个小坡上,用带刺的铁丝栅栏围起来。一群黑白花牛在附近的牧场上吃草,远处新建的工业园里的烟囱冒着懒洋洋的青烟。沃尔蒂铺开一张毯子,贝蒂传递着开了罐的啤酒,霍莉坐在一棵树下,背朝墓地,打开一本维基·巴尔空姐故事小说[1]。

直到搬完车里的天竺葵,乔才同意坐下来吃东西。他搬弄着那些沉重的花篮,试图找到一个平一点的地方。天竺葵都还没开花。

"如果是塑料花的话不是更容易打理吗?"沃尔蒂问,"那你

---

[1] 一个女性推理小说系列。作者为海伦·威尔斯(Helen Wells, 1910—1986)和朱莉·坎贝尔·塔瑟姆(Julie Campbell Tatham, 1908—1999)。

就不用搬来搬去的了。"墓地上有好几丛塑料花，大部分都从放置它们的容器里掉了出来。

"塑料，恶心！"霍莉叫嚷起来。

"我早该知道说错话了。"沃尔蒂说。

"我祖父喜欢天竺葵。"乔说。

野餐的时候，霍莉只挑卷心菜沙拉和炸鸡腿的皮来吃。沃尔蒂评论道："斯巴克先生要有大餐吃了。"

"你得了个宝贝啊，沃尔蒂。"C.W. 说，"大部分孩子都只愿意吃垃圾食品。"

"不知道一个人不吃肉能活多久。"沃尔蒂说，多少轻松了点。但是突然间她为自己对待霍莉的方式感到痛苦。她所做的一切，都是那么的拐弯抹角，那么不直截了当，那么令人作呕。沃尔蒂把一根鸡骨头狠狠扔向一堆坟墓之中。有一次，她的前夫不愿意埋葬一条被车撞死的狗。那条狗的尸体在一条深沟里躺了一个多星期。她记得乔说了好几次"不知道那条狗是不是还在那儿呢"。他是不会承认自己不想埋葬那条狗的。沃尔蒂也不去埋狗，因为乔说过他要把狗埋了。那是一场神经战。最后沃尔蒂给高速公路部门打了电话，让他们把狗拉走。此刻她想：乔·麦克莱恩，他绝不会那么残忍。

乔拍拍霍莉的脑袋，说："我闺女虽然很顽固，但是她知道自己喜欢什么。"他做了一个吉米·布兰特的表情，把霍莉逗笑了。

然后他拿出一件让她惊喜的礼物：一包混合果脯果仁，里面有山核桃和葡萄干。当霍莉扑过去接礼物的时候，沃尔蒂意识到霍莉没有戴她父亲送给她的印第安手链。沃尔蒂怀疑亚利桑那是否真的有素食者。

蓝天耀眼地透过栅栏边枫树凌乱的春叶。阳光掠过一座座墓碑，那是几块刻着上世纪日期的薄木板以及十一座厚实的大理石和花岗石石块。乔祖母的坟墓还是一个褐色的土堆。

沃尔蒂又打开一罐啤酒。她和贝蒂舒展地躺在一棵枫树下，霍莉在读书。贝蒂漫不经心地谈论着她想继续下去的那项减肥计划。沃尔蒂懒得动，她观察着两个男人干活。C.W. 在把树叶扫拢，乔用他带来的装在一个塑料壶里的水洗刷墓碑。他正在擦洗墓碑上的雕刻，让它们还原出本来的面目。他的样子很投入，就像在周六下午洗刷打磨他的车一样。贝蒂拿着一片枫叶用手指撕扯着玩"他—爱—我—他—不—爱—我"的游戏，枫叶的碎片随着柔和的微风飞开去。

贝蒂从她的海洋世界手袋里，抓出印有霍莉·霍比[1]图片的扑克牌来。图片上那个穿着老式衣服，软檐帽遮住了脸庞的孩子跟沃尔蒂自己怪异的女儿正好相反。沃尔蒂看见霍莉在观察着两个男人。他们从一座亮晶晶的粉红色墓碑上各自拿起一罐啤酒，正

---

1 美国作家、水彩画家和插画家霍莉·霍比（Holly Hobbie, 1944— ）创作的同名虚构人物和儿童玩具。

为乔的曾曾祖父约瑟夫·麦克莱恩干杯。那块几乎掩埋于枯草之中的墓碑上写着：1841—1862。

"等我死了，他们可以把我火化了，骨灰倒进湖里。"C.W. 说。

"我不会，"乔说，"我就想埋在这儿。"

"你想？你打算马上就死啊？"

乔笑起来："不是，不过如果轮到我，那就该是我。我不会害怕的。"

"我估计这样看待这件事情才是对的。"

贝蒂对沃尔蒂说："如果我愿意为他生孩子，他会娶我的。"

"可是你怎么就决定了不要孩子呢？"沃尔蒂正在洗牌，五十二个一模一样的戴软檐帽的小孩。

"谁说我决定了？你应该顺其自然。对你自己有好处就行。"贝蒂手拿她的啤酒罐喝着酒。

"大多数人做事情都是反着来的，"沃尔蒂说，"他们想都不想就要了孩子。"

"说到决定，"贝蒂继续道，"你看过那集谈论棕榈泉的《六十分钟》[1]吗？那些富人是怎么生活的？有一个女人有好几百条裙子，莫利·赛夫问她，到底怎么才能决定要穿哪条裙子。他简直就是

---

[1] 美国电视台 CBS 的新闻杂志体节目，创立于 1968 年，至今已有五十多年的历史。其独特的报道方式让它在美国有史以来最好的 50 个电视节目中排名第六。莫利·赛夫是《六十分钟》的新闻报道人之一。

在她衣橱里溜达,他完全可以在那儿打高尔夫。"

"有钱人啥也不懂。"沃尔蒂说。她喝了点啤酒,把扑克牌分发出去,好玩"红心"。每发一张牌贝蒂就迫不及待地抓起来,而沃尔蒂却看都不看一眼自己的牌。牛在牧场上走动起来,天空失去了原先的蓝色。霍莉似乎沉浸于她的书本之中,两个男人在高声大笑着。C.W.被一块藏在草里的墓基石绊了一下,摔倒在一座坟墓上。他翻过身去,笑得缩成一团。

"你们不要命了。"沃尔蒂说,喊声穿过坟场。

乔让 C.W. 收敛一点。"我们还要干活呢。"他说。

乔望着沃尔蒂,喃喃地说着什么。是"我爱你"?她突然想起在电视上看到的一个三 K 党人。那人在一次游行中被逮捕了,当他被铐上手铐带走的时候,他对着镜头外的什么人说着话,结尾就是一句庄严的"我爱你"。他其实是在摄像机前演戏,好像在说:看看,我是多好的一个人啊!这个人让沃尔蒂毛骨悚然。沃尔蒂想:这人也可以是乔·穆多克,但不会是乔·麦克莱恩。也许她终于开始闹清楚这两个人是怎么回事,他们打动她的方式是不同的。

沃尔蒂和贝蒂玩了几手"红心",又喝了好多啤酒。贝蒂不会打牌,连输三次。沃尔蒂也无法专心玩牌,她只不过是凑巧赢了而已。她无法专心是因为那些坟墓,乔站在那里对她说"我爱你"。如果她嫁给乔,并且不再离婚的话,他们俩都将会被埋葬在这里。她选了一处有可能成为他们坟墓的地方，想象着那上面的墓基，绿色的地毯，以及有一天将会覆盖那座双人合墓的褐色树叶。C.W.正在把叶子运到坟场中央，把它们堆在沃尔蒂选中的那块地方。沃尔蒂有一种奇怪的感觉，似乎象征婚姻承诺的，应该是这坟场里的一小块地，而不是钻石戒指。不过这个想法里包含了某种让人感到欣慰的东西，她试图解释给贝蒂听。

"哦，真恶心。"贝蒂说。她打出一张红心，赢了。

沃尔蒂花了很长时间来洗牌。落叶堆正急速增长。乔和C.W.一人占据着坟场一端，正在比赛。在沃尔蒂看来，似乎她半辈子时间都在看着名叫乔的男人们在她面前表现自己。有一次，沃尔蒂才十四岁，她曾和乔·绥特一起划着一只租来的带桨船，在湖上约会。如今每当沃尔蒂在他工作的银行见到他，总会想起那只船，想起他们怎样整个下午都待在银蓝色的湖上，不顾岸上的人们招手让他们返航。等到他们终于返回后，乔欠下了十美金的租船超时费。他连着工作了好几个周六，为别人的园子剪草，来为这次胡闹埋单。只有最近一次在银行里，当他们一起想起过去而发笑的时候，他告诉她那一切是值得的，因为那是他一生中最伟大的冒险：和沃尔蒂一起划着一只带桨船约会，除了湖和时间，什么都没有。

贝蒂说："我们可以好好生个篝火烤香肠了——你要干什么？"

沃尔蒂已经把鞋脱掉,她像个撑竿跳高运动员一样,做了个长长的起跑,然后,她飞跃而起,落入一堆巨大的一直没过她肘关节的落叶之中。落叶飞舞,每个人都围着她,神情严肃,形成一个圈子。霍莉,握拳抓着已经合上的书,正说道:"你难道真是个傻瓜吗?"

南希·卡尔佩珀

南希收到父母要把祖母送去养老院的信后对丈夫说:"我真该去帮帮他们。我得把奶奶的照片保存下来。弄不好会丢掉的。"杰克没想阻拦她,收到信后不久她就去了肯塔基。

南希总想着搬回肯塔基老家住,但也不是特别当真,她试图说服杰克换个地方经营他的摄影生意。他们住在一个小镇附近的乡下,离费城一小时的车程。儿子罗伯特今年八岁,每当他们提到搬家这件事他就不高兴。他不想离开自己的房间和玩伴。有一次他问道:"我们的鸡怎么办?"

"肯塔基有的是鸡,"南希解释说,"别担心。我们还没搬呢。"

后来他又问:"那池塘里的鱼又怎么办？"

"这个我也不知道,"南希说,"估计我们得租一辆大一点的拖车。"

南希回到父母西肯塔基的农场后,她母亲对她说:"你爸和我的内耳神经都有毛病。如果哪天突然要我们给奶奶搬家,真还搬不了。"

"流感驻扎在我的耳朵里了。"爹地说着把头歪向一侧。

"我的耳朵还在嘭嘭响。"母亲说。

他们计划几天后把奶奶搬走,他们则搬回到自己的家里,那栋房子一直租给别人住,为了照顾奶奶,九年来他们一直住在她的隔壁。在那里母亲不得不用一个旧煤气炉子烧饭,婆婆则站在她身后,监督她的工作。奶奶只用碱液洗盘子,母亲过了五年才违抗她的旨意,买了瓶"快乐"牌洗碗液。那时奶奶已因风湿性关节炎卧床不起。她今年九十三岁了。

"你不是非回来不可的。"爹地在餐桌旁对南希说,"我们应付得了。"

"我想帮你们搬家,"南希说,"我想确保奶奶的照片不会弄丢了。除了我谁都不在乎那些照片,我怕有人会把它们扔掉。"

南希想看看奶奶是否有一张一个叫南希·卡尔佩珀的曾祖姑妈的照片。家里似乎没有一个人知道这个曾祖姑妈的情况,但是南希却因为有一个先人与她同名感到兴奋。自从发现了有这么一个人以后，南希就一直使用娘家的姓。她母亲写信时坚持用"杰克·克利夫兰先生和太太"来称呼他们，南希已经懒得再跟她做任何解释。

"奶奶壁橱的墙里藏着一些照片。"爹地告诉南希，"我们几年前把炭炉和壁炉接起来的时候，把它们砌进了墙里面。"

"真荒唐！你们为什么要那么做？"

"它们正好挡住了道。"他站起来，戴上帽子，准备去喂他的小牛。

"奶奶不会在意我把墙拆了吧？"南希用玩笑的口气问。

爹地笑了起来，做出一副理解的样子。但是南希知道他是装出来的。他似乎很疲劳，头上的鸭舌帽看上去小得可笑。

多年前南希和杰克在马萨诸塞州结婚时，她不想让父母来参加她的婚礼。她力劝他们不要跑这么远的路。"没什么大不了的，"她在电话里对他们说，"也就十分钟的事。婚礼之后我们连蜜月都不度，我俩周一都有考试。"

南希当时在上研究生，杰克则在完成他的本科学位。他们在湖边租了一栋旧房子，住了已经快一年了。房子很大，里面有一个石头砌成的壁炉，炉架上方的正中间嵌着一块心形的石头。学设计的杰克觉得那个心形没什么品位，他用一张彼得·马克斯[1]的

---

1 彼得·马克斯（Peter Max Finkelstein，1937— ）：德国出生的犹太裔美国艺术家。上世纪60年代以其肖像画的艺术风格闻名于世。他的"宇宙60年代"艺术画遍布全美各大学学生宿舍的墙壁上。

画盖住了它。

杰克的狗格罗弗出席了婚礼仪式，婚礼上没放管风琴音乐，立体声播放机里播放的是《佩铂军士孤独之心俱乐部乐队》[1]那盘带子。那是 1967 年，身穿白袍，留着大胡子的牧师是杆老烟枪，所有这些都让南希感到惊讶。她儿时记忆中的传教士会把这样的人称为异教徒的，她心想。杰克的一个朋友拍的婚礼照片大多很诡异——不是面孔模糊就是曝了两次光。

婚礼后的派对持续了一整夜。杰克吹了两百个气球，好让狂欢继续下去。他们喝了太多的葡萄酒和加了七喜的潘趣酒。客人们进进出出，用香烟戳爆气球，有人沿着湖边散步。大家都在寻找北极光，那天晚上的天气应该是能看得到的。南希靠着杰克，在黑暗的天空中寻找着，觉得他俩就像在外太空探险的两个孤独的旅人。同时她在不停地想着老家的父母，也许他们正在看《硝烟》[2]呢。

"我见过一次，"杰克说，"真是奇妙无比。"

"看上去像什么？"

---

[1] 英国摇滚乐队"披头士"1967 年出品的专辑，被认为是最富影响力的摇滚乐专辑。"披头士"一改过去只使用几把吉他和鼓来完成编曲，大量使用各种不同乐器方法，如弦乐、钢琴风琴等录音效果。这张专辑对当时和其后的摇滚乐都产生了深刻的影响。2003 年，该唱片被《滚石》杂志评为"《滚石》杂志 500 大专辑"第一名。

[2] 美国的一部西部连续剧。被认为是美国有史以来最好的连续剧。从 1955 年到 1975 年连续播出 20 年，共 635 集，是美国最长的在黄金时段播放的连续剧。

"淋浴帘。"

"是吗？真不可思议。"

"发光的淋浴帘。"

"我有点冷。"南希说。天空里空荡荡的。

"我们进屋吧。反正云太多了。我保证有一天我们会看到它。"

有人取下了壁炉上方的那张画，换上佩铂军士的照片，那是随磁带一起赠送的剪贴照。佩铂军士像一位严厉的父亲一样俯视着房间。

"怎么了？"有个人问南希。他是道尔博士，她一八六一年至一八六五年美国历史课的教授。"这是你的婚礼。放松一点。"他戳破一个气球，把南希吓了一跳。

有人把大麻递给她，她拒绝了，随后却在想自己为什么要这么做。房子里到处都是陌生人，"披头士"的磁带一遍一遍地放着。杰克和南希随着曲子跳舞，他们搂在一起，缓缓地跳着完全合不上音乐的两步舞。他们晃到杰克用一扇门做成的桌子跟前，上面摆放着婚礼礼物——手工蜡烛、一个银质大麻烟夹、《烹饪的快乐》和带签名的看不出有什么功能的陶器。南希在想她父母晚饭吃了什么。可能是炸牛排，两种豌豆、松饼和黑莓派。音乐变了，歌连在了一起，杰克和南希继续跳着。

---

1 美国每家必备的烹饪书，第一本出版于1936年，迄今已销售近两千万册。

"没有停顿的地方。"南希说，她哭了起来，"过去的歌之间是有停顿的。"

"我们继续跳。"杰克说。

南希在想肯塔基农场的黑莓丛，它们蔓延得如此凶猛，每过几年就得焚烧一次。它们就长在小溪的岸边，这些小溪在夏天往往干涸成几个小水塘。过了一会儿南希意识到杰克正在和自己说话。他在解释他能预知这首歌最后一个行将结束的和弦会终止在哪里。

"听着，"他说，"在那儿。就在那儿。"

南希的父母在他们结婚前一两个月见过杰克，杰克和南希春假期间去丹佛看望杰克的一个老朋友，他们在肯塔基停留了一下。那趟拜访还包括了精心编制的与他们旅途住宿安排有关的谎言。

晚餐桌上，母亲和爹地有点尴尬地传递着菜碗。餐桌上摆着圣诞节用剩下的餐巾纸。蔬菜浸泡在煎咸肉熬出的油里，杰克每次只取一点点食物。南希则僵直地坐在那里，像一只蹲在野鸟喂食罐前的猫，注视着大家的一举一动。因为正值春天，母亲采了一些商陆果，她对杰克说，"我肯定你们那里不吃这种商陆果。"

"是一种野菜。"南希说。

"从来没有听说过。"杰克说。他犹豫了一下，夹了一点点。

"太大的会有毒。"爹地说。他转向南希的母亲："我觉得你采的太大了，你会把我们都毒死的。"

"他在开玩笑。"南希说。

"有毒的是它的浆果。"母亲说着笑了起来,"真是那样的话会怎样? 别人会说我刚见到你的男朋友就想毒死他!"

大家都笑了起来。杰克的脸红了。他当时穿着镶了边的衬衫。南希发现他像用刻刀切割硬纸板一样切掉火腿上的肥肉。

"奶奶怎样了?"南希问。那时候她奶奶独自住在她自己的房子里。

"还凑合。"爹地说。

"我们去看看她吧,"杰克说,"南希跟我说了很多她的事情。"

"她在麦片粥里煮鸡蛋,这样就可以少洗一个盘子。"母亲说。

南希拨弄着盘子里的食物。她看着餐厅粉色的墙纸和放在窗前的塑料花卉。南希第一次认识杰克的那天下午,他带她去旧货商店,从那里买了一扇带彩色玻璃的窗户,装在了他的卫生间里。南希从未想到会去一个旧货商店,也没有想到他会把彩色玻璃的窗户装在卫生间。

"你毕业后打算做什么?"爹地突然问杰克,眼睛盯着他看着。南希突然觉得杰克的头发有点像爱尔兰塞特犬的耳朵,看上去怪里怪气的。

"你不是必须去当兵吗?"母亲问。

"如果我的成绩够好的话,我会去申请助学金,"杰克说,"不管做什么,只要能躲过征兵就行。"

南希的父亲似乎把注意力集中在每一口食物上，他的头都快埋到盘子里了。

"他的成绩很好。"南希说。

"南希总是得 A。"爹地对杰克说。

"她每得一个 A 我们就给她一块钱，"母亲说，"她快让我们身无分文了。"

"研究生院不给 A，只有'达标'和'不达标'两种。"

杰克团起他的餐巾纸。母亲端上浇了白沙司的炸饼。"这是南希最爱吃的。"她说。

晚饭后，南希领着杰克去农场转转。走在地里时，南希感到他正在欣赏宁静的风景——母牛，一座红色的谷仓，如同精心的构图。她从来没有用这种眼光来打量过这个地方；这让她想到廉价商店出售的风景画。

母亲洗碗那会儿，南希把晚饭给奶奶端过去。她坐在一把摇椅上，看着在床上吃饭的奶奶。食物放在一个可以架在床上的托盘里。托盘格子里放着鸡和酱汁、土豆泥、豌豆、刀豆以及加了醋的卷心菜沙拉。每样东西的份额都很小——六根刀豆，一调羹豌豆。

奶奶的假牙对不齐了，她不得不像猫一样用侧面的牙来咀嚼。她只在吃东西的时候才戴上下面的假牙，她不想做新假牙。她说戴着一副三百块钱的新假牙进棺材实在不划算。每咬几口,奶奶就喝上几大口盛在"肯塔基湖"杯子里的冰茶。"卷心菜沙拉里糖放得不够。"她说。"吃了嘴发干。"她咂着嘴唇说。

南希说:"我听说花果地养老院的饭菜很不错哦。"

奶奶有一阵没说什么。她正啃着一块鸡软骨,假牙咯咯地响着。随后她说:"我哪儿都不去。"

"母亲和爹地要搬回自己的房子住了。你不想一个人留在这里吧,是不是?"南希的声音听起来很空洞。

"我没事。我能照顾好自己。"

奶奶咽东西时,听上去就像有人把一桶水倒进蓄水池里。南希父母搬来住后,他们把奶奶的旧蓄水池盖上了,但南希还记得从蓄水池往上提水桶的情景。铁链发出的声音像人在哭。

奶奶用一块面包刮着盘子里的食物,把盘子打扫干净。"我可以给自己烧点吃的。我可以扫地。"

"尝尝这个蒸蛋羹。我特意为你做的。是按你的方法做的。"
"颜色不够黄,"奶奶说,尝了尝蛋羹,"商店里买的鸡蛋。"

吃完后,她取下假牙,在床头柜上放着的一个塑料杯里涮了涮。南希扭过头去。墙上挂着南希的高中毕业照和一张耶稣基督像。照片上的南希看上去很活泼;她的毕业帽像一个翘起来的盖子。耶稣头上有一圈光环,和帽子的角度相同。

这时南希试探性地问起藏在壁橱墙内的照片。奶奶起先有点迷糊，后来她似乎想起来了。

"它们在烟囱管的后面。"她说。她慢慢地把腿伸直，脸上露出痛苦的表情，随后，她扶住自己的头，把它靠在枕头上，再把被单拉过肩膀。"等我能动了，哪天我去找找看。"

杰克的摄影对象包括野草、小树枝、池塘里的倒影和阳光下像稻草人一样伸展双臂的罗伯特的侧影。有时他在家里的工作室工作，喝着龙舌兰鸡尾酒，用灯泡、酒瓶子、拼装玩具和积木等搭出稀奇古怪的静物。他还把葫芦摆成女人乳房的样子。

一天，南希正想和杰克解释她为什么要把奶奶的照片保存下来，一场冰雹打乱了她的计划。这是她在北方见到过的唯一一次冰雹，她几乎已经忘记下冰雹是怎么一回事了。奶奶总说下冰雹表明上帝在清扫他装冰的盒子。南希背靠贴着一个新系列照片的白梅斯奈纤维板墙站着，看着窗外被冰雹摧残的郁金香。地面上到处都是碎玻璃一样的小冰球。像它到来时那样，冰雹突然结束了。

"过去照相不像现在这么普及。"南希说。杰克的垃圾桶里塞满了被退回的照片，最上面是罗伯特皱巴巴的脸。"我想把奶奶的照片留下来作纪念。"

"如果你认为这样做可以解决问题的话。"杰克说话时正眯着眼朝光看着一张底片。

"我想看看她有没有一张南希·卡尔佩珀的照片。"

"那是你呀。"

"还有一个。她是一个曾祖姑母还是什么,我爸爸那边的。名字和我一模一样。"

"还有另外一个你?"杰克说,故意做出一副不相信的样子。

"我是别人的投胎转世。"她接着他的话往下讲。

"不存在像你的人,你独一无二。"

南希转过身,盯着杰克的照片沉思不语,那些照片被透明的图钉钉在墙上,像一只只半透明的眼睛,点缀着墙壁。她一张一张地仔细看着,有条不紊、一排排地看过去——树桩、蒲公英球、树根,还有猫脚的特写。

几年前夏天的一个礼拜天,南希带她祖母去靠近帕迪尤卡公路边上一个橡树林里的卡尔佩珀家族墓地,这才第一次对她的祖先有所了解。整个墓地被几棵老橡树伸展的树枝遮挡着。伫立在杂草丛中的墓碑犹如奇形怪状的蘑菇。南希在墓地里四下闲逛,奶奶却待在她丈夫墓碑的后面。墓碑上也有她的名字,刻日期的地方是空着的。

南希后来告诉杰克,看到那块上面写着"南希·卡尔佩珀,1833—1905"的墓碑时,她又看了一次。"就像是延时摄影,"她说,"我是说,我站在那里,同时窥视着过去和将来。太不可思议了。"

"她不是我的直系亲属,但我们住在同一条街上,"奶奶向南希解释说,"她是你祖父的姑母。"

"我长得像她吗？"南希问。

"我不知道。她那时已经很老了。"奶奶用手摸了摸墓碑，有点困惑。"我弄不明白她为什么不和夫家的人葬在一起。"她说。

星期六，南希帮父母把一些家具搬到隔壁的房子里。尽管距离很短，但东西装车后，他们还是一起上了车。南希坐在父母的中间，卡车消音器发出的声音像是在打雷，他们默不作声地开着车，爹地把车倒到阳台附近。

房子外面的油漆已经剥落，防风门的门闩也断掉了。爹地不耐烦地拉着门，说："我真希望一把火烧了这些旧房子，然后去亚利桑那退休。"自打南希记事起，他父亲就不断地向亚利桑那的文学杂志投稿。

她母亲说："我们哪儿也去不了。我们的衣角被床腿压住了。"

"那是什么意思？"南希有点惊讶地问。

"从前，暴风雨来临时，大人用床脚压住小孩子的衣角，以防他被风刮跑。换句话说，我们困在这里了。"

"很好玩。我从来没听说过这个。"

"我估计你觉得我们都很无知，"母亲说，"说这种话。"

"不是，我不是这个意思。"

爹地"啪"的一声拉开门，南希帮着他把一个床垫抬进屋里。母亲为不能帮着抬东西而道歉。

"我挡着你们的道了。"她说着走下阳台，站在美人蕉已经死掉的花圃里。

南希把箱子堆在她的旧房间里。房间似乎比她记忆中的要小，木结构上到处是房客留下的磕伤。她在脑子里重新布置着这个房间——床放在靠窗的地方，写字桌放在床对面。杰克第一次来肯塔基时就睡在这里，而南希则睡在客厅的沙发上。南希想起他们第二天去西部时杰克对她的指责，说她不够诚实，愚蠢地想去保护她父母。"你想让他们觉得你是个乖乖女，是个十全十美的女儿。"他说，"我敢说没有得到'A'，你肯定不会告诉他们。"

南希的父亲走进来，用手摸了摸天花板，擦起一条一条的灰尘，又用力扯着门上一片脱落的贴面，他对南希说："绝不能信任房客。他们才不会照看好这个地方呢。"

"奶奶的房子你怎么处理？"

"只要她还活着，就什么都不动。"

"你会把它租出去吗？"

"不会。我可不想再来一次。"他脱下帽子，把头发抹平，又把帽子戴上。他倚在墙上，谈论着养老院有多贵。"我从来没想到会到这一步，"他说，"要是有其他的选择，我不会这么做的。"

"你没有别的选择。"南希说。

"政府会出钱让你拆散你的家庭，"他说，"等我到了你奶奶那样子，我要你把我带进树林里，一枪崩了我。"

"她告诉我说她不会去的。"南希说。

"他们给那些还能走动的老人准备了一个很大的娱乐厅，"爹地说，"居然还有迪斯科。"

爹地笑的时候嗓子里发出刮擦声。他不得不清清嗓子。南希跟着他笑了起来。"我想得出奶奶跳迪斯科的样子。你确定你要我崩了你？那个地方听起来很好玩哟。"

他们来到外面，南希的母亲正忙着把一片淹没在野草中的杂色花整理出来。"这些蝴蝶花是我们搬走那年我种的。"她说。

"真好看，"南希说，"北方见不到这种颜色。"

母亲站起身来，晃了晃蹲麻了的腿。"我真希望你们能搬回来，"她说，"隔这么远真让人遗憾。罗伯特长得这么快，我都快认不出他了。"

"也许哪天吧。我不知道我们能不能。"

"要是杰克在镇子上开个照相馆，一定能挣大钱。现在大家都想拍些新花样的照片。"

"连学校里拍的照片都要收很多钱。"爹地说。

"杰克想做杂志的自由撰稿人，"南希说，"这里什么杂志都没有。五十英里之内连家卖相机的店都没有。"

"但有人需要照相，"母亲说，"大家又开始用装在古董镜框里的照片来装饰客厅了。"

爹地在阳台上抽烟那会儿，南希绕着房子查看了一圈。橡树上滋生出大批的甲壳虫，导致树叶成片枯死。南希站在一个旧蓄水池的盖子上，看着飞过玉米地的乌鸦。远处，一排悬挂着高压线的铁塔穿过平整的一望无边的大豆田。她母亲在说奶奶的事。南希想起她结婚那天奶奶电话里一句无辜的问话："婚礼早餐你准备做什么？"后来，南希把奶奶的话告诉了杰克，仍然忍不住笑。

"我差点对她说：'我们通常不吃早饭，我们睡得那么晚！'"

杰克正忙着吹气球。见他没在笑，南希说："这不好笑吗？她和十九世纪脱节了一大截。"

"你不需要为我做早饭。"杰克说。

"在她那个年代，这可是一件大事。"南希忍不住地说，"你还不明白？"

这时南希的母亲在说："她每晚都要喝加镁的牛奶，我肯定她不需要喝那个。她觉得离了它就没法活了。"

"她哪儿不好？"南希问。

"她觉得她肠子上有个结。但是她除了头昏和关节炎外，没其他毛病。"母亲从金盏花丛里扯出一根长长的牵牛花藤。"关节硬化是她头晕的原因。"她说。

"我们还是回去看看她吧。"爹地说，但是他并没有立刻站起身来。乌鸦在高压线的上方急速飞过。

后来，南希把一张美国地图摊在奶奶的被子上。"我想让你看看我住在哪里。"她说，"费城离这里差不多有一千英里。"

"把老花镜递给我。"奶奶说，一边挣扎着坐起来。"你怎么过来的？"

"坐飞机。爹地去帕迪尤卡机场接的我。"

"走的是环城公路还是从城里穿过的？"

"环城公路。"南希说。南希指给她看宾夕法尼亚州在地图的哪个地方。"我从费城飞到路易斯维尔，再飞到帕迪尤卡。这是加利福尼亚州。罗伯特就是在那里出生的。"

"我二十岁以后就没再看过一张地图。"奶奶说，她研究着地图，手指滑过它，像是在抚摸一件精细的物品。"啊呀，我都不知道佛罗里达在哪里。原来它在这里。"

"我去过佛罗里达。"南希说。

奶奶重新躺下，小心翼翼地稳住自己的头，好像那是一个精致的瓷碗。过了一会儿她说："让你妈拿一些我摘的草莓出来化冻。"

"奶奶，你什么时候出去摘草莓了？"

"它们在冰箱的冰柜里。靠后面。在一个装奶的小纸筒里。"奶奶摘下眼镜，在空中挥舞着。

"拉里本来要来和我玩的，但是他来不了了。"那天晚上罗伯

- 278 -

特在电话里对南希说,"他肚子疼。"

"真糟糕。你今天都干吗了?"

"我们去了塔可贝尔[1],后来去了树林,这样爹地就可以拍印第安人管子的照片。"

"那是什么?"

"我不知道。爹地知道。"

"我们一个也没找到,"杰克在电话分机上说,"我觉得季节不对。肯塔基怎么样?"

南希给杰克讲了帮父母搬家的事。"我的床搬走了,所以今晚我得睡在过道里的沙发上。"她说,"旧房子里很沉闷。每样东西看上去都是光秃秃的。"

"你奶奶怎么样?"

"老样子。她死也不肯搬去养老院,但是他们又能做什么?"

"你还想搬去那里吗?"杰克问。

"我不知道。"

"我知道我们怎样把鸡带去肯塔基了。"罗伯特用激动的声音说。

"怎样?"

"我们可以喂它们安眠药,再把它们放进车子的行李箱里,这样它们就不会吵。"

---

[1] 一家墨西哥风味的连锁快餐店。

"听起来真恶心。"杰克说。

南希让罗伯特不要想搬家的事。电话里有静电声。南希听不清楚杰克的话。"我们也是你的家人。"他在说。

"我没有想要抛弃你们。"她说。

"你见到那些照片了吗？"

"还没有。快了。"

"南希·卡尔佩珀，原版的那个？"

"没错。"南希说，说得太快了一点。她听见罗伯特挂上了电话。"罗伯特没事吧？"她透过静电声问道。

"哦，没事。"

"他没有以为我不带他就搬走了？"

"他不会有事的。"

"他没有和我说再见。"

"别担心。"

"她一直用这些草莓来烦我，我真想把她的脖子给拧断了。"母亲在她和南希上床前说道，"她说的那些草莓是她一九七一年摘的。我一遍遍地告诉她，她当时就把这些草莓吃掉了，但一点不管用，非要那些草莓。"

"给她一些其他的。"

"她知道差别。涉及她的东西，她一点都不含糊。但是有的时候她可能连自己的名字都想不起来。"

母亲在颤抖,随后哭了起来。南希拍了拍母亲像金属丝一样支棱着的灰白头发。母亲擦了擦眼睛,说:"所有的亲戚都会说:'看看他们怎样待她的,多么可怜无助。'把她搬去那种地方,有可能会害死她的。"

"你搬回家住以后,就可以把你所有的古董从谷仓里搬出来,"南希说,"你又可以住在自己的家里了。那不是很好吗?"

母亲没有回答。她从一个壁橱里拿出床单和被子递给南希。"那张沙发睡着很舒服。"

南希醒来时,被子掉在了地上,有那么一阵她想不起来自己身在何处。她的电子表显示2:43。表上还显示着日期。黑暗中的她没有距离感,对她来说,这些红色的数字完全可能来自户外的广告牌,只不过广告牌离她比较遥远罢了。

杰克曾告诉过她,这一类的失眠是抑郁症的征兆,而另一种失眠——不能按时入眠——则是焦虑症的体征。南希总认为他把它们搞反了,但是现在她觉得他也许是对的。远处的一道闪电像闪光灯一样突然,暴露出光秃秃的墙。过道的角度显得很陌生,狭窄的沙发让南希感到孤独渺小。上次她带杰克和罗伯特来肯塔基时,他们全睡在客厅里,大清早,南希的父母经过他们去卫生间。"我们真是一个幸福的大家庭。"爹地宣布道,用以掩饰吵醒他们带来的尴尬。现在,不知什么原因,南希想起了杰克的那些奇奇怪怪的静物,她还想起了欧姬芙[1]画里的黑蝴蝶花和悬浮在天空中、抛了光的牛头骨。蝴蝶花像雷暴云砧。他们结婚的那个夜晚,南希和杰克头晕目眩,倒在床上就睡着了。派对仍在继续,来自纽约的朋友要留下来过夜。南希第二天醒来,嘴里念着自己的新名字,再次感到自己以另一种方式背叛了父母。"他们好不容易以为知道我在干什么,其实他们什么都不知道。"她告诉刚睡醒的杰克。客人外出去买星期天的报纸,他们带回来炸圈饼。他们用炸圈饼和葡萄酒当早饭。后来有人烧了咖啡。

早晨,一场绵绵细雨染黑了院子里垂落的橡树枝。奶奶房间里的窗帘灰蒙蒙的,还带着阴影。南希在奶奶的腿上放了一本相册。奶奶安静地翻着相册,看着那些身穿像婚礼服一样的白色长裙、面无表情的小孩子。南希的爸爸是个穿水手服的小男孩。浅褐色照片中的男男女女围着野餐桌站立,照片里的大树零乱灰暗。奶奶在相册里找不到南希·卡尔佩珀。她飞快地翻过一张她丈夫的照片,然后指着一个小女孩,几乎吃吃地笑出声来:"这是我。"

"我肯定认不出你来,奶奶。"

"为什么,看上去就像我。"奶奶抚摸着照片,像是要去触摸

---

[1] 欧姬芙(Georgia Totto O'Keeffe, 1887—1986):美国艺术家,以半写实半抽象的手法闻名,被公认为20世纪最伟大的画家之一。

那件衣服。"这是我最喜欢的衣服，"她说，"褐色的府绸料子，带子是罗缎的，还有包起来的纽扣。一共三十二颗。这些褶子。做这件衣服我花了三个礼拜的时间。"

南希指着照片，一张一张让奶奶辨认。奶奶没有注意到南希在往一个笔记本上写名字。姑姑莎斯，姑父乔，达夫和珀尔·卡尔佩珀，霍顿斯·卡尔佩珀。

"霍顿斯·卡尔佩珀去了得克萨斯，"奶奶说，"她得了肺结核。"

"讲给我听听。"南希催促道。

"没什么好讲的。她一想到她妈妈做的饭菜就想家。"奶奶合上相册，躺回到枕头上，说："所有这些人都不在了。"

奶奶睡觉那会儿，南希拿着手电筒打开壁橱。里面塞满了几十年里积累下来的东西——发黄的报纸、盒装的贺卡、一袋袋的线头和磨破了的长袜子。奶奶最好的外套，一件她几乎没穿过的蓝色的驼绒长裙包在塑料袋里。南希把衣服推到一边，查看壁橱的墙壁。在她的右边，一根金属管道垂直地贯穿壁橱。南希背靠那些衣服，用手电筒照着壁橱的角落，她发现一个放照片的大镜框，就楔在管子的背面。她用手拉着镜框，一点一点地把它从墙和管子之间的窄缝里取了出来。照片上的一男一女，面部轮廓分明，满怀期待地坐在一张双人沙发上。南希想象这是一张结婚照。

客厅里，一个在电视里传福音的人正在敦促观众给他打电话，免费的。南希带着照片出现在客厅，母亲关掉了电视，爹地站起身来，帮着她把镜框拿到窗户跟前。

"我觉得这是约翰叔叔！"他激动地说，"他是我最喜欢的叔叔。"

"他们不是我娘家的人。"母亲说，透过老花镜研究着照片。

"我很小的时候他就死了，但是我觉得就是他，"爹地说，"他和露西·卡尔佩珀婶婶。"

"她是谁？"南希问。

"约翰叔叔的老婆。"

"这我知道，"南希不耐烦地说，"但是她是谁？"

"我不知道。"他仍在看着照片，他的手指滑过照片上男人的面孔。

回到奶奶的房间里，她拉了一下灯绳，打开了天花板上的灯，这样奶奶就能仔细查看照片。奶奶慢慢地摇了摇头。"我这辈子从来没见过这些人。"

母亲拿着一盘草莓走进来。

"这些是我摘的吗？"奶奶问。

"不是。你摘的十年前就被你吃掉了。"母亲说。

奶奶把假牙放进嘴里，啧啧地吃着草莓，两次没能对准嘴。"再让我看看这些人。"她说，挥舞着手里的调羹。她的牙齿发出咔嗒咔嗒的声音。

"南希·霍林斯，"奶奶说，"她是卡尔佩珀家的。"

"那就是南希·卡尔佩珀了?"南希大喊道。

"那不是南希·卡尔佩珀,"母亲说,"那个女人戴了发垫。南希·卡尔佩珀活着的那会儿还不流行这个。"

奶奶的脸泛起红色,她的呼吸也变得急促起来。"她是个小不点的老东西,"她用一种短促尖锐的声音说道,"她从来不开口说话。大家都觉得她古怪。古怪极了。"

"你确定是她吗?"

"如果我没有记错的话?"

"她记不得了,"母亲对南希说,"她的脑子乱成了一团。"

奶奶摘下假牙后躺下,她的骨头嘎嘎地响,胸脯因剧烈喘息而起伏着。南希坐在摇椅上,一边前后摇晃着,一边仔细查看照片,端详那个女人的容貌。她穿着一件绣了花的白裙子,那个年轻男子卷曲的胡子从下巴那里往上长,框住了他的脸,像鸟脖子上的一圈羽毛。女人看上去有点害怕(或许是怕那台照相机),但尽管这样,她深陷的双眼像碎玻璃片一样闪闪发光。南希觉得,婚礼的那天,这个年轻女子会很乐意随着《露西在布满钻石的天空里》[1]这首曲子起舞。这个男人看上去有点困惑,好像娶了个眼睛盯着很远处某个东西的女人后,他不知道该期待些什么。

---

[1] 《佩铂军士孤独之心俱乐部乐队》专辑里的一首歌,由约翰·列侬谱写。

蛰伏

格罗弗·克利夫兰越来越虚弱了。它的眼睛模模糊糊的，鼻子上长着稀疏的白毛。跑过木头地板时，弄出的声音像是刷子在鼓面上扫过。它睡在烧木头的炉子跟前，如果觉得太热，它会紧贴着地面爬开。

南希·卡尔佩珀与杰克·克利夫兰结婚时，从某种程度上说，她觉得自己嫁了一个离了婚、还带着一个孩子的男人。那时格罗弗还是一条小狗，是杰克从动物保护机构领养的。杰克从一窝活蹦乱跳的狗仔里挑了一条最害羞最让人怜爱的小狗。后来他告诉南希，有人说他应该选一条精力充沛的，因为安静的小狗往往有点问题。那句很随意的评论曾经让南希困扰;这个评论用在她身上也合适。但这已是很多年前的事了。南希和杰克还在一起,格罗弗已是一条老狗了。现在,它的腿因关节炎变得很僵硬,有几天都无法站起来。杰克一直在说要把格罗弗送去安乐死。

"你为什么说'送去安乐死'?"他们的儿子罗伯特问,"我知道你的意思。"罗伯特九岁。他是个认真的孩子,安安静静,像南希。

"不为什么。大家都这么说。"

"大家怎么不说把人送去安乐死。"

"对人一般不这样。"杰克说。

"不许你们带它去兽医那里,除非我也一起去。别在我背后捣鬼。"

"别担心,罗伯特。"南希说。

后来,在杰克的工作室里,杰克一边冲洗几张山坡旁损坏了的挡雪栅栏的照片,一边对南希说:"我估计什么事都有第一回。"

"什么事?"

"死亡。我熟悉的人都还活得好好的。"

"你忘记我奶奶了。"

"我和你奶奶并不熟。"杰克低头看着显影剂里格罗弗的脸。山坡上雪地里的格罗弗看上去像一头狼。"我只关注那些摇滚英雄的死。"

杰克一直在给狗买一些特殊的食物——猪排、猪肝和维生素。他能找到的关节炎资料都是与人有关的,但是他说哺乳动物应该是相通的。在格罗弗的后腿彻底完蛋之前,杰克和罗伯特会带上格罗弗去树林里散步,他们走很长的路,走得很慢。最近,南希在"顶好"超市碰到一个养阿拉斯加爱斯基摩犬的邻居,他向南希打听格罗弗的情况。邻居想知道格罗弗得的是哪一种关节炎——骨节性的还是风湿性的?邻居说他的狗得了风湿性关节炎,脚指头上有鼓包。医生让他多给狗喝水,别喂它西葫芦。格罗弗不喜欢吃西葫芦,南希说。

杰克、南希和罗伯特一起在外面帮格罗弗大便。零下七摄氏度的气温让这件事变得更加困难。由于他们都意识到了狗的艰难,觉得格外寒冷。南希托住格罗弗的头和肩膀,杰克撑住它的后腿,罗伯特拎着它的尾巴。

罗伯特说:"我有个主意。"

"什么主意,甜心?"南希问。格罗弗在她的手臂中抖动了一下。南希抱紧它,它发出一声呜咽。

"我们可以给它戴尿布。"

"那我们怎样给它做清洁呢?"

"有人给黑猩猩戴,"杰克说,"不过肯定脏得一塌糊涂。"

"你是说我的想法不独特?"罗伯特大声叫道。"该死,又被干掉了!"罗伯特一直在读"假面恶棍"的漫画小人书。

"没那么多独特的想法。"杰克说,放下格罗弗。"小的时候,你会觉得什么都独特。"杰克再次抬起格罗弗的后腿,抓住它肚子下方。"伙计,咱们再努力一次。"

格罗弗看着南希,在恳求。

南希一直觉得行将就木的格罗弗是一个标志她与杰克婚姻的里程碑,不知道是什么原因,这段婚姻竟然持续了快十五年。她被一种无来由的恐惧支配着——一旦格罗弗离去,杰克也将离去。南希和杰克不在一起的时候(南希频繁前往肯塔基看望家人期间,或者当杰克外出"思考"的时候),杰克总带着格罗弗。实际上,认识杰克之前南希就已经认识格罗弗。那时杰克和南希都是大学生,在马萨诸塞州,这条狗是校园里的常客。在注意到那个头发蓬松、身穿羊皮衬里灯芯绒夹克的学生之前很久,南希已经被这条狗吸引住了。一次,南希正在旁听一个关于"联邦主义时期"的讲座,格罗弗走了进来,像是进行例行检查一样,在教室里转了一圈,然后走了出去,那副样子很像那个来南希住的公寓喷洒杀蠹虫药的工人。格罗弗是一条漂亮的德国牧羊犬,灰毛黑背。讲座结束后,南希尾随格罗弗走出大楼,见到了杰克。当南希和杰克终于在他阿默斯特[1]的公寓里做爱时,格罗弗就趴在床边上,既像是在保护他们又像是在安静地参与。后来他们搬去乡间的一栋房子里住,南希觉得自己有了一个速成家庭。有一次,杰克和格罗弗走了差不多有三个月,把怀着身孕、害怕得要死的南希一人

---

[1] 地名,马萨诸塞州的一个小镇,是三所大学的所在地。

留在加利福尼亚。南希住的房子坐落在一条种着棕榈树的街道旁。那时是冬天，但感觉上像是肯塔基的十月。她每天都去公园，看着带着狗和孩子的人们，试图弄明白为什么自己会待在离"圣安德烈亚斯断层"[1]一英里之遥的地方，一个人，而不肯回肯塔基老家。"我们需要确定两人之间的相互位置，"杰克离开时曾说过，"就在我以为我认清你的时候，你似乎又消失不见了。"杰克似乎总是远远地看着她，好像期待着她做出什么新鲜刺激的事情来。他希望她做她自己，而不是自以为别人希望她成为的她。这本身就是一种纠结：他在期望自己不期望的东西。杰克不在身边的时候，南希沉溺于做手工。在"自由大学"[2]里，她学会了蜡染和编织花边，还自学学会了钩针编织。此前她从未做过这类事情。她扔掉了为写论文而准备的成沓的历史笔记。突然，手工成了她唯一值得做的事情。她给杰克钩了一件松松垮垮、不成形的毛线衫，用的是蜜枣针脚，还用粗针钩了一些婴孩用品。直到见到像一个变了形的小动物一样的罗伯特，她才意识到这么重的毯子对婴孩来说多么的不适用。杰克回来时，她正在一个凌乱的土坯墙结构的医院里，给一个皮肤像是被烫伤了的婴孩喂奶。此刻她脑子里正回响着《在我土坯墙的庄园里》那首老歌。杰克从一把

---

1 一段长约1050千米、横跨美国加利福尼亚州西部和南部以及墨西哥下加利福尼亚州北部和东部的断层，位于太平洋板块和北美洲板块的交界处。

2 受"言论自由"和反战运动的影响，美国20世纪60年代兴起了一股自由大学热潮。其特点是没有校园、课程公开，任何人付一点学费就可以去学任何感兴趣的课程。

陌生的大胡子后面俯视着她，面带疑惑地咧嘴笑着，像抚摸一只新宠物一样抚摸着婴孩。南希觉得她把杰克糊弄住了，让他觉得她终于做了一件很独特的事情。

"格罗弗想死你了，"他对她说，"他们不让它进来。"

"我很想看看格罗弗，"南希说，"我想它。"

她意识到，她想念的是格罗弗各种各样的表情：断断续续的欢叫，对陌生人发出的带威胁性的咆哮，还有听见猫在晚上打架时发出的诡异的尖叫。

早期共同度过的那段岁月让人感到困惑混乱。七十年代初期，在离开研究生院后，他们在很多地方住过（有时就在路上，和格罗弗一起，住在面包车里）。罗伯特出生后，他们在宾夕法尼亚州安顿下来，过上了有规律的生活。杰克做起了自由职业摄影师，在家里有自己的工作室。南希无法找到一个与自己历史学历有关的工作，就又回到学校，选修了教育和管理方面的课程。她现在是一所规模不大的私立小学的校长助理，罗伯特就在那里上学。时不时地，杰克会为他们变得太中产阶级而感到烦扰。他在能源问题上有点偏激，有时会去参加反核能集会。他一直在为他的工作室建造一个阳光屋，也在为整栋房子做隔热。他称为房子所做的节能改造工作为"翻新"。

"隔热成了他的业余爱好。"南希告诉读研究生时的老朋友汤姆·格林，最近的一天，汤姆出人意料地打来电话。"他周末做绝缘。"

"也许他会变成一只蝴蝶，他可以把自己隔绝在一个茧里。"汤姆说，南希一直觉得汤姆很风趣。她已有十年没有见到他了。他在电话里说寄了一本他写的小说给她。"写的都是当年我们做的那些蠢事。"

狗的状况迫使南希去想这些年来杰克身上发生的变化。他在掉头发，可是他好像并不在乎。杰克总是狂热地追求诚实。过去，他一点不在意自己的率直。当伤害到别人的感情时，他会愉快地说："我只不过想要诚实一点。"一脸的孩子气。他告诉南希她太压抑，没人知道她在想什么，她应该多表达自己。他说她在跟大家"玩游戏"，把自己藏在她羞涩的南方人的笑容之下。现在他宽容多了，很少评判他人。过去他常批评南希喝可乐、吃面食。他不喜欢她的口红，她就不再抹了。但是南希也在变。她比过去多了点心眼，只在回肯塔基老家时才大吃一通蛋糕、营养过剩的派饼和油炸食品。她用上了化妆品，但用的非常少，杰克一点没有注意到。她的拘谨、害羞变成了一种淡漠的自信，两者之间的差异极其微小，内心深处，她业已改变。"就像是翻新。"有一次她对杰克说，但是他没有听出她话里的讽刺意味。

南希两年前才知道，当年杰克告诉她，说在他俩认识前的两个月，他和她一样，也亲临了1966年"披头士"在谢伊体育场举办的音乐会的时候,他其实是在说谎。杰克承认自己谎言的同时,称自己这么做是为了获得她的认同,是想感动她,因为他总觉得她是个既神秘又超然的人物,自己无法赢得她的关注。长期以来因杰克的率直而感到压抑的南希,对杰克这种奇特的欺骗方式深感不安。这太不符合他的性格了。她觉得自己过去的一部分被人掠夺了。最近,约翰·列侬去世的时候,南希和杰克通过电视观看中央公园举行的烛光哀悼,他们在对方的怀中失声痛哭。那一周所有人都说自己的青春一去不返。

杰克是对的。那是他们唯一懂得的死亡。

格罗弗四肢伸展,侧身躺在火炉前,头平放在一只耳朵上。它睁着眼,没有一点表情,南希和它说话时,它什么反应都没有。

"嗨,格罗弗!"罗伯特大声喊道,拉了拉狗的腿。"你死了?"

"不要动它。"南希说。

"它在蛰伏。"杰克说。

"真有意思,"[1]罗伯特说,"那是什么意思?"

"狗在热的时候会那么做,"杰克解释说,"可以节省体力。"

"但现在是冬天,"罗伯特说,"我都冻死了。"他穿着羊毛套头衫和羽绒背心。杰克把自动调温器设在十三摄氏度,房子供暖

---

[1] 英文里面"蛰伏"的发音(Lying doggo)与"躺着的狗"的发音(Lying dog)非常接近。

主要靠烧木头的炉子。

"我也冷,"南希说,"从一九六五年,来到北方起,我就一直在挨冻。"

杰克在狗的身边蹲下:"格罗弗,老伙计。求求你,给我们一点点信号吧。"

"如果你不起来,今晚我就不给你零食吃。"罗伯特一边说,一边冲格罗弗摆动手指。

"让它歇一会儿。"杰克说,捻着手指间的狗毛。

"你肯定它没有死?"罗伯特问。他上下拉着背心拉链。

"它在装死。"南希说。

格罗弗尾巴尖抽动了几下,杰克一把抓住它,像抓住飘在空中的乳草絮一样。

后来,杰克和南希在厨房为一个晚餐派对做准备。杰克呷着威士忌。火炉烧了一整天,房间里暖和舒适。隔壁房间里,罗伯特和格罗弗一起躺在炉子前面的一块地毯上。他正在玩计算机橄榄球游戏,同时还在看《莫克和明迪》。罗伯特喜欢同时做几件事情,最近他的多项活动也包括了格罗弗。

杰克说:"我觉得唯一能做的就是多喂格罗弗猪排和牛肉,多爱抚它,等到我们能够承受了,就带它去兽医那里,把这件事给了结了。"

"我们什么时候能够承受呢?"

"如果我成了格罗弗那样,我只想结束我的痛苦。"

"尽管你还有知觉,脑子还很清醒?"

"我想是这样。"

"我可以帮你拔掉插头。"南希说,用一根胡萝卜指着杰克,"不过一定要等到你痛苦得狂叫那一刻。"

"你要我对你做同样的事吗?"

"不要。我现在就看出来我是那种坚持型的。我会像我奶奶那样。我觉得她的身体早就垮掉了,但她还是坚持着往下活。"

"你真会那样?"

"你说过我和她一样——拘谨、压抑。"

"我不是那个意思。"

"你对我的评价一直都是正确的。"南希说,伸手去拿杰克身后的削皮刀。"嗨,我只不过想说这件事与我们的感受无关。如果格罗弗需要帮助,那才是我们的事情。我们有责任帮助它。"

"我只想结束掉痛苦。"杰克说。

那天晚上,南希感到杰克的话比平时要多。他对饭菜不怎么关心。她做了马伦卡[1]鸡,并惊讶地发现它与上次招待同一拨客人时做的罐闷鸡很像。这两种鸡的烹饪方法在同一本菜谱相邻的两页上,属同一类菜肴。晚餐的主客是斯图尔特和简,他们将去意大利进行教学交换。

---

1 一种烹调方式,油炸后加西红柿和蘑菇(以及大蒜、葡萄酒等)一起炖。

"也许我就不该做意大利菜，"南希抱歉地对他们说，"你们在意大利会吃个够的。而且是正宗的。"

斯图尔特和简都说马伦卡鸡做得非常棒。橄榄放得恰到好处，简说。特德和劳里也点头赞同。杰克给大家添上葡萄酒。火炉里木头落下的声音让南希想到了另一个房间里火炉旁的狗，她脑海里出现了这样的场景：晚餐进行到一半的时候发现狗死掉了。

饭后，他们坐在客厅里，躺着的格罗弗像一段过大而放不进火炉的木头。客人们在闲聊。特德最近在用喷砂去除他家砖头壁炉上的旧油漆，劳里抱怨家里的沙砾和尘土。杰克在拨弄火炉。和壁炉连接在一起的火炉看上去像一个旧科幻片里的机器人。在麻州的那段时间，南希和杰克常坐在壁炉前，抽飞了，看着火苗蓝色的边缘，想象它们是一些音符，是音响里发出的声音的视觉表现。他们认识的人都不再抽大麻了。现在大家坐在一起时，谈论的是投资和正确的烟道衬里设计。杰克给大家倒金万利酒的时候，南希说："多年前，我们常坐在祖父母家的壁炉前。他们烧的是煤。而且他们不叫它壁炉。他们管它叫石炉子。"

"煤的燃烧效率比木头要高。"杰克说。

"这里煤也便宜得多，"特德说，"希望我能改烧煤。"

"我祖父母乡下的房子里有很大的石头壁炉。"来自康涅狄格州的简说，"看上去很温馨。我总盼着去那里。有时候夏天里晚上天气还是有点凉，我们会把炉火点燃。很美好。"

"我还记得挨冻的滋味,"南希说,"天气总是那么冷,就连南方也那样。"

"热气顺着壁炉的烟囱往上走。"杰克说。

南希瞪了杰克一眼。她说:"我总是站在炉子跟前,直到把自己烤透了,然后转过身烤另一面。晚上,我祖父母常坐在壁炉旁读《圣经》。没什么美好的。他们只想让自己暖和一点。当然啰,那个时候没有人懂得隔热。"

"又来了,南希,述说起自己匮乏的童年。"杰克笑着说道。

南希说:"杰克那么关心节能。可他出门从来不戴帽子。"她看着杰克,"你不知道你身体的热量会从头顶上跑出去?人体就像一个烟囱。"

吃惊于自己的语调,她差点哭了。

那是第二天晚上,杰克在翻阅他为一个杂志太阳能热水器系列准备的相片模版。罗伯特脱掉了羽绒背心,挨着格罗弗躺在地上。南希想读读阿默斯特的那个朋友写的小说,可是这本书太乏味了。从读到的那些矫揉造作的文字里,她一点也认不出那个诙谐风趣的老朋友。

"关于六十年代的垃圾。"当杰克问她时她说,"一副愤世嫉俗的样子。都是些模式化的角色。"

"里面有我们吗?"

"没有。我希望没有。我觉得是根据那次派对上崩溃的菲尔·巴克斯特的事写成的。"

格罗弗抬起头来,眼里露出警觉的目光,罗伯特跳了起来,说:"该给格罗弗吃零食了。"

他摇着一个装药片的塑料瓶子,把它放在格罗弗的鼻子跟前。格罗弗嚼着药片,尾巴抽打着地毯。

杰克打开前廊的灯,在门外站了一会儿,裹着一身冷空气回到屋里。"下雪了,"他说,"出去走一趟,格罗弗。"

格罗弗挣扎着站起来,杰克把它的后腿举过门槛。

后来,在床上,杰克侧过身子,注视着正在看书的南希,直到她抬起头来看他。

"你看那么多的书,"他说,"你总是在看书。"

"嗯。"

"过去我们有那么多乐趣。过去我们总在一起干傻事。"

"你想干什么?"

"干点傻事。"

"我想不出有什么傻事。"南希把书往回翻,重读读过的部分。"天哪,这个家伙根本就不会写。过去我觉得他那么聪明。"

黑暗中,她试探性地碰了一下杰克,说:"我们都变了。过去我们整夜不睡地躺在一起,碰对方一下就兴奋不已。"

"我们都很忙。就是这么回事。大家都忙。"

"我有点害怕,"南希说,"你想再要一个孩子吗?"

"不想。我想要一条狗。"杰克转过身去,南希能听见他对着枕头呼吸着,她等着想听听他是否会哭。她回想起罗伯特出生后杰克回到加州她身边的情景。他带回来一个"上帝之眼"[1],把它挂在罗伯特摇篮上方的天花板上,用来保佑罗伯特。杰克从未穿过南希为他钩的毛线衫,它现在成了格罗弗的睡垫。南希把自己钩的一块拼图方毯也给了格罗弗,最终,在他们搬来东部时,她扔掉了作为那段创造期的可怜的见证物——钩针、毛线团和污迹斑斑的蜡染织锦。现在房子里的东西大多数是杰克的。橡木台子和餐桌是他做的;工作室是他重新装修过的;窗帘是他挑选的;挂在墙上的照片是他拍的。如果杰克再次离开,他的存在是无法去除的,不像狗,会随着它的叫声彻底消失。南希修改了大脑里的场景:房子还在,但南希不在里面了。

早晨,雪下了有四英寸厚,风把一部分雪吹到了后廊的台阶上。透过厨房的窗户,南希看着她儿子从屋后的小山坡上静静地飘落下来。滑到坡底后,在站起来之前,他故意从雪橇上摔下来,在雪里打滚,想吸引她的注意。

---

[1] 一种简单编织物,源自墨西哥哈利斯科印第安人。哈利斯科人认为它具有预知未来的能力。孩子出生后,父亲先在编织物的中央绣一只眼睛。孩子每长一岁增加一只眼睛,直到五岁。

后廊上，南希和杰克抱着格罗弗，让它在报纸上拉屎。格罗弗现在做这件事自然多了。南希说："只要我们能解决这个问题，它也许就能坚持下去。"

"可是你看它，南希，"杰克说，"它在受罪。"

杰克抓住格罗弗的脖子，帮它迈过门槛。格罗弗瞄着炉火边上属于它的位置。

早晨晚些时候，扫雪车来过之后，南希开车走在泥泞的路上，送罗伯特去学校，她一路上都在开导他，说通过募捐购买正规童子军设备这件事有多荒谬，特别是在一个下雪的周六。童子军在卖冲便器水箱的节水器，并准备用挣来的钱购买露营装备。

"我以为童子军会把时间花在获得徽章上面，"南希说，"我觉得你们应该去了解大自然，而不是花钱去买正规的童子军用的锅碗瓢盆。"

"这本身就是大自然，"罗伯特严肃地说，"这是生态学。冲便时节约用水是为了保护生态。"

后来，南希和杰克一起去树林里散步。南希走在杰克的身后，踩着他靴子留下的脚印往前走。他替她挡住风。她的头发随风飘了起来。他们敏捷地登上一座小山冈，眼前是一条俯视峡谷的山脊。他们能看见远处开发中的住宅区、一个电台发射塔和一条弯曲的小路。活动住房点缀着山坡。一辆扫雪车正沿路而上，像撕开地面的一条拉链。

杰克说:"我星期一给兽医打电话。"

南希在冷风中喘息。她说:"罗伯特让我们保证,不可以在他不知情的情况下做任何事情。我也一样。"见杰克不吭声,她说:"即使我成了植物人,我也想活下去。在大脑深处一定有一簇火花,某个颤动,一个梦中的闪烁——"

"一个值得你活下去的颤动?"杰克苦笑起来。

"是的。"她指着阳光投射在雪上的斑斓光彩,"这就是我说的闪光,"她说,"在大脑的某个地方,就像这样的。会很美。"

"你很怪异,南希。"

"那是跟你学的。如果不认识你,我永远不会注意到这些东西,如果不是你让我抽飞了,让我看你的摄影。"她的脚指头发冷,她在雪地上跺着脚。"你教育了我。遇见你的时候我一窍不通。头天还在听汉克·威廉姆斯[1],剥玉米喂鸡,第二天就期望我知道什么样的菜该配什么样的葡萄酒。还说怪异。"

"你太夸张了。那是哪一年的事了。你总是夸大你的出身。"他声音里增加了一点调侃,"你卑微的出身。"

"我们在一起十五年了。"南希说,抓着他的胳膊,让他停下来。杰克正眯缝着眼,看着远处的什么。她接着说道:"你说过我们不再一起干傻事了。那我们该做什么,杰克?我们去雪地里打个滚?"

---

[1] 汉克·威廉姆斯(Hank Williams,1923—1953):出生于亚拉巴马州的歌手和歌曲作者。他被认为是美国有史以来最为重要的乡村音乐家。

杰克用粗糙的手套碰了碰南希的脸："除非我们真心想那么做。"

还是那个敦促她诚实、敦促她表现自己的杰克。还是那个老杰克，她心想，释然了。

"快来看。"罗伯特大喊着冲进后门。他刚才和杰克在外面堆雪人。南希正在揉面，准备做乳蛋饼。杰克不吃奶油蛋羹派，却会吃乳蛋饼，虽然这几乎是完全一样的东西。她擦了擦手，来到阳台门口，看见格罗弗被吊在枫树靠下的一个枝杈上。杰克做了一个悬挂装置，用一把折叠躺椅的帆布靠背兜住狗的肚子，这样狗就被一副安全带支撑着。它的腿悬在了空中。

"哦，杰克，"南希大喊道，"这可怜的家伙。"

"我觉得这样也许行，"杰克解释说，"给它后腿一点支持。"他的双臂紧搂着狗的脑袋。"我是为了你才这么做的。"他加了一句，眼睛看着南希。"别推它，罗伯特。它不想荡秋千。"

格罗弗像一只躺在洋娃娃帽子里的猫，看上去出奇地有耐心。

"它不喜欢这个。"杰克一边说，一边解开安全带。

"它可以学着喜欢它。"罗伯特说，他的嗓音升得很尖很尖。

就在杰克计划送格罗弗去兽医那里的那一天，南希上班的地方出了一起紧急状况。一个孩子接触了肝炎病人，所以所有的孩子都要打预防针。南希必须做出具体的安排，也就是说她要晚下班。她给杰克打电话，让他放学后来接罗伯特。

"我不知道我什么时候才能回家，"她说，"这真是一个管理人员的噩梦。我要给所有的家长打电话，得到他们的许可，还要和家庭医生排日程。"

"格罗弗怎么办？"

"请把这件事推迟一下。我想到时也在场。"

"我只想把这件事尽早了结了。"杰克不耐烦地说，"我不想让罗伯特再过一天这样的日子。"

"罗伯特会为这额外的时间而高兴的，"南希坚持道，"我也会。"

"我只想面对现实，"杰克说，"你还不明白？我不想像你那样抓住过去不放。"

"请等着我们。"南希说，她的声音沉着克制。

南希在电话里极具权威性，是一个敏捷的决策者。处理工作中的问题对她来说是一种缓解。她有种自由自在、当家做主的感觉。整个下午她都在高效快速地工作，写报告、咨询健康专家、通知家长。她和亚特兰大疾病控制中心的人通了话，询问了具体的方针。她检查了丙种球蛋白的储备。她专注地工作着，下午三四点的时候，当罗伯特突然出现在她办公室时，她愣了一下，有那么一瞬间竟然没有认出他来。

他说："凯文嗓子疼。那是肝炎的症状吗？"

"他也许只是感冒了。我会告诉他妈妈。"南希抓住罗伯特的胳膊，一方面是为了稳住他。一方面也是为了稳住自己。

"我什么时候要打针？"罗伯特问。

"明天。"

"非要打吗？"

"是的。不过不疼。"

"我想出了这件事反倒好了。"罗伯特很勇敢地说，"我们可以和格罗弗多待一天了。"罗伯特的书撒落到了地上，他弯腰去捡书。抬头往上看的时候，他说："爸爸根本就不在乎格罗弗。他就想把它扔掉。他想杀死它。"

"哦，罗伯特，不是这么回事，"南希说，"他只是不想让格罗弗受苦。"

"可是格罗弗还有半瓶药片没吃完呢，"罗伯特说，"我们拿这些药片怎么办？"

"我不知道。"南希说。她递给罗伯特他的算术练习册。她孩子陌生人一样的面孔在她脑海里一遍遍地播放，像一盘循环往复的磁带。罗伯特继承了她纯棕色的头发和肤色，但是他的眼睛像杰克——苛求、具有可怕的穿透性，是一双能把她钉在墙上的眼睛。

罗伯特走后，南希放下百叶窗。阳光透过朝南的窗户，把她的办公室照得亮堂堂的。房子的这种设计只是一种巧合，与节能无关。这是一座旧式建筑。光线在她办公桌上留下倾斜的条纹，很像四十年代电影里的恐怖场景。南希的秘书已经下班了，南希仍在工作,联系所有上班时间能够联系到的家长。一位家长焦急地报告,说她孩子脖子上的淋巴结肿起来了。

"不是,"南希肯定地说,"那不是肝炎症状。不过你来接种丙种球蛋白时应该问问医生。"

丙种球蛋白。这几个字从她嘴里脱口而出。她努力回想一部和伽马射线有关的电影的名字[1]。在她打电话的时候,她突然想起来了——《伽马射线对神秘金盏草的影响》。她一直不明白那个片名的意思。

办公室里暗了下来,南希打开灯。学校里很安静,好像传染病的威胁清空了所有走廊,留下她统管一切。她想起了另一部叫《天外来菌》[2]的电影。她的工作就像一部剧情大片一样让人紧张,一个潜在的危险被拒在了千里之外。历史学家必须置身事外,有一次,南希出于替自己辩护,曾这么对杰克说过,当时杰克指责她对店员和饭店的服务员不够友善。他听到的那么多有关南方人的好客都去哪里了?他想知道。此刻她突然意识到历史学家只是对过去置身事外,而不是现在。杰克也学会了一点置身事外。他想对格罗弗放手。南希想起他近期摄影中那些荒凉的景物——雪、冰柱、栅栏,还有小山上格罗弗的长焦照,像一头迷路的狼。南希一直喜欢杰克的照片,因它们本身的内容。但是杰克看不到照

---

1 英文里"丙种球蛋白"被称作"伽马球蛋白",所以南希由此想到了"伽马射线"。
2 一部根据同名小说改编的科幻片,讲述一群科学家研究来自外星系的对人有害的病菌的故事。

片中的人和物。他看到的是幻象。他曾说过,他所追求的是影像的弱点。他告诉她说,影像是为了再现它自身的消失。

等到南希排完日程,晚间打扫人员已经到来。放在壁柜里的咖啡壶在咕咕响着。南希取下隐形眼镜,换上羊毛衬里的靴子。停车场里,她沿一条小路小心翼翼地绕过一堆小山一样的污雪。天太冷了,塑料座椅被她身体擦出了火花。冷的引擎发动起来很慢。

家中客厅里的气球让南希吃了一惊。炉火烧得很旺,罗伯特热得脸发红。

"我们要开个派对,"他说,"为格罗弗。"

"烤箱里有个惊喜在等着你。"杰克说,递给南希一杯雪利酒。"奖励你的辛勤工作。"

"格罗弗吃了冰激凌,"罗伯特说,"我们买了哈根达斯。"

"它看上去很开心。"南希说,身子陷进杰克身边的沙发里。她的眼镜起了雾。她摘下眼镜,用一张纸巾纸擦拭着。当她把眼镜重新戴上后,发现格罗弗正把头枕在前爪上,看着她。它的尾巴击打着地面。南希第一次觉得自己做好了让狗去死的准备。

当南希说到丙种球蛋白,那个词不像刚才那样很容易就从嘴里蹦了出来。她笑了笑。她已累得气喘吁吁了,雪利酒喝得也太快了一点。她突然坐直身体,宣布道:"我有一个线索。我正在想一个停车场。"

"东部还是西部?"杰克问。这是他们过去常玩的一个游戏。

"西部。"

"啊哈,我猜出来了,"杰克说,"你正在想图森那家医院的停车场。"

"嗨,不公平,太快了,"罗伯特大喊,"我都没机会参加。"

"那是在你出生之前。"南希说,手指滑过罗伯特的头发。他依靠着南希的膝盖坐在地上。"我们在面包车里躺了一个礼拜,觉得我们快要死了。哦,天哪!"南希大笑起来,用双手捂住嘴。

"你们为什么快要死了?"罗伯特问。

"我们并不是真的快要死了。"想到那段往事,南希和杰克都大笑起来,杰克脱掉毛衣。图森的医院拒绝接收他们,因为他们的病情没有重到非住院不可,但他们病得也不轻,无法继续旅行。他们无处可去。他们正在一个为期一个月的西部之行的途中,当时不得不在图森停留,在一个餐馆找份事做,好挣够回家的路费。

"你还记得那个医生吗?"杰克说。

"我记得他看我们的眼神,好像他怕我们污染了他的医院。"南希笑得更厉害了,在觉得自己傻的同时感到一阵轻松。她放在杰克膝盖上的手觉察到了他牛仔裤里棉毛裤的褶子。她大声说道:"我永远也忘不了我们怎样待在那个停车场上,想着我们眼看就要死了。"

"我虚弱得连开过一条街的力气都没有。"杰克在喘息。

"你都发黄了。我没有。"

"我们能做的就是喝橘汁和撒尿。"

"再把尿从窗口扔出去。"

"格罗弗烦透我们了！"

南希说："幸亏我们吃不下东西，不然我们会把钱都花光的。"

"那我们就不得不在那个脏兮兮的餐馆里继续打工。再得一次肝炎。"

"循环往复，以至无穷。直到现在还待在那里，像MTA里的查理[1]。哦，杰克，你还记得那个神经病餐馆吗？他们非让你戴一顶牛仔帽——"

突然，罗伯特猛地离开南希，爬着穿过房间，去查看格罗弗，它侧身平躺着，腿僵直地伸着。罗伯特低下头，贴着狗的心脏，直直的头发垂了下来。

"它没有死，"罗伯特说，抬起头看着南希，"它在蛰伏。"

"死在自己的派对上，"杰克说，举起手中的酒杯，"好样的，格罗弗！"

---

[1] MTA是一首1949年的流行歌曲，歌词讲述一个叫查理的人被困在了波士顿的地铁里，怎么也出不来。

新浪潮[1]

埃德温·克里奇开一辆黄色的大巴，接送一批智障成年人去雪松岭精神康复中心上培训课。他上午7:00到9:30、下午2:30到5:00不在家。他的日程如此固定，塞布丽娜·琼斯，那个已和他住了好几个月的姑娘要想对他不忠，实在太容易了。埃德温设计出各种圈套来试探她。他在她枕头上放一根长牙线（这是他从

---

[1] 摇滚乐的一种分支风格，与朋克摇滚一同在20世纪70年代中晚期出现。起初，新浪潮被认为是朋克摇滚的同义词。由于新浪潮结合了电子乐、实验音乐、摩斯族次文化、迪斯科、摇滚和20世纪60年代的流行音乐等音乐风格的特性，使它与朋克摇滚区别开来。

侦探小说里学来的），但是牙线从来没被动过。她一周有四晚不在家，去参加西肯塔基小剧场音乐剧《俄克拉何马！》[1]的排练，之后，她往往和剧组的其他成员一起外出吃东西。塞布丽娜不让他去排练场，说想让他看到一个完整的演出。在家里，她跟着电影里的音乐又唱又跳，给他表演剧中的情节。剧中，她是合唱队队员，在第一幕第三场里有两句台词。她的台词是：："来了位不吭气的花花公子！"和"让你的梦想成真吧。"埃德温喜欢塞布丽娜念第一句台词时挥舞手臂的戏剧化动作。她在剧中演一个算命的。

一天晚上，塞布丽娜回家时，埃德温还没睡觉，她放上《俄克拉何马！》的音乐，一边跟着戈登·麦克雷唱，一边在客厅里练劈叉。她双腿修长，夏天晒出的褐色还没褪去。尽管已是深秋，她还穿着短裤。埃德温心头突然涌入一股难以抑制的爱意。她似乎真相信她唱的那句"哦，多么美妙的一个早晨。"歌唱完后，他把这一点告诉了她。

"半夜三更的，"他说，在揶揄她，"你觉得是大清早。"

"我只不过是在演戏。"

"不对，你真的相信。你相信现在就是早晨，一个美妙的早晨。"

---

[1]《俄克拉何马！》(*Oklahoma!*)，1943年出品，它是音乐剧史上的一个里程碑。是美国最有影响力的两个音乐剧作家理查德·罗杰斯和奥斯卡·哈默斯坦首次合作的成果，讲述的是一个叫科里的牛仔和农家女劳蕾之间的爱情故事。这也是第一个运用了音乐和舞蹈来刻画人物和发展故事的音乐剧，因此它也被称为首部有剧情的音乐剧。俄克拉何马为美国州名，位于美国中南部。

塞布丽娜冷冷地看了他一眼,埃德温感到一阵难堪。磁带放到头后,塞布丽娜走进卧室,猛地打开收音机。摇滚乐有助她在睡前放松自己。她喜欢的新摇滚乐听起来单调乏味,但是埃德温对自己说,既然塞布丽娜喜欢它,他就喜欢。她脱衣服那会儿他对她说:"对不起,我不是在指责你。"

"没什么。"她耸耸肩。她穿着睡觉的T恤衫上有个破洞,埃德温很想亲吻那里露出的一块皮肤,但是他没那么做,因为这样会显得粗俗。她有很多让人觉得不可思议的地方,比如:带茴香味的牙膏和草药做成的体香剂;消瘦、曲线毕露的臀部;在牙齿上涂凡士林,好让自己的微笑更加招摇,这是她从一个选美比赛上学来的。

她坐到床上,埃德温说:"如果我说错了什么,我要你告诉我。都是因为我为你发狂,有时候都无法思考。可是如果我能够做得更好,我会去做的。我发誓。只要你告诉我。"

"我觉得你不是焦虑型的呀。"她说,在他身边躺下。她还穿着鞋子。

"我过去不是这样的。"

"你是我认识的人里最随和的。"

"这是不是你们演员朋友之间说的台词?"

"不是,你真的很随和。长得帅的人一般很自大,可是你不这样。"音乐让埃德温全身发出一阵战抖,像猫打呼噜一般。她说:"我整天跟杰夫和苏吹你,就是科里和劳蕾。"

"我知道杰夫和苏是谁。"塞布丽娜总提到杰夫和苏,音乐剧中的浪漫主角。

塞布丽娜说:"这就是我希望的是:如果我们有一大堆钱,我们就能有一栋像苏那样的房子。我有没有告诉过你她门廊里的百叶窗是她自己编织成的?她做的所有东西都那么雅致。"塞布丽娜摇着埃德温的肩膀,"醒醒,和我说话。"

"不行了。我六点就得起床。"

塞布丽娜轻声对他说:"苏看上了杰夫。杰夫的老婆要是知道了,会如坐针毡的。"塞布丽娜咯咯地笑了起来,"他不停暗示说他老婆下周要去路易斯维尔。他和苏两人同吃一片比萨。"

"这能说明什么?"

"你自己琢磨琢磨吧。"

"你会这样对我吗?"

"别犯傻。"塞布丽娜调高收音机的音量,解开鞋带,把鞋子甩过埃德温的头顶,扔到了墙角那里。

埃德温四十三岁,而塞布丽娜刚二十岁。但是他不想把年龄看成他们之间的障碍。有时他不敢相信自己的运气,一个如此漂亮的姑娘仍然觉得他有吸引力。埃德温下巴上有条很深的凹痕,曾让他第一任妻子洛伊斯·安联想到柯克·道格拉斯[1]。她在电影

---

[1] 柯克·道格拉斯(Kirk Dougles,1916—2020):美国著名舞台剧和电影演员。

杂志上读到柯克·道格拉斯用一个专门的剃须配件来刮那条凹痕。但是塞布丽娜觉得埃德温更像同样有凹痕的约翰·特拉沃塔[1]。埃德温有时会意识到自己比赛布丽娜老很多,但是时间过得飞快,他觉得他还是从前的他,没变化,还是二十年前的他。他的两任前妻似乎都是自行离他而去,而他从来没想要留住她们。但对塞布丽娜,他必须做出努力,因为他开始担心女人们迟早会不再对他抱有幻想。也许他太随和了。可是塞布丽娜喜欢他这一点。塞布丽娜有双又圆又大的灰眼睛,柔软、偏棕色的金发,桦树镶板的颜色,她用"克莱罗尔小姐"染发剂挑染过。他们的共同爱好包括巧克力冰棍、快艇和辛辛那提WKRP电视台。刚开始,他以为靠这些就足以建立起他们之间的关系,因为他认识的很多情侣从来不曾分享过这些简单的乐趣,但是他逐渐认识到事情本身要复杂得多。塞布丽娜的活泼让他担心她会变心。他不能忍受失去她的想法,想到自己新的占有欲竟与父亲对女儿的难舍情感相似,也让他感到不悦。

塞布丽娜的父亲曾送她上了一年大学,可是她那个当农民的父亲养猪赔了钱,没有能力让她继续念下去。埃德温遇见她时,她正在一个牛排馆做女招待。她想回学校上学,可是埃德温也没有钱送她回去上学。她大学里学到的东西让他在她面前

---

[1] 约翰·特拉沃塔(John Travolta, 1954—):美国演员、舞蹈家和歌手。

感到自己的无知。比如，她说她从人类学课程里学到人是从动物演变过来的。当他试图就此和她争辩时，她说他的怀疑愚蠢得不值一辩。埃德温不愿意说起话来像她父亲一样，所以他通常避免这样的话题。尽管塞布丽娜喜欢做家务，她仍然相信男女平等。她为他做一些稀奇古怪的食物，比如茄子，还有一种奇怪的放了蔬菜的意大利千层面。她说她知道怎样从头到尾做一个大麦克汉堡，但她从来没做过。她的专长是比萨饼。她在比萨上面放上长条的腌黄瓜，对此埃德温不敢提出任何疑问。她喜欢用一种她称之为具有艺术家气质的方式来做事情。她此刻正和一帮剧院的人在外面吃比萨。塞布丽娜说到"剧院"时是要加重音的。

开上大巴之前，埃德温从来没有和很多人一起工作过。他曾在海上钻油平台上工作过，可是他总是和别人保持距离。他在西部的一个锯木厂开过推土机。在肯塔基，还没离婚那会儿，他曾在铝制品厂、汽车机械厂和无数的加油站工作过，换工作就像换女人一样随便。他曾觉得自己是个冒险家，但是现在他确信自己生活得有点盲目，没有太多的痛苦和失去什么的感觉。

开大巴的时候他有一种亢奋感，这也许就是塞布丽娜对《俄克拉何马！》的感觉。他开的是一辆豪华型的新大巴，有磁带卡座、调频调幅电台、短程无线通信电台和内置急救箱。他上过急救培训课，觉得自己对处理紧急情况有所准备。埃德温必须时刻保持警觉，因为任何事情都有可能发生。从越南回来的人说在那里每时每刻都像这样。埃德温当过兵，但是他从未被派往越南，现在他觉得他漏掉了自己一生中几个关键的阶段，比如对恐惧的了解。埃德温从来没有担当过这么大的责任，他身边也从未有过这么多智障的人。车上的乘客古里古怪，像长得过大的小孩子，举止乖张，不可预测。有的眼睛瞪着空旷处，有的极度亢奋。一个叫弗雷迪·约翰逊的妇女一边漫无目的地踢着前排座椅，一边滔滔不绝地往外喷着词汇量不超过十个的短句。她能说："热！短裤。""《大力水手》开始了吗？""《公爵》开始了！""烧晚饭。"和"上床。"她一说起来就没完。一个长着内八字、身材瘦长难看的男人学会了从自动售货机里买块装巧克力，每天他都带着块装巧克力回家，他把这些巧克力攥在手里，直到把它们捏变了形。一位漂亮的金发女郎每天上车后都要给埃德温看她的牙箍。如果埃德温提起其他话题，她会困惑不解。大巴上的噪声杂乱怪诞——吐痰声、咯咯声、叫喊声、尖叫声。埃德温渐渐学会了在保持车内秩序的同时保持自己的距离。他播放磁带来娱乐乘客，使他们安静下来。事实上，他成了一个DJ，接受乘客的点播，用话筒调动大家，不过他避免采用快速的语调。中心主管曾告诉他，有发育障碍的人（他们总是用这样的术语）需要一个减速的世界；他们跟不上今天的快节奏。所以他播放六十年代那些由"满匙爱"、琼妮·米切尔、多诺万[1]演唱的柔和歌曲。这似乎很有效果,乘客学会了跟着音乐哼唱、拍手。一个叫默尔·科普的男人一直在"身体意识"课上学习拍手。默尔今年四十七岁,他沿着一条乡间小路,要步行两英里(一个小时)才能到车站。他上车的速度慢到折磨人的程度。等他终于上了车,他会做出一个夸张的拍手动作,好像是在祝贺自己终于上来了,但是他从来不让他的两只手碰到一起。默尔·科普脸上总是挂着热忱的笑容,当他努力拍手时,脸上的表情欣喜若狂,看上去比塞布丽娜唱"哦,多么美妙的早晨"还要开心。

十一月十四日那天,是个星期四,埃德温在州际公路和一条名叫以斯拉·康伯斯的石子路的交叉口停车,接一个新乘客。乡间小路的绿色新路牌亮闪闪的,上面是那些在那里居住了三四代的农民的名字。新乘客名叫劳拉·康伯斯,埃德温已经被告知她今年三十七岁,从未上过学。她将要上家政和生存技能这两门课。她一上车,和她同来的人就开着一辆蓝色的车子离开了。劳拉·康伯斯身材高大笨重,嘴里长着龅牙,沿过道往里走时她故意跺着脚,然后"扑通"一声坐在一个叫雷·沃森的年轻黑人身边。雷·沃森搭乘大巴已有三周。他除了离开大巴时对埃德温说上一声"祝你快乐",几乎不说一句话。雷小的时候头上挨了一

---

[1] 都是在20世纪60年代成名的摇滚、民谣乐队或歌手。

拳，造成他轻度痴呆，他患有癫痫，但至今还没在大巴上发过病。埃德温对他格外小心。他在急救课上学到过怎样处理抽搐。

劳拉·康伯斯在雷·沃森身旁坐下后，推了他一把，说："让开点。高兴一点。"

她的声调一点也不高兴。埃德温透过后视镜观察着他们，随时准备采取行动。他沿着一条弯道滑行，把车慢慢停下，去接下一位乘客。磁带放到了头，埃德温在塞进另一盘磁带前迟疑了一下。他听见雷·沃森说："我从来没见过像你这么难看的人。"

"闭嘴，不然我把你扔到车子后面去。"劳拉·康伯斯说话干脆，带有权威性，这让埃德温怀疑她脑子是否真的有毛病。她的头发里混杂着少许灰白和黄色的头发，脸上布满粉刺坑。

雷·沃森说："我才不在乎呢，只要不坐在你身边就行。"

"想要我把你扔到你家的柴火堆里去吗？"

"我敢打赌你能把我直着扔出去，你那么大的块头。"

过了好几分钟埃德温才明白过来他们是在开玩笑。他为雷能开口说话感到高兴，但是弄不懂为什么要通过劳拉·康伯斯这样一个人才能激发他。她是个眼露凶光、令人印象深刻的女人。她嚼着口香糖，嘴张着。

连着好几个星期，埃德温观察着他们之间的相互调侃，每当他觉得应该把他们分开的时候，他们却哈哈大笑起来，还互相拉扯着对方的胳膊。他们之间发展起来的既轻松又亲密的关系让埃德温迷惑不解，可是他突然觉得自己对一个二十岁女孩的所作所为是多么愚蠢，比眼前的事情还要离奇得多。他听见雷问劳拉："难道你是在'摇尾巴小猪'[1]那里理的发？"劳拉把头发梳成辫子，看上去像是在周一草草编了一下，然后一周里就再也没碰过。劳拉说："我可不想让鸟在我头发里做窝。"

埃德温接受乘客的点播。劳拉每天都要听《堡贾戈先生》[2]，雷要求埃德温放猫王圣诞专辑里的歌。他们就各自的品位争吵，都说对方最喜欢的歌难听死了。

劳拉告诉雷她从来没听说有喜欢猫王的黑人，雷说："黑人的很多方面你都不知道。"

"哪方面？"

"那是我应该知道的，而你得靠你自己去发现。你属于月球。白人都属于月球。"

"你属于大西洋。"劳拉说，笑得弯下了腰。

一天，当埃德温把这两人之间的滑稽事告诉塞布丽娜时，她说："太令人沮丧了，简直不知道该说什么。"

"他们比你想象的要聪明得多。"

"我真不知道你怎么忍受得了。"塞布丽娜打了个冷战。她接着说："在森林里，有缺陷的动物是无法生存的。早期的人类也是

---

[1] 美国第一家现代化超市，其商标是一头摇尾巴的小猪。
[2] 发行于20世纪60年代的一首乡村歌曲，收录在同名专辑中；歌曲后被多次翻唱。

这样，人们会把残废的婴孩丢掉。"

"如今不同了，"埃德温说，他有点惊恐，"现在他们有生存的权利。"

"好吧，我要说一件事。如果我怀上了一个痴呆儿，我就去流产。"

"这是谋杀。"

"全在你怎么看这件事。"塞布丽娜一边说，一边调换收音机的台。

他们在吃中饭。塞布丽娜做了一条西葫芦面包，原因是苏给杰夫做过一个。埃德温不明白这中间的道理，但是他把这看成是一种恭维。她又给他切了一片面包，在上面抹上人造黄油。他有过的女人都很会做饭。也许他对她们恭维得不够。他突然脱口说出一大堆称赞西葫芦面包的话，塞布丽娜奇怪地看着他。这时他才意识到她的注意力在收音机上。"休曼斯"[1]正在唱一首关于偏执狂的歌，歌的开头是："注意了，K玛特超市的购物者们，装满你的手推车，马上就要到点了。"这是塞布丽娜最喜欢的一首歌。

"我的乘客大多数是穷得叮当响的乡下人，"埃德温说，"要是搁在过去，他们会被关在阁楼里，或是哪个畜棚里。现在他们乘

---

[1] 加州圣克鲁斯的一个新浪潮乐队，成立于1976年。

坐大巴去上学，享受美好的生活。"

"阁楼里？我从来没听说过。我就是个乡下的穷姑娘，我从来不知道这些。"

"这个谁都知道，"埃德温说，略感欣慰，"但是千万别说你是个乡下穷姑娘。"

"本来就是。爹地说要是我回老家，他会给一头牛让我来养。了不得。我最害怕的就是在乡下待一辈子，养一大群蓬头垢面的小鬼。就像你大巴上的那些角色。"

埃德温不知道该说什么好。歌唱完了。最后一句歌词是："他们正透过落地窗往里看。"

塞布丽娜把盘子清走那会儿，埃德温在练习缠绷带。他一直在复习他的急救教材。"我想让你帮我练习一下上一个简单的夹板。"他对塞布丽娜说。

"如果我断了一条腿，就不能演《俄克拉何马！》了。"

"你的腿断不了。"他拿起夹板。那是一只兄弟会的木桨，一件她大学时期的礼物。她坐下来，伸直了腿。

"我受不了这个。"她说。

"我只是练习一下。我得有所准备，说不定就碰到一起紧急情况。"

塞布丽娜有点畏缩，埃德温往她脚踝上绑兄弟会木桨时她闭上了眼睛。

"太完美了。"他一边说，一边把结打牢。

塞布丽娜睁开眼睛，晃了晃脚。"吉姆说他肯定我能在《与父亲生活》中扮演一个角色。"她说。吉姆是《俄克拉何马！》的导演，她加了一句，"杰夫可能会演主角。"

"我猜你是想让我嫉妒。"

"不是，我没有。那又不是什么爱情故事。"

"那就好。这是你想做的事吗？"

"我不知道。你觉得我应该回学校修一门戏剧课吗？这会是一段很好的经历，看起来我短期内也找不到工作。没有谁在雇人。"她不耐烦地晃着腿，埃德温开始拆绷带。"你觉得我该干什么？"

"不知道。我从来不知道该给你提供什么样的建议，塞布丽娜。我能知道什么？我不像你上过大学。"

"我希望我有很多钱，这样我就能回去上学。"塞布丽娜伤心地说。兄弟会木桨掉到了地上，她忙用双手捂住脸："哦，天啊，真不敢想象断了一条腿我会怎样。"

音乐剧两周后上演，在圣诞节期间，塞布丽娜一直在做她的戏服——两件几乎完全相同的带条纹的棉布服装。她把戏服穿给埃德温看，还把要跳的舞跳给他看。埃德温拍手喝彩，她给他做了个谢幕动作，就像导演要求她做的那样。现在塞布丽娜做每一件事都像是在表演。切西葫芦面包时，由于面包变得太硬，她不得不采用锯的方式,这是一种表演。她带着夹板坐在厨房椅子上时,好像自己面前就坐着观众。埃德温也一直进行着他自己的表演,在大巴上。他模仿WKRP台的强尼·费佛博士,因为他喜欢低调,摆酷。但是他不愿意把他的唱片骑士角色告诉塞布丽娜,因为她不再与他一起看辛辛那提WKRP台。她去排练的时间提早了。

也许是出于对《俄克拉何马!》中多愁善感音乐的抵制,或者是一种必然的进程,埃德温发现自己在放迪伦[1]的歌,还有詹尼斯·乔普林[2]唱的歌,没有一首是过于狂热的。乘客们愉快地摇晃着脑袋,或者用拳头敲打着什么。想到历史就这样从他们身边流过,埃德温感到一阵心酸,可是有时他觉得自己的生活也不过如此。他开着车,一边播放老歌,一边回想自己从前的生活。和第一任妻子在一起的时候,他在一个加油站工作,为一栋房子的首付攒钱。他一边吃着洛伊斯·安用托盘端来的食物,一边观看着电视里的那场战争。这简直就像是一出连续剧。洛伊斯·安之后,是他的西部之行,然后是卡罗林和另一栋房子的首付,还有那场战争的更多片段。卡罗林有固定的时间表——周一吃猪

---

[1] 鲍勃·迪伦(Bob Dylan, 1941—):美国通俗歌曲的一代宗师,对美国通俗音乐和文化有长达五十年的影响。他创造的歌曲《随风飘去》成为反战运动的圣歌。

[2] 詹尼斯·乔普林(Janis Joplin, 1943—1970):美国歌手、作曲家、画家和舞者。学生时代因其与众不同的穿着打扮而遭到同学的嘲笑。

扒,周二吃鸡。周四吃什么他一点也想不起来了。他觉得很可怕,通过食物来回想自己的老婆,把战争记成了电视连续剧。他的生活是一个延迟了的反应。他觉得自己和塞布丽娜差不多大。他在放那些十五年前自己理解不了的音乐,现在听起来它们充满了各种可能性:"感恩而死"[1]"杰斐逊飞机"[2],这些极具想象力的组合。多年来,埃德温第一次觉得自己在成长、在变化。大巴上的乘客让他心中充满一种从未有过的同情感。当弗雷迪·约翰逊学习新单词"大巴"时,埃德温竟然有一种欣喜若狂的感觉。他感到自信。如果有必要,他可以跟他的乘客一直开到加利福尼亚州去。

一天,一个瘦得像豆荚、有语言障碍的女孩递给埃德温一盘磁带,想让他放。她叫卢·墨菲。埃德温一直在鼓励她说话,可是今天他突然就把带子退还给了她。

"我不喜欢'原生质'[3],"他解释说,享受着自己的权威,"我不放新潮流的歌。我有一套经典老歌,我只放六十年代的玩意。"

女孩接过磁带,在劳拉·康伯斯身边坐下。雷·沃森今天缺

---

[1] 1965年成立于旧金山湾区的摇滚乐队,以其独特的和折中风格著称,它融合了摇滚、民歌、蓝草、蓝调、雷盖、乡村音乐、即兴爵士、迷幻摇滚和太空摇滚等多种元素。

[2] 美国旧金山的一支摇滚乐队,成立于1965年。它是迷幻摇滚运动的先驱。

[3] 美国重金属和朋克乐队,由耶鲁大学艺术院校毕业生罗德·斯文森和歌手温迪·威廉姆斯组成。这是一个极具争议的乐队,以打破各种禁忌的疯狂演出著称,摔吉他,砸音响。主唱威廉姆斯曾因公共场合猥亵罪被捕。

席。卢开始揪自己的头发，磁带在她的大腿上颠簸着。劳拉也激动起来，摇晃着她的膝盖。这两人让埃德温想起了通过晃动漆罐搅和油漆的震动机。

埃德温拿起麦克风，说："如果谁想听新浪潮的歌，那你只能去搭乘另一辆大巴。现在让我们回到那些经典老唱片上来——詹尼斯·乔普林的《再使一点点劲》。"

卢·墨菲随着歌声点头。劳拉吐出的口香糖泡泡发出气枪的声音。过了一会儿，又接了一位乘客之后，埃德温瞟了一眼后视镜，看见劳拉正在玩那盘"原生质"乐队的磁带，把带子往外扯着，卷曲的带子堆成了一堆。卢似乎想要尖叫，但她发不出声音来。没等埃德温把大巴停下，劳拉已把磁带从窗口扔了出去。

"你不喜欢它，克里奇先生。"当埃德温在路肩上停下车，沿着过道走过来时，劳拉说："你说过你不喜欢它。"

埃德温从来没有听到有谁说起话来如此地实事求是，表现得又是如此地理性。他听说自从上课以后，劳拉学会了布置餐桌、换衣服和打电话。她甚至在培训中心找到一份工作，给种子和旧衣服分类。她专横狂放，同时又脆弱而易受伤害，詹尼斯·乔普林肯定也是这样的。埃德温设法把卢换到了前排的座位。她静静地抽泣着，下巴在抽搐，埃德温意识到他自己也在战抖。他感到羞愧。不管怎么说，他不是为了出什么名才来开大巴的。可是他当时却坚持按自己的规矩行事，再怎么道歉解释也没有用了。

埃德温不想把这件事告诉塞布丽娜。她的心思全放在了音乐剧上,听埃德温说话时经常心不在焉。埃德温已得出结论,怀疑她有个情人简直是愚蠢之极。音乐剧才是她的挚爱。她的神经眼看就要绷断了。一个寒冷的下午,在《俄克拉何马!》上演前的一个周末,他建议开车去肯塔基湖转转。

"你需要休息一下,"他告诉她说,"放松一下。我真替你担心。"

"没什么,"她说,"就两句不起眼的台词。我又不是大牌明星。"

"如果你是呢?你会去做流产吗?"

"你说什么呀?我又没有怀孕。"

"你有一次说过你会。忘记了?"

"哦。如果婴孩会像你大巴上的人那样恐怖,我就会。"

"可是你怎么能知道他会是那样的呢?"

"能知道。"塞布丽娜眼睛盯着他,随后笑了起来,"借助科学。"

初冬时节,湖边一片荒凉。岸边的沙滩被水冲刷得干干净净,湖水清澈暗淡。他们沿着水边散步,不时听到"湖间地"[1]的荒野里传来的一两声枪声。埃德温的脑袋里全是《带顶棚的四轮马车》那首歌曲。他希望自己能像劳拉·康伯斯把原生质乐队的磁带扔出窗外那样,把《俄克拉何马!》里面的音乐统统扔进湖里。他忽

---

1 肯塔基湖和巴克利湖之间的一块陆地,面积约为688平方千米。
2 音乐剧《俄克拉何马!》里的一首歌曲。

然想到：音乐剧演完以后，塞布丽娜的失落感将是他难以应付的。

当塞布丽娜就罗杰斯和哈默斯坦的"艺术意图"发表自己的看法时，埃德温说："你知道詹尼斯·乔普林怎么说的？"

"不知道，怎么说的？"塞布丽娜把她跑步鞋的鞋尖插进沙子里。

"詹尼斯·乔普林说：'我不写歌。我只是把它们编凑起来。'我觉得这样更聪明。"

"很好笑，我估计。"

"她说她要去得州的阿瑟港参加高中同学聚会。她说：'到时轮到我好好地笑上一番。他们把我嘲笑出了班级，嘲笑出了镇子，嘲笑出了德州。'"

"看样子你把这一段全记住了。"塞布丽娜望着天空说。

"我在电视上看到的，那天晚上你不在家，《迪克·卡维特[1]秀》的旧带子。好像挺值得记住的。"埃德温把双臂环绕在塞布丽娜像棍子一样细的腰间。他说："你不在家的时候我看了很多电视。"

野鸭在水面着陆，像滑水运动员一样快速滑落到水面上。塞布丽娜似乎被它们打动了。他们站在那里，直到最后一只野鸭落

---

[1] 迪克·卡维特（Dick Cavett, 1936— ）：美国著名的脱口秀主持人，在美国多个电视台主持过多种白天和晚间的电视节目。这里说到的是他从1968年至2007年先后在多家电视台所主持的访谈节目。摇滚乐队的歌手一直是他访谈节目里的主要客人。

了下来。

埃德温说:"我敢打赌你不可能不记得詹尼斯·乔普林。你那时还是个小姑娘,塞布丽娜。总有一天你会觉得《俄克拉何马!》也很无聊的。"

塞布丽娜搂住他的胳膊。"那也无所谓。"她爆发出一阵大笑,"你严肃的时候样子很可爱。"

埃德温抓住她的手,把她一把拉过来:"听着,塞布丽娜。我这辈子从来没有这么认真过。只在现在,在我生命的这一时刻——这一周——才变得认真起来。"他被自己说出的话吓住了,于是加上一个把下巴上的凹痕都拉开了的笑容。"我对你是认真的。"

"我知道。"她说。她拉着他的手,领着他穿过树林,沿着水边往前走。"但是你从来不相信我多么在乎你。"她说,把他拉近她,"我觉得我们相处得非常好。这就是为什么我希望你能娶我,而不是像现在这样混下去。"

埃德温像浮出水面的游泳者一样大口喘着气。岸边很冷。又一只野鸭滑落到水面上。

《俄克拉何马!》连着演了四晚,还加了一个白天的场次。埃德温一共看了三次,他吃惊地发现自己竟然很喜欢这部戏。塞布丽娜说台词时每次都不一样,每晚她都要讨论其效果。埃德温告诉她，她是剧组里最漂亮的女人，她的台词也很可爱。他想和塞布丽娜结婚，尽管他还没有把这个愿望说出来。他希望自己能给她买一艘快艇，作为结婚礼物。她要他找一份薪水好点的工作，她的计划包括在湖边小木屋度蜜月。塞布丽娜提出结婚让他觉得怪异。他把她看成解放了的女性。音乐剧是老派的，假得很。杰夫和苏之间不自然的爱情戏带有喜剧效果，一点不像塞布丽娜提到的那种激情和偷情。她把他俩比作鲍嘉[1]和苞考尔[2]，但是埃德温不记得她是指杰夫和苏剧中的角色，还是指他俩之间的风流韵事。塞布丽娜怎么知道鲍嘉和苞考尔的？

在杰夫家举行的剧组派对上，杰夫和苏公开表露亲密，由于他们是在扮演他们的科里和劳蕾角色，别人也不能说什么，可是最终杰夫的老婆，那个为六十位客人做了火腿、土豆沙拉、雪芳蛋糕、蛋奶酒和酸果蔓潘趣酒的女人，从派对上突然消失了。杰夫急忙开着他的科迈罗跑车去找她。塞布丽娜对埃德温耳语道："你看苏装得就跟没事一样。她正和那个演查德·弗雷的家伙调情呢。"塞布丽娜兴奋地垫着脚尖跳来跳去，杰夫的房子给她留下了很深的印象，还有那些柳条家具和长绒地毯。

---

[1] 鲍嘉（Humphrey DeForest Bogart, 1899—1957）：美国著名男演员。美国电影学院把他列为美国电影史上最伟大的男影星。

[2] 苞考尔（Lauren Bacall, 1924—2014）：美国电影和舞台剧演员、模特，以其独特的沙哑嗓音和撩人外貌著称。

派对上埃德温喝了太多的潘趣酒，大多数时间里他都坐在那张柳条情侣椅上，看着塞布丽娜在房间里跑来跑去，为她的成功高兴得喜笑颜开。她脱掉了演出服，穿一件前面画着一道彩虹、胸部画着几袋黄金的T恤衫。他意识到自己是多么的以她为傲。她的面孔像白蘑菇一般光滑，编起又放开的头发弄出了很多波浪。他看着她与一些剧组成员聚集在钢琴前，唱着剧中的歌曲，他们好像不忍心音乐剧就这么结束了。塞布丽娜似乎属于他们，这些表演戏剧的人。埃德温知道他们其实不算什么戏剧演员，他们只是些利用业余时间排一场音乐剧的本地商人。但是埃德温也不过是个开大巴的。他应该去找一份好一点的工作，这样他就能送塞布丽娜去上大学，但是他知道他必须照顾他的乘客。他像熟悉《俄克拉何马！》里的音乐一样熟悉这些乘客的面孔。他几乎听到了弗雷迪·约翰逊叫出她喜欢的电视节目："《大力水手》开始啦！《公爵》开始啦！"他看见塞布丽娜含情地看着他。歌手们大声喊着："俄克拉何马，O.K.！"

塞布丽娜给他端来一杯潘趣酒，与他一起坐在情侣椅上，抓住他的手。她说："吉姆明确地告诉我下学期应该在默里州立修一门戏剧课。他真的很给我打气。他说：'为什么不一边演戏、一边选一两门课呢？'我可以开车来回。你觉得呢？"

"为什么不呢？你想干什么都可以。"埃德温玩弄着她的手。

"杰夫在默里修过两门课，你看他现在多棒。你不觉得他很棒吗？我喜欢他起舞时的可爱样子。"

埃德温有点醉了。他发现自己在告诉塞布丽娜他怎样在大巴上充当唱片骑士，向她坦白他为自己吹嘘经典老歌的那副样子感到羞愧。他的头在旋转，与塞布丽娜的前途相比，这些话题显得那么微不足道。

"你为什么不放新浪潮呢？"她问他，"大家都喜欢听。"她朝那台立体声音响点了点头，那里面正播放着"B-52s"演唱的《你住在你自己的爱德华》，埃德温常听这首歌，通常是在塞布丽娜晚上放松自己并投入他怀抱的时候。音乐很激烈，没什么意义，节奏快得像一个发了疯的家长在虐待他的孩子，毫不留情地鞭打着。

"我也说不清楚，"埃德温说，"我不该对卢·墨菲说那些。我很内疚。"

"她不知道这里面的差别的，"塞布丽娜说，"别太把这当回事了。人们说话总是很随便的，反正大家有一半时间说的都不是他们想的东西。"

"你真会说话，俄克拉何马小姐！"埃德温大笑起来，洒了一点潘趣酒在情侣椅上，"你，还有你的两句台词！"

"只不过是几句台词而已。"她说，冲他微微一笑，并把手指捅进他的凹痕。

埃德温的一些乘客送他圣诞礼物，礼物包得皱皱巴巴的，标签上面歪歪斜斜地写着他的名字。埃德温把这些礼物放在一个抽屉里，被塞布丽娜发现了。

"你不准备打开这些礼物吗？"她问，"我好奇死了，想知道里面到底是什么。"

"别动，我迟早会打开它们的。"埃德温不用打开就知道里面是什么。一瓶剃须水、一条领带（他从来没打过领带）、三盒外面裹着巧克力的樱桃（他偷看过其中一盒，其余两盒的形状和那盒一模一样）。这些礼物让人伤感，埃德温差点哭了。他没有勇气把大巴上发生的事情告诉塞布丽娜。

圣诞节放假的前一天，在大巴上，雷·沃森的癫痫症突然发作。那一周埃德温放了很多迪伦的歌，甚至还放了几首"滚石"的歌。除了固定为雷播放的猫王专辑外，没放任何圣诞音乐。后来，几乎想都没想，他就采纳了塞布丽娜的建议，改变了音乐的风格。这似乎是个合理的进程，自然得就像塞布丽娜草药成分的化妆品，和她像蘑菇一样的面孔。改变始于"大门乐队"[1]——吉姆演唱的《点燃我的火》，这是一首很长的歌，从镇子一端的饲料加工厂一直放到镇子另一端的炼油厂。乘客喜欢它拖得这么长，有人在摇头跺脚。埃德温后来意识到，整个大巴当时处于一种疯狂的状态，他应该知道他正把乘客引向灾难，可是这段音乐显得那

---

[1] 1965年成立于洛杉矶，摇滚乐史上最重要的迷幻摇滚乐队。《点燃我的火》（*Light My Fire*）收录于他们的第一张专辑，是他们播放率最高的歌曲之一。

么恰当,"大门乐队"是连接过去和现在的桥梁,跨越了那些空洞的岁月——他的婚姻,动荡的年代——把他的青春和现在坚实地连接在了一起。那天埃德温从收音机里录了更多的歌("亚当和蚂蚁""挤压""B-52s""迷幻毛皮""飞行蜥蜴""弗兰基和绝代佳人"[1]),他承诺给卢·墨菲一盘新的原生质磁带。新浪潮大获成功。埃德温相信乘客们明白他在做什么。疯狂的节奏是他们饱受挫折、毫无目标生活的最佳诠释。埃德温觉得他的乘客在成长壮大,像《俄克拉何马!》剧中的玉米,也像他自己的认知。新浪潮连着播放了两天,直到雷的癫痫症发作。埃德温不知道到底发生了什么,有可能是劳拉·康伯斯把雷推倒在了走道上。埃德温当时正开到高速上一个尴尬的地段,他不得不快速跨过一座桥梁,再翻过一座小山包,才找到一个可以停车的地方。大巴上的人都在发出奇怪的噪音,喘息或者拍手,有人在模仿雷的痉挛。弗雷迪·约翰逊在说:"《大力水手》开始了!《公爵》开始了!"雷躺在地上,头往后仰,嘴里吐着白沫,像一个触了电的人一样抽搐着。劳拉·康伯斯弯腰站在座位上,张着嘴,用手指着埃德温,惊恐得说不出话来。混乱中,"飞行蜥蜴"乐队单调地喊着:"我将把这个问题提交联合国。夏日忧郁没法治愈。"

埃德温遵循他学到的所有急救步骤。他解开雷的衣服,扇

---

[1] 以上均为新浪潮风格的乐队。

他的嘴巴，侧过他的身体。雷皮肤的颜色就像那个内八字男人收集的巧克力棒的颜色。埃德温冷酷地回想起急救手册上具有讽刺性的保证：癫痫发作时，病人脸部的颜色并不重要。去医院的路上，埃德温插进一盘多诺万的磁带。为了让自己平息下来，他跟着磁带低声哼唱。"我为藏红花疯狂。"他唱道。歌的曲调轻松愉快，歌词像是地里生长的水仙花。乘客们在尖叫。埃德温一路上听着他们尖叫，拖得长长的尖叫声此起彼伏，形成一阵谴责的哀号——怪诞，不可思议。

领班表扬了埃德温对雷的处理和送他去医院的迅疾反应，中心里见到他的人都向他表示祝贺。雷的母亲送给他一个用粗面饼干屑和棉花糖做成的水果蛋糕。她还写了一张感动人的字条，感谢埃德温救了她儿子一命，没让她儿子把自己的舌头吞进肚子。埃德温不停地想：他所做的没什么了不起；人怎么会把自己的舌头吞下去；雷癫痫症发作是他埃德温的错。他不觉得自己是个英雄。他感到自己有点狼狈。

塞布丽娜似乎根本不知道什么叫狼狈。她充满了希望，像圣诞节一样。《俄克拉何马！》对她来说只是一个开端。她在麦当劳找到了一份新工作，在《与父亲生活》里拿到一个好角色。她计划下学期起开车往返默里州立大学，修一门戏剧课和一门满足学分要求的西方文明史。她似乎已经认定埃德温会娶她。他觉得很奇怪，这件事上反而是自己说了算。当她说到婚后要保留自己的名字时，埃德温在想这到底又是为什么。

"如果我们结婚，我父母会很高兴的，"塞布丽娜解释道，"对他们来说，生活在罪恶之中比和一个年纪大的男人发生关系更糟糕。"

"我以前没觉得我有那么老，"埃德温说，"但是现在我知道了。我觉得我过去得了发育障碍症，现在突然好了。就像弗雷迪·约翰逊学会了认字。我就是这种感觉。"

"我从来没觉得你落后，我说的是不进取。"塞布丽娜被自己的笑话逗乐了，"我肯定你会给爸爸妈妈留下好印象的。"

明天，她要去三十英里外她父母的农场，去过圣诞节，她已经邀请埃德温与她一起去。他不想让她失望，也不想过一个没有她的圣诞。她把她的圣诞卡挂在客厅和厨房之间的一根红绳子上。她正在做甜饼干，埃德温有种感觉，她往饼干里加了些奇怪的东西。她浅色的细发搭在脸上，牛仔裤上粘着面粉。

"给你看一样东西。"埃德温说，他拿出一个杂货店装照片的信封。"这是我的一个乘客默尔·科普给我的。"

"哪一个？那个有痉挛症的？"

"不是。是不停拍手的那一个。他和一大堆兄弟姐妹住在兰利洼地那边，那种典型的乱伦家庭。用你的话说——整个家庭都很落后。他四十七岁了，走到哪里脸上都挂着笑容，拍着手。"埃德温演示着。

他用红色和绿色的小衣夹把这些照片夹在塞布丽娜挂圣诞卡

的绳子上。"你看看,告诉我你怎么想的。"

塞布丽娜半眯着眼,一路看过去。她的双手沾满了面粉,她把它们放在胸前,就像从她演员朋友那里学来的抱着一个看不见的婴孩的样子。

这是一些黑白快照:装在裂了缝的盘子里的煎鸡蛋、盖着油布的桌子、一瓶番茄酱、一根栅栏柱、放在树墩上的生了锈的拖拉机座椅、一间存放玉米的谷仓、一扇塌了的门、一个马桶座、一头牛,最后一张是一匹马的屁股。

"我不想看了,"塞布丽娜说,"太恶心。"

"我觉得它们很艺术。"

塞布丽娜大笑起来。她一张一张地指点着照片,面粉粘在其中几张上面。随后她咯咯地笑个不停。"你想象得出洗照片的人看见这个马屁股后会怎么想吗?"她喘着气。她的笑声一直不断,最终变成一种轻微的呜咽,慢慢停了下来。她接着回去做饼干,在她切饼干那会儿,埃德温取下照片,把它们放回到信封里,把信封藏在放圣诞礼物的抽屉里。塞布丽娜把放着饼干的锡纸放进烤箱后,洗了洗手。

埃德温问:"那些饼干烤好要多久?"

"十二分钟。怎么了?"

"我再教你点别的——万一你哪天用得上,CPR 技术——就是心肺复苏术,万一你已经忘记了的话。"

塞布丽娜看上去有点烦。"我情愿做海姆立克急救法[1]，"她说，"另外，你已经在我身上练习过上百次 CPR 了。"

"我不是在练习。我没必要再练习了。我早过了那个阶段。"埃德温注意到塞布丽娜困惑的表情。想到那支让她的呼吸带着干草味的茴香牙膏，他心中涌起一股怀旧之情，好像她已经成为一个记忆。他说："我只想让你感觉一下是怎么回事。快点。"他把她领到沙发跟前，让她坐下。她的手还是湿的。他说："现在你假装一下。像这样弯下腰来。假装你疼得不得了，在这儿，胸口这儿，就在这里。"

"像这样？"塞布丽娜弯下身子，头发落到了她的膝盖上，她把拳头抵在两个乳房之间。

"对。就在你的心口上。"

---

[1] 美国海姆立克医师发明的一种急救法，救援者站在患者背后脚步成弓箭步，前脚置于患者双脚间，两手环绕其腰部，一手握拳，拳头之大拇指侧与食指侧（俗称拳眼），对准患者肚脐及胸骨剑突之间，另一手握紧拳头，快速往内往上挤按，使横膈膜突然向上压迫肺部以喷出阻塞气管内之异物。

第三个星期一

鲁比看着琳达,她正手拿一件围兜大呼小叫,接着她又拿起一件厚绒布的儿童睡衣。这是一个有点特殊的准妈妈迎婴派对,原因是琳达已经三十七岁了,而且未婚。鲁比因此很钦佩琳达。琳达甚至拒绝和婴孩的父亲,那个曾经许诺送她一个自助洗衣连锁店的外来男子结婚。后来大家发现他什么连锁店都没有,他是为了献殷勤才那么说的。琳达都不知道他现在人在哪里,也许在纳什维尔吧。

琳达笑容满面地看着从面包店买来的蛋糕,蛋糕上涂有粉色的装饰图案和"欢迎,霍莉"几个字。"知道是个女孩真让人高兴,"她说,"可是从某种程度上说,却像提前知道了你的圣诞礼物是什么。"

"二十世纪剥夺了生活中所有的神秘。"鲁比轻松地说道。

鲁比受到了与琳达相同的贵宾待遇。贝蒂·刘易斯让她坐在一张舒适的椅子上,又给她端来了蛋糕和冰激凌。自从鲁比做了乳房根治性切除手术,贝蒂、琳达和保龄球队的其他成员都对她敬佩有加。她们称赞她的勇敢和幽默。在她做手术之前,她们突然有了说不完的励志故事,都跟成功的乳房切除手术有关。她们向她说起贝蒂·福特[1]和"开心"·洛克菲勒[2]。开心……现在大家都很开心。琳达看上去就很开心,因为南希·范特斯通把扎礼物的彩带穿过一个有洞的纸盘,做成一个很搞笑的新娘花束。南希有点艺术细胞,她解释说这是这种派对的传统。琳达很开心。她旋转着那个花束,彩带像水母的触须一样晃动着。

检查出鲁比乳房上的肿块后,医生建议她去做乳房 X 光检查。在 X 光照射间里,她搂着一个从一根金属圆锥体上吊下来的泡沫塑料篮球。技师是个身体虚弱的男子,穿着花呢长裤,外面套了件工作服,他打开开关后离开了房间。机器发出嗡嗡的响声。他

---

[1] 贝蒂·福特(Betty Ford,1918—2011):美国前总统杰拉尔德·福特的妻子,乳腺癌康复者。

[2] 玛格丽特·洛克菲勒(Margaretta Large Fitler Rockefeller,1926—2015):美国前副总统纳尔逊·洛克菲勒的妻子,因其开朗、外向的性格,被人们称作"开心"·洛克菲勒。她也是乳腺癌康复者。

像摄影师给模特儿拍摄各种造型的照片一样，一连拍了好几张 X 光片，他用手来测量距离，就像别人测定马匹高度那样。"我的指示灯坏了。"他解释说。鲁比仰面躺着，乳房平摊开来，技师往工作台下方抽屉里塞进一个 X 光光板。他让她把臀部抬高一点，又在下面垫了一个垫子。"最后一张需要重照。"他说，"角度不对。"他让她屏住呼吸。机器先"吱"了一声，然后晃动了一下。穿好衣服后，他给她看打印在复印纸上的 X 光片。鲁比在像是地理书上的降雨图似的曲线里寻找着肿块。她乳房的轮廓很好看——一条柔软轻快的曲线。技师没对照片上的东西发表看法。"让放射专家去解读吧，"他带着一种特别的微笑说，"他是我们的首席算命师。"鲁比告诉保龄球队的女人们，说她把自己的乳房给复印了。

她在意的那个男人并不知道这些事情。她已经出院一周了，十天后他就会再来这里。她在想他会不会感到嫌恶，像是她被人强奸了，或是他的财产受到了侵犯。根据她读到过的一篇文章，一般男人的反应都是这样的。但巴迪不是这种男人，她也不是他的财产。她一个月只见他一次。他有可能在哪儿有老婆或女朋友，但她不太相信。他答应下次去肯塔基西部时带她去他家。他住得很远，在田纳西的东部，他常年游走于各个跳蚤市场，交易猎狗和小刀。她是在一个叫作"第三个星期一"的集市上认识他的，那是个每个月的第三个星期一定期举办的跳蚤市场。鲁比第一次去那儿是和贾尼斯一起，那天她不上班，她们去淘一些和贾尼斯家糖罐配套的粗玻璃器皿。鲁比在高速公路边上的树林里闲逛，那个小橡树林里有上百条狗在呜咽咆哮，贾尼斯去了卖旧盘子和小雕像的摊位。鲁比本打算一会儿就去找贾尼斯，但是她被那些狗吸引住了。它们悲伤的眼睛和可怜的叫声让她备感难受。她还是个孩子的时候，她的狗被意外地锁进存放玉米穗的仓库里，给活活热死了。她察觉到自己看狗的时候有一个男人在注视她。他头上的鸭舌帽像遮阳篷一样遮住了他那双锐利的眼睛，他的蓝夹克背后绣着"哈特谷浣熊俱乐部"几个字，是用金线绣出来的，红衬衣上的搭钩是用珠子做的，牛仔裤的裤缝笔直，像是有女人特意为他烫过一样。他突然抓住鲁比的胳膊，说："你在看什么，小娘子！你想要能上树的家伙吗？"

他就是巴迪·兰登，他想卖一条猎狗给她。他看上去一副很认真的样子。她是想要一条能猎浣熊的猎犬呢，还是一条能捕飞禽的狗？捕飞禽的狗的麻烦是它们喜欢到处跑，会经常跑丢，他说。他推荐佐治亚的红骨犬，因为它们既聪明又有耐心。"红骨犬跳得高，能上树，但它不怎么叫唤，"他说，"是一种勇敢善战的狗，不会对着你鬼哭狼嚎。"

"我为什么要一只浣熊猎犬？"鲁比说，希望他有一个好点的答案。

"那么你肯定是想要一条捕飞禽的狗了。"他说，"你是喜欢打野鸭呢还是打野鹅？我有一些浣熊猎犬，曾经跟我一起追过一头豹猫，结果白跑了一趟。那个家伙领着我们跑了大半个肯塔基。这个王八蛋就是不肯上树，把我的狗全累趴下了。"他一边拍手，一边大声地说着。

他的小货车后面放着八十个装狗的空板箱，那些狗已经被他拴在了两棵树之间的一根绳子上。鲁比小心地走近它们，它们朝前猛跃，直到被拴在身上的链子拉住。

"那条小比尔格是条最好的猎狗。"巴迪对一个戴着蓝帽子、悄无声息走近的男子说。

"他叫起来是什么样的？"男子问。

"像音乐一样动听。"

"我不需要一条猎兔狗，"男子说，"我地里一只兔子都没剩下。我需要一条好的浣熊犬。"

"这条棕黑色的很有冲劲。"巴迪说着拍了拍那条狗头上的一个黑斑。那个斑点像一顶小帽子。"它爹妈都有冲劲，他也一样。这条狗不会去追逐那些垃圾的。"

"什么是垃圾？"鲁比问。

"臭鼬，负鼠。"巴迪解释说。

"我这辈子只碰到过两个能够一起打浣熊的女人。"戴蓝帽子的男子说。

"这位女士声称要一条捕飞禽的猎狗，但我觉得我可以让她成为一个猎浣熊的好手。"巴迪说着对鲁比咧开嘴一笑。

那个男人走开了，他弓着背在点一根烟，巴迪·兰登唱了起来："你除了是条猎狗，什么都不是。"他对鲁比说："我本来可以成为猫王的。但感谢上苍我没有。你看他，发胖，死翘翘了。"他接着说："'从早哭到晚，连只兔子也逮不到……'我喜欢狗。不过我告诉你一件事：我从来不让狗进屋。你知道为什么吗？它们会变得太温顺，忘记自己是干什么的了。别忘了，狗就是狗。"

巴迪拉着鲁比的胳膊肘，领着她在集市上游逛。走过卖塑料玩具和厨房用具摊位时，他说："垃圾。"他给鲁比买了一听可乐，又从一个农民那里买了点玉米。"今晚我想吃点烤玉米。"他说。

"我听见你的狗在喊你了。"鲁比听到远处比尔格深沉的叫声后说。

"它们喜欢我。多待一会儿，你也会喜欢上我的。"

"你凭什么就觉得自己长得帅？"鲁比说，"又凭什么觉得我要买一条狗？"

他对她的问题报以挑逗性的一笑。他皮带上有一个很大的银带扣，上面刻着一个耷拉着耳朵的狗头。他的手厚实有力，扁大指甲的周边全是黑垢。鲁比喜欢他的小胡子，还有就是他下巴翘起来的样子，好像要用下巴去够他的帽檐。

"那条有斑的浣熊犬你想卖多少？"她问他道。

当晚巴迪带着甜玉米和牛排去了鲁比家，玉米的外皮已经枯掉了。鲁比烤牛排煮玉米穗那会儿,巴迪从小货车上往下卸狗。他把它们拴在她家的晾衣绳上,喂它们食物和水。停在鲁比车道上的小货车就像电视台"实况新闻"节目的面包车一样引人注目。她希望能引起邻居们的注意,只要她愿意,她也可以有一个男人。

晚饭后,巴迪用剩下的骨头和肥肉喂狗。为争抢食物,狗儿们拉着绳索往前猛扑,巴迪朝它们大声咆哮,逼它们后退。"你必须让它们知道谁是老大。"他朝鲁比喊道,后者正坐在屋后的凉台上,面带钦佩地看着眼前的一切。这有点像一群人在玩"我来!我来!"[1]的游戏。

后来,巴迪从他的卡车里拿出铺盖卷,在客厅里安顿下来。当他进到她的卧室,说他睡不着时,她没有拒绝他。她觉得这个时机正合适;她最近刚买了一张双人床。他们一直聊到很晚,他给她讲打猎的故事,仍然假装她对猎狗感兴趣。她也假装确实有兴趣,问了他一打的问题。他说他以做交易为生——买卖任何能赚点小钱的东西——翻新轮胎、车子、旧牛奶罐和奶油分离器等。他喜欢自己饲养和训练出来的猎狗,但并不会因卖掉它们而感到难受。狗有的是。

"喜欢狗就像喜欢密西西比河,"他说,"尽管它总在流动,颜

---

[1] 一种儿童游戏,一个孩子做"母亲",给出向前走几步指令,孩子们必须服从,也可以提出新的建议等待批准。先走到"母亲"跟前的人赢得游戏,并在下一轮做"母亲"。

色、声音和河道都不停地在变,但它还是那条河。"

他突然问鲁比:"你有没有结过婚?"

"没有。"

"没觉得有什么不自在?"

"没有,为什么?"她在想他是不是以为她是同性恋。

他说:"你那么漂亮善良,简直不敢相信你从没结过婚。"

"这里的男人都太蠢了,"她说,"我从来没想过和他们中的哪一个结婚。你结过吗?"

"结过,也就一两次。不是很喜欢。"

后来在医院里,上了麻醉剂后,鲁比意识到自己大约有一百张克林特·伊斯特伍德[1]的照片,那是她最喜欢的男演员,但她却没有一张巴迪的照片。当她躺在一张窄床上,被推着经过走廊时,巴迪模糊的面孔在她的记忆中忽隐忽现。他也没有她的照片。家里某个抽屉里还放着几张她的高中毕业照,还是好多年前照的。留蜂窝状发型、身穿彼得·潘[2]衣领校服的鲁比·简·麦克珀森。她要记住哪天得送一张给他,放在他的钱包里。和巴迪一起的时

---

[1] 克林特·伊斯特伍德(Clint Eastwood,1930—):著名美国男演员,以演西部牛仔硬汉著称。

[2] 彼得·潘,又称"小飞侠",英国作家詹姆斯·巴里1904年出版的小说《彼得·潘》里的主人公。小说后被改编为舞台剧、电影动画片。

候她总是很谨慎,就像上高中那会儿,很多事情都要避开男孩子。"别让你弟看见你的卫生巾。"母亲会这样对她说。

恢复室里,她从一个长长的梦里缓缓醒来,回到了嘈杂刺眼的世界,金银色的闪光像鱼一样在眼前飞舞,胸口上的疼痛让她觉得有一只大鸟在用带钩的喙吸她的奶。问题是,她不停地在想,她是躺着的,如果要喂好这个怪物,她得坐直了才行。胸前的绷带也让她感到困惑。

"我们没有拿掉太多,"一个护士说,"医生说不需要切到胳膊那里。"

有人在捏她的手。她听见母亲在对别人说:"他们觉得都拿干净了。"

一个橘黄色头发的陌生胖女人握着她的手。"你没事了,蜜糖。"她说。

鲁比每月的第三个星期一和巴迪在集市约会,巴迪似乎总有一批新狗。一天早晨他用两把小刀换了一条耳朵下垂、眼睛迷人的棕黑色浣熊犬。到了下午,他已经赚了十块钱,那条狗还没吃上巴迪一顿饭就又换了主人。过了几个月,鲁比已经分不清这些狗了。她意识到,从某种程度上说,这些狗确实就像流动着的河。她经常想起巴迪关于密西西比河的比喻。他本人就像一条河。她甚至都没有他的地址,但他总会在每月的第三个星期一出现,并在她家过夜。如果那天赚了钱,他会带她去汉堡王或者麦当劳。他从来不做表面文章,比如帮她倒垃圾,为她打开车门,等等。如果她抽烟的话,他可能也不会为她点烟。

鲁比喜欢他这种保持距离的做法,他从不表现出占有欲来。有一次他从田纳西州给她打电话,告诉她他买了一条狗,并用鲁比的名字给它命名。可他还没回到镇上就卖掉了那条狗。鲁比过生日时,他也没有什么特别的表示,可是有一天在集市上,他从一个头戴棒球帽、满脸皱纹的黑人老太婆那里买了一个墨西哥银做的手镯送她。那个见谁都喊"宝贝"的老太婆名叫格拉迪斯。鲁比喜欢他和格拉迪斯打交道的方式,巴迪开玩笑说她是他的女朋友。

"格拉迪斯是我的老相好。"他说着夸张地拥抱了一下老太婆。

"千万别信这个老小子。"格拉迪斯说完咧嘴一笑。

"别再说我什么都不给你买。"巴迪付手镯钱时对鲁比说。他并没有为她戴上手镯,就像不为她打开车门一样。

买手镯花了三块钱,鲁比怀疑它不是真的。"什么是墨西哥银?"她问。

"好东西,"他说,"格拉迪斯不会骗我的。"

过后鲁比老是在想那个老太婆。她的商品就放在她旅行车打开的后挡板上——杂七杂八的嘉年华玻璃器皿、手工做的珠宝首饰和六个芭比娃娃。地上还放着几柳条箱的矮脚鸡、珍珠鸡和鸽子。听着这些混在一起的咕咕声和唧唧声,鲁比想知道格拉迪斯是否伴着这种音乐睡在旅行车里,就像巴迪和他的狗睡在卡车里一样。

他最后一次到镇上来是在她手术前的一周。鲁比和他一起去俄扎卡山区[1]买比特犬。他们在州际公路上开了好几个小时,路上巴迪兴致勃勃地大谈特谈那些狗,好像拥有一条比特犬后,他就能知道狗的所有天性。鲁比很少出门,所以对路旁的风景很感兴趣,但她嘴里却说,"如果这就算山的话,那我太失望了。"

"你真该去落基山看看。"巴迪用无所不知的口气说道,"那才叫山。"

他们去一个杂货店问路,巴迪大口喝着一瓶佩珀医生[2],鲁比买了一听可乐和一袋炸猪皮。巴迪在外面焦躁地来回踱步,出人意料地把瓶子砸向斜放着的装空瓶的箱子,用劲之大,好几个瓶子掉到地上摔碎了。在那一刻,鲁比知道自己无可救药地爱上了他,但是她害怕自己只是因为需要一个人才那么做的。她想要一个更好的理由。她那时已经知道胸部的肿块,也预约了做乳房X光检查的时间,但她不想告诉他。她的身体像一个爱管闲事的邻居一样妨碍着她,她为此感到愤怒。

---

1 美国中部的一个山区,包括密苏里州的南部,阿肯色州的西北部,俄克拉何马州的东北部和肯萨斯州的东南部。

2 一种软饮料,19世纪末始创于得州。

他们沿着一条盘山公路往上开，先是公路的路面变成了碎石子的，最后干脆成了一条泥土路。一个留大胡子光着膀子的男人从一个拖车房里走出来，领他们去看十来条关在一个简易狗窝里的狗。鲁比和狗说话那会儿，巴迪和那个男人蹲在一棵柿子树下。这些狗蹲坐在那里，肩膀宽宽的，眼睛半眯着。它们和电影《小淘气》[1]里小淘气们的狗一模一样。它们用身体猛烈撞击着看上去不是那么结实的铁丝网，鲁比叫它们安静一点。它们歪着脑袋看着她。当巴迪最终把四条狗装进箱子时，狗主人看上去像是要哭了一样。

　　那天晚上，在一个汽车旅馆里（这是鲁比第一次和男人在汽车旅馆过夜），她觉得乳房上的肿块总在提醒她它的存在，这种知觉似乎把这个肿块变成了一个小小的能量源，像手表面上在黑暗中发光的荧光针。她紧靠巴迪躺着，脑子里有一个疯狂的念头，觉得这个肿块会把他烧穿了。

　　电视里放《今夜秀》[2]那会儿，她用润肤油给他按摩后背，她的手上上下下地擦着，像在擦拭一件上好的家具。

　　"敲这儿，"他说，"就像你把牛排敲嫩一样。"

　　"像这样？"她用手掌的侧面敲着他坚硬的肌肉。

　　"感觉真好。"

1　美国经典喜剧系列，始创于1922年。
2　美国的一个夜间电视节目，至今有好几十年的历史。

"你为什么绷这么紧？"

"好让你敲呀。别停下来。"

鲁比用拳头敲打他的肩膀。外面有一条狗在叫。"卖狗给你的那个人看上去真好笑，"她说，"我以为他会哭起来。他肯定是舍不得那些狗。"

"他只不过是害怕。"

"为什么？"

"他不想惹上麻烦。"巴迪用胳膊支撑起身体，看着她，"他怕我拿这些狗去斗狗，他不想受到牵连。"

"我还以为是猎狗呢。"

"不是，他把它们训练成了斗狗。"他抓住她的手，把它引到后背上的一处。"这里。帮我按摩一下这里。"鲁比用指关节在那里使劲转着圈，他接着说："你如果对它们好，它们会很友好的。"

巴迪按灭电视开关，躺在黑暗中抽烟，一条胳膊放在她肩膀下面。"你知道我想干什么吗？"他突然说，"我想找个地方盖一间小木屋，也许在深山里，就我和几条狗。"

"就你？如果你去落基山，我想和你一起去。"

"你的生存技能如何？"他说，"你会钓鱼吗？会劈柴吗？没有钱包你活得下去吗？"

"也许能。"鲁比为自己的这个想法笑了起来。

"女人到哪儿都带着一大堆的行李，垫子、茶壶之类的东西。"

"我不是。"

"你真逗。"

"哪有你逗。"鲁比移动了一下。放在她身下的手臂硌痛了她的肋骨。

"我给你说个故事。听着。"他声音里突然加进了忏悔的味道。他坐起身来，把火星弹进烟灰缸里。他说："我老爸去年过世后，他娶的那个老女人想尽办法拿走了他所有的东西。他留给她两千块钱，我妹和我则继承了房子、谷仓和三十英亩的低洼地。可是没等他尸骨冷透，她就把家里洗劫一空，卖掉了所有的家具，连一根木棍子都没剩下。只要是活动的东西，她都拿走了。"

"太可怕了。"

"我妹妹是卖塔珀家用塑料用品的，凑巧她在某个人家里，认出了卧室里的家具。她说：'怎么这么眼熟？'那个人说，'那还用问，我相信那是你老爸的。我是在哪个哪个拍卖会上买的。'"

"这么做太对不起你爸了！"鲁比说。

"我驯狗的知识都是他教给我的。我的这一套是从他那儿学来的，而他是从他爸爸那里拣来的。"巴迪把烟在烟灰缸里戳灭，"他对户外猎犬真可以说是无所不知。"

"我肯定你现在和你继母没什么来往。"

"她真让我们见识了她的嘴脸，"他面带苦笑地说，"其实受伤害最大的是我妹。她想留下所有有纪念意义的东西。很多东西是我妈的。听我说,我的工作让我每天都见到那些令人伤心的玩意儿,那些毫无意义、谁都不属于的餐具被人买来卖去。人们买这些东西做装饰,觉得这么做会有点什么意义。"

"我不这么做。"鲁比说。

"我什么都不留。我不要任何让我想起什么的东西。"

鲁比坐起来,想看清楚黑暗中的他,但他只是一个模糊的形状,如同她在黄昏光线下看到的那些奇形怪状的小山丘。新买来的狗吵得很凶,它们发出狂吠或断续的呜咽声。鲁比说:"嗨,你不会拿这些狗去斗狗吧?"

"不会。但别人拿它们干什么就不关我的事了。我只是个中间人。"

巴迪开灯找他的香烟。鲁比看见了他那熟悉的模样——晒成褐色的粗胳膊和鼻子下面像吸尘器上的刷子一样的胡子,她松了口气。他就像他最好的狗一样和蔼温顺。"它们会是很好的看门狗,"他说,"你听听它们的叫声!"他笑起来的样子就像是在看一部喜剧片。

"它们肯定是看见月亮了。"鲁比说。她关掉灯,踮着脚尖走过毛糙的地毯,透过窗帘上的一条缝隙,她看见了暗淡天空衬托下群山深色的峰峦,但那天是阴天,看不见月亮。

现在所有的东西都像月亮一样又鼓又圆。琳达的肚子,保龄球。电视里,斯蒂夫·马丁正在表演一个喜剧小品,他滑稽地模仿那首名叫《我相信》[1]的歌。他站在一面巨大的美国国旗前面，背诵着他的信仰。他说他不相信女人的乳房应该被贬称为奶壶、奶子或大房车。"我相信它们应该被叫作猫头鹰[2]。"他庄严地说。大房车？鲁比琢磨着。

手术后她做什么都用左手。她学会了怎样伸直右手臂，把它稍微抬起一点。下一步，医生告诉她说，要逐步抬得更高。医生的建议让她兴奋不已，好像上方有一个可以触摸的东西在等着她去够。她同时还吃惊地发现自己的左手竟如此有用，觉得自己就像一个刚刚失去视力的人，正在发现声音的奥妙。

为了表示同情，保龄队的妇女们纷纷向她吐露自己的隐私。南希每月来例假时，肚子疼得连市面上最神奇的药片也不管用。琳达上高中时流过一次产。贝蒂也承认了一个秘密，不过鲁比对此早就有所怀疑，贝蒂每天早晨都要用女用剃刀来刮脸。她吃的避孕药刺激了脸上的汗毛。尽管好几年前就把药停了，但她的胡子还在往外长。

鲁比母亲把这些统称为"女人的麻烦"。根据她妈的理论，鲁比是因为上班时搬多了箱子才伤到乳房的，鲁比在一个食品批发

---

1 写于1953年，由著名歌手、演员珍·弗曼（Jane Forman, 1907—1980）在她的电视节目中演唱。这是美国第一首出现在电视上的流行歌曲，它试图在"二战"结束不久、朝鲜战争爆发的背景下给美国人以希望和信心。后被多次翻唱。

2 英文原文是"Hooters"，意思包括猫头鹰和女人的奶子。美国一家餐厅的名字就叫"Hooters"，以女服务员身穿超短上衣，显露乳房著称。

处上班。她妈说,她的几个朋友就是由于搬重物而伤到了子宫。

"我看不出这里面有什么联系。"鲁比说。她一笑胸部就痛,她母亲看上去有点不高兴。从她出院的那天下午起,妈妈就一直陪着她,她今天在为鲁比做跟双人床床罩配套的窗帘。

"身体一弱,疾病就会乘虚而入,"妈妈解释说,"当你虐待身体时,它会以各种形式表现出来。女人的身体本来就不适合做男人的工作。你从来都是那么独立,结果男人和女人的事都让你做了。"

"我们别扯到我为什么不结婚上面去。"鲁比说。

妈妈的针线活很细腻,做上一小时也消耗不了两卡路里的热量。她用拇指在窗帘上刮出一条缝,把窗帘整齐地叠起来。她站起身来,小心地拥抱鲁比,避免碰到女儿的右侧。她说:"宝贝,如果能做移植的话,我会把我的一个乳房给你的。"

"没什么啦,妈。你的大奶子我那里也放不下。"

保龄球馆里,鲁比在看她所属的卡尔森人寿保险队和汤姆森父子管道设备队比赛。她们队输得很惨。

"没有你和琳达我们实在太凄惨了。"贝蒂告诉她,"琳达肚子大得没法打。我让她过来看看,但她不听。我觉得她不好意思在公共场合露面,尽管她嘴上说不在乎。"

"她才不在乎别人怎么想呢。"鲁比说,汤姆森父子队打了个八个瓶的球。"我也不在乎。"她加了一句,侧过手里的可乐罐。

"你听说她要去买一台重型洗衣机了吗?她说那种洗衣机一次可以洗四十五块尿布。"

鲁比发出一串咯咯的笑声。"她不会去洗衣房,再让人把肚子搞大了。"

"你还在见那个你在'第三个星期一'认识的家伙吗?"

"我下星期一就要去见他。他本该带我去他田纳西老家的,但医生说我还不能出远门。"

"我听说他还不知道你做了手术。"贝蒂说,轻轻抱了抱她的保龄球。

鲁比喝了一口可乐,打了一个嗝。"他很快就会发现的。"

"那么,你不要让步,鲁比·简。如果他不能因为你而爱你,就让他见鬼去。"

"但所有的人都是因为错误的原因而相爱的。"她说,"你连这个都不知道?"

贝蒂站起来,没有理睬鲁比。轮到她打球了,她说:"没什么好抱怨的,鲁比。我为你过了这一关感到高兴。将来,保龄球对你恢复体力再好不过了。"

"我已经能抬到这里了。"鲁比说,抬起她的右手去碰贝蒂的胳膊。鲁比在微笑。贝蒂的嘴唇上已长出了短短的胡茬。

鲁比被"第三个星期一"集市上熟悉的犬吠声搅得心神不宁。

很多狗在那里嚎叫，猛扯链条，听上去就像恐怖电影里的音响效果。鲁比走过小橡树林时，几条狗朝她扑过来，乞求她的关注。一条关在小笼子里的黑拉布恶狠狠地看着她。她注意到有一打左右的布鲁泰克和猎兔犬，但是看不见巴迪的卡车。当她匆匆走过装着野鸭、野兔和小母鸡的柳条箱时，一个穿背带工装裤的男子叫住她。他手拿一把小刀，另一只手里拿着一个切得四四方方的苹果。

"我叫不出你的名字，"他对她说，"但我认识你。"

"我不认识你。"鲁比说。男子尴尬地退了下去。

天热了起来。鲁比从一个用洗衣盆装冰的男子那里买了一听可乐，用右手拿着，试了试自己右边的力量。可乐听似乎重得不行。她改用左手把可乐抬到嘴边。巴迪的卡车不在那里。

她走到树林外的阳光下，随手翻着一箱《国家调查员》[1]和简装言情小说，接着走过放着镜框、座钟、被子和餐具的摊位。那些不成套的餐具看上去脏兮兮的——不成套的杯盘，还有盛汤的盆子。没有一件她想要的东西。她绕过一辆装满减震器的卡车。手术后的她仍然很虚弱，热浪让她头晕眼花。"我才不会花十五块钱买一台脱谷机呢。"有个人说了一句。鲁比觉得这句话很好笑，像是她在麻醉剂作用下听到的什么。一个男人用装着两只灰色小猫的铁丝笼子撞了她一下。一个矮胖的妇人朝她喊道："别理他。

---

1 美国一家八卦小报的名字。

他想卖猫给你。有谁听说过猫还需要买？"

格拉迪斯在她旅行车的尾部搭了一个遮阳篷。此刻她正坐在一把铝质折叠椅子里，双手叠放在腿上，一副很凉爽的样子。鲁比由衷地希望自己能够信任她。她看上去值得信赖，像是河流中的一个柏树桩，给人一种稳定的感觉。

"宝贝，买点甜瓜吧。"格拉迪斯说。格拉迪斯今天在卖矮脚鸡、彩色硬塑料餐具和甜瓜。

"我一吃甜瓜就胀气。"

格拉迪斯拿起一张报纸扇着脸。"我家种瓜已超过一百年了。我们总是把种子留下来。"

"那不是得追到奴隶时代？"

格拉迪斯笑得就像鲁比讲了一个好笑得不行的笑话。"这些就是我的根！"她说，"蜜糖，要我说，我们还活在奴隶时代。奴隶时代永远不会过去的，你知道我的意思。"

鲁比身体前倾，去迎格拉迪斯报纸扇出的风。她说："你有没有见到巴迪？那个和我到处闲逛的家伙。他通常开一辆装着很多狗的卡车来这里。"

"给你买手镯的那个帅小伙？"

"我在找他。"

"嗯，如果你想找到他，亲爱的，最好使点劲找。他在密苏里卖一台偷来的电视时被抓了起来。他们抓了他一个人赃俱在。他们已经注意他很久了。你不相信我，但这是真的。哦，蜜糖，真对不起，不过他会回来的！他会回来的！"

候诊室里的落地扇像纱门上的金龟子一样发出嗡嗡的声音。风扇头激烈地来回摆动。鲁比有个三点钟的检查预约。她担心他们会让她接受放疗，甚至有可能是化疗。没有人确切地告诉她下一步会做什么。但是她猜想自己会在一个盛着化学药剂的大桶里洗浴，皮肤被烧焦，头发烧得咝咝响。鲁比想起了看过的一个旧喜剧短剧，剧中斯马泽兄弟[1]中的一个掉进了一个装着巧克力的大桶里。巴迪·兰登就曾把他的狗丢进一个盛满除跳蚤液的澡盆里。她虽然没有亲眼见到他那么做，但在脑子里想象着那个场景——"开心杰克"牌兽疥癣药剂令人窒息的气味，受到惊吓的狗事后抖动的身体和翻着黑色波纹的洗澡水。也不难想象牢房里的巴迪——在一张硬板床上翻来覆去，伸手在水泥地上按灭一个烟屁股。可是这些景象太不真实，简直就像是从一个噩梦里跑出来的。鲁比不停地想象着各种不同的情景，想象中的他回到了镇上，他们一起去了落基山脉。所有人都说她有想象力——想象力外加幽默感。

---

1 20世纪60年代起活跃于美国电视、电影中的二人组合，他们既是民谣乐手、歌手，同时也是喜剧演员。

诊所长凳上,坐在她旁边的那个矮胖男人长着厚厚的嘴唇,拳头胖乎乎的,他在哼着什么。跟他一起的妇人穿着一套桃色的服装,白发卷成紧贴头皮的小发卷。男人咧嘴笑着,用手指着房间对面的一个小孩。"那是我的小宝宝。"他对鲁比说。小女孩正高兴地尖叫着,在她母亲的膝盖上爬上滑下。矮胖的男人又说了几句莫名其妙的话。

"他喜欢孩子。"白发妇人说。

"我的小宝宝。"他说,用手臂做成摇篮状,来回摇晃。

"他每年都得做一次大脑检查。"妇人用机密的耳语对鲁比说。

男人拿起一本杂志,说:"这是我的小宝宝。"他用手臂搂着杂志,摇着它,开朗的笑容像一轮新月,挂在他的脸上。